À sombra de *Romeu e Julieta*

MELINDA TAUB

À sombra de Romeu e Julieta

Tradução
Cecília Camargo Bartalotti

1ª edição
Rio de Janeiro-RJ / Campinas-SP, 2017

VERUS
EDITORA

Editora
Raïssa Castro

Coordenadora editorial
Ana Paula Gomes

Copidesque
Maria Lúcia A. Maier

Revisão
Cleide Salme

Capa, projeto gráfico e diagramação
André S. Tavares da Silva

Fotos da capa
Ewais / Shutterstock (sacada de Romeu e Julieta)
spooh / iStock (Verona)

Título original
Still Star-Crossed

ISBN: 978-85-7686-568-1

Copyright © Melinda Taub, 2013
Todos os direitos reservados.

Tradução © Verus Editora, 2017
Direitos reservados em língua portuguesa, no Brasil, por Verus Editora. Nenhuma parte desta obra pode ser reproduzida ou transmitida por qualquer forma e/ou quaisquer meios (eletrônico ou mecânico, incluindo fotocópia e gravação) ou arquivada em qualquer sistema ou banco de dados sem permissão escrita da editora.

Verus Editora Ltda.
Rua Benedicto Aristides Ribeiro, 41, Jd. Santa Genebra II, Campinas/SP, 13084-753
Fone/Fax: (19) 3249-0001 | www.veruseditora.com.br

CIP-BRASIL. CATALOGAÇÃO NA FONTE
SINDICATO NACIONAL DOS EDITORES DE LIVROS, RJ

T221s

Taub, Melinda
À sombra de Romeu e Julieta / Melinda Taub ; tradução Cecília Camargo Bartalotti. - 1. ed. - Campinas, SP : Verus, 2017.
23 cm.

Tradução de: Still Star-Crossed
ISBN 978-85-7686-568-1

1. Romance americano. I. Bartalotti, Cecília Camargo. II. Título.

17-44720
CDD: 813
CDU: 821.111(73)-3

Revisado conforme o novo acordo ortográfico

Seja um leitor preferencial Record.
Cadastre-se no site www.record.com.br e receba
informações sobre nossos lançamentos e nossas promoções.

Atendimento e venda direta ao leitor:
mdireto@record.com.br ou (21) 2585-2002

Para minhas irmãs,
Amanda e Hannah,
que me ajudaram a cruzar
a linha de chegada

Dramatis Personae

Os Montecchio e parentes
Sr. Montecchio, chefe de uma das duas casas em desavença entre si, agora em trégua
Sra. Montecchio, esposa do sr. Montecchio
Benvólio, sobrinho do sr. Montecchio e amigo de Romeu
Orlino, Truchio e Mário, jovens Montecchio

Os Capuleto e parentes
Sr. Capuleto, chefe de uma das duas casas em desavença entre si, agora em trégua
Sra. Capuleto, esposa do sr. Capuleto
Rosalina, sobrinha do sr. Capuleto, amada de Romeu, algum tempo antes
Lívia, sobrinha do sr. Capuleto, irmã de Rosalina
Duquesa de Vitrúvio, mãe da sra. Capuleto, parente do sr. Capuleto, tutora de Rosalina e Lívia
Gramio, Valentino e Lúcio, jovens Capuleto

A família real de Verona
Escalo, príncipe de Verona
Isabella, princesa de Aragão, irmã de Escalo
Dom Pedro, príncipe de Aragão

Os recém-mortos
Julieta, uma Capuleto, amada de Romeu
Romeu, um Montecchio, amado de Julieta
Páris, um jovem nobre, parente do príncipe
Tebaldo, primo de Julieta
Mercúcio, amigo de Romeu e Benvólio, parente do príncipe

Outros
Frei Lourenço, monge franciscano
Lúculo, criado da duquesa de Vitrúvio
Penlet, chanceler do príncipe
Ama de Julieta
Tuft, um cavalariço
Um coveiro
Cidadãos de Verona, cavalheiros e damas de ambas as casas, mascarados, carregadores de tochas, pajens, guardas, vigias, criados e auxiliares

Parte I

✝

Vem logo, morte, te apressa,
E em cipreste triste me deita.
Voa longe, voa, meu sopro;
Por jovem linda e cruel fui morto.
— *Noite de reis*

O SOL BRILHAVA QUENTE EM VERONA.

O fim do verão repousava sobre a cidade, e o sol, ah, este era inclemente. Refletia-se ofuscante no calçamento de pedras, e os mendigos gemiam e queimavam os pés sujos e descalços. Despejava-se sobre os mercadores, fazendo o suor escorrer-lhes pelo pescoço nos dias de mercado. E as grandes famílias — bem, estas estavam seguras em suas frescas casas de pedra, com adegas profundas o bastante para guardar em si algum frio, mas, quando emergiam de lá depois do pôr do sol, o ar ainda continuava quente e espesso.

Sim, o calor pairava pesado em Verona. Seria isso que baixava a cabeça de seus cidadãos? Que silenciava a cidade normalmente irrequieta, onde agora sussurravam grupos de duas ou três pessoas, antes que desaparecessem atrás de portas escuras?

Ou seria a morte?

Havia sido um verão sangrento. Noite após noite, as ruas ecoavam o ruído dos passos, o retinir dos metais. Os nomes dos mortos passavam de gargantas roucas para ouvidos incrédulos. Mercúcio. Tebaldo. Páris. Romeu. Julieta.

Pouco mais de duas semanas transcorrera desde que as flores da juventude da cidade acabaram podando-se umas às outras. Abaladas pela perda de tantos dos seus, as grandes casas Montecchio e Capuleto juraram pôr um fim ao derramamento de sangue. O grande Montecchio, para provar sua oferta de amizade, apresentara, havia apenas três dias, seu presente ao antigo inimigo.

A estátua representava uma bela jovem, mal saída da infância. Feita de ouro puro, ela se erguia sobre o túmulo de uma dama a quem Montecchio jamais dirigira uma palavra em vida. A filha única de seu maior inimigo. A esposa por cinco dias de seu filho. Julieta de Capuleto.

Era uma bela obra de arte, o tributo de Montecchio à nora morta. Nessa manhã de Verona, o sol nascente reluzia no rosto dourado da imagem. O cemitério estava vazio, mas, se houvesse algum visitante naquele momento, ele teria notado a expressão de tristeza habilmente entalhada com que ela olhava para a estátua de seu amor, Romeu, do outro lado do portão. Teria notado o lindo poema na base, lamentando a morte prematura da jovem.

E, enquanto os primeiros raios de sol beijavam a forma imóvel da bela Julieta, a palavra "vagabunda" era visível, rabiscada em tinta preta em todo o seu rosto.

⚜

— Lívia, por favor, vista sua roupa.

A srta. Rosalina soprou um cacho castanho do rosto, enquanto sacudia o vestido preto para a irmã mais nova pelo que parecia a centésima vez.

Lívia torceu o nariz em repulsa e dançou para fora do alcance de Rosalina.

— Nós temos mesmo que manter nossos trajes de luto, Rosalina? Tenho certeza de que a prima Julieta não desejaria isso.

Rosalina desistiu de tentar pegar Lívia e se sentou pesadamente na cama da irmã.

— Ela lhe disse isso, por acaso? A sombra dela sussurrou de dentro da cripta?

Lívia riu e puxou o vestido preto da mão da irmã. Ela o jogou no chão e se pôs a dançar sobre ele. Lívia nunca andava quando, em vez disso, podia praticar o mais recente passo de dança da corte.

— Isso mesmo. Eu passei pelo túmulo dos Capuleto, e o fantasma dela sussurrou: "Prima, não vista aquele luto preto horrível por minha causa, porque prefiro ser lembrada com alegria e não com uma roupa preta feia que vai deixar todos os homens e mulheres da nossa família suando no calor do verão. E também quero que você fique com o meu bracelete de coral".

— Uma sombra muito falante, nossa prima. — Rosalina recolheu o vestido e alisou as rugas. — Mas, claro, ela era assim em vida.

O olhar das irmãs se encontrou no espelho. Lívia, que estava no meio de um giro, se deteve. Por um momento, sua alegria vacilou e cedeu, como um véu lançado ao vento.

As filhas órfãs de Niccolo Tirimo não choravam muito. Um dos poucos traços que compartilhavam. Lívia, de quinze anos, rira muito nessas últimas semanas. Um estranho poderia tê-la considerado insensível, mas sua irmã entendia. A garota ria sobretudo quando estava assustada.

Quanto a Rosalina, a mais velha, aos dezessete anos, sua cabeça não havia parado de doer desde o início do banho de sangue. Suas têmporas latejaram ainda mais quando viu, no espelho, os olhos muito abertos de Lívia, cheios de lágrimas não derramadas, e os nomes dos mortos começaram a lhe passar pela mente. O alegre Mercúcio, por quem suspirava metade das moças de Verona, morto pela espada de Tebaldo. O próprio primo Tebaldo, tão protetor da família Capuleto, atravessado pela lâmina de Romeu. O conde Páris, parente do príncipe, derramando seu sangue vital na entrada do túmulo de sua amada. Romeu, o fidalgo dos Montecchio. E Julieta, a flor dos Capuleto.

A Julieta que Rosalina lamentava não era a bela donzela chorada por Verona. A cidade se enlutou por uma herdeira linda, rica e jovem; Rosalina, no entanto, lembrava-se da mão suada na sua, de uma voz estridente ordenando-lhe que esperasse até que ela a alcançasse com suas pernas mais curtas, da alegria espantada nos olhos de Julieta quando faziam alguma travessura particularmente atrevida. Quando pequena, Rosalina andava muito na companhia da única filha de seu tio Capuleto. Embora Julieta fosse bem mais nova que ela, a resoluta pequena herdeira preferia estar com as meninas mais velhas, e Rosalina não conseguia dizer-lhe não. Felizmente, Julieta era uma criança esperta e de bom coração, e sua presença não era nenhum incômodo. A mãe de Rosalina, a sra. Katherina, servia à princesa Maria de Verona como dama de companhia e, com frequência, levava as filhas e a sobrinha ao palácio, onde passava os dias. Julieta, Lívia, Rosalina e a filha da princesa, Isabella, faziam do lugar seu parque de diversões.

Aqueles dias de correria pelo palácio e pela Casa Capuleto, provocando o irmão mais velho de Isabella, Escalo, e enlouquecendo a ama de Julieta, haviam sido os mais felizes da vida de Rosalina. Seus pais eram vivos, então. Sua mãe era irmã do sr. Capuleto, e seu pai, um nobre da costa Oeste; ela e Lívia não eram tão importantes quanto sua pequena prima Julieta, mas certamente tinham seu lugar em Verona.

Mas, quando Rosalina estava com onze anos, seu pai morreu, e tudo começou a mudar. Todos os infortúnios de que fora poupada durante a infância feliz pareceram chegar no espaço de poucos anos. Como seu pai não tinha filho homem, a maior parte de suas terras e fortuna foi para um parente distante, deixando as meninas e a mãe em condições bastante difíceis. A princesa Maria morreu no parto de um bebê natimorto não muito tempo depois, e Isabella foi enviada à Sicília para ser criada com a família real de lá, o que encerrou a estreita ligação da família de Rosalina com o palácio. A mãe de Rosalina nunca se recuperou do choque pela perda do marido e o seguiu na morte menos de dois anos depois. Foram-se os dias em que Rosalina e sua família moravam em uma boa casa no centro da cidade e tinham as jovens damas mais ricas e nobres da região como suas companhias mais próximas. Em vez disso, Rosalina e Lívia foram morar com a mãe da sra. Capuleto, tia-avó de Rosalina por laços de casamento. A propriedade da duquesa de Vitrúvio ficava nos limites da cidade, mas às vezes a sensação era de que haviam se mudado para outro continente. Os ambiciosos sr. e sra. Capuleto não mais as consideravam companhias adequadas para brincar com a filha e praticamente baniram as sobrinhas de sua residência. Depois disso, viam Julieta apenas em festas algumas vezes por ano e, mesmo assim, geralmente de longe.

Foi nesses anos terríveis que Rosalina se entristeceu por Julieta. Foi nesse tempo que ela se esforçou para superar a raiva e a solidão, enquanto aprendia a confortar a chorosa Lívia, nova demais para compreender por que a amiga não as convidava mais para brincar. Por isso, o que agora doía no coração de Rosalina era que, na verdade, ela não conhecia mais a jovem que tinha se matado na cripta dos Capuleto.

Rosalina suspirou, passando os dedos pelo batente da janela e deixando que a visão da criança doce e mimada que fora Julieta se desvanecesse em sua mente. Apesar de todos os infortúnios dela e de Lívia, sua situação atual era tranquila. Elas dividiam um pequeno e modesto chalé nos fundos da propriedade da tia-avó. A duquesa, que tinha pouco interesse pelos afazeres de suas tuteladas pobres, deixava-as basicamente por conta própria. Mas o fato de serem ignoradas por seus parentes Capuleto era algo que Rosalina não lamentava. Os acontecimentos do verão certamente lhe mostraram que ser membro desse círculo era mais uma maldição que uma bênção. E, depois da morte de sua mãe, um mercador rico de Messina alugara a casa delas por um valor surpreendentemente generoso, suficiente o bastante para se manterem e se casarem quando chegasse o momento. Bem, para Lívia se casar, pelo menos. Os planos de Rosalina eram um pouco diferentes.

Rosalina jamais mencionaria uma palavra sobre isso para a família, mas sua dor por Julieta não era maior do que a que sentia pelo amante Montecchio da prima. Toda vez que pensava em Romeu, era acometida por uma onda de culpa tão grande que quase desejava que ela a levasse embora de uma vez.

Pare com isso, disse a si mesma, zangada. *Você sabe muito bem que não poderia tê-lo salvado. Não poderia ter salvado nenhum deles.*

Mas isso não era verdade. Toda a Verona tinha conhecimento de que havia pelo menos um homem que ela poderia ter salvado. Pois, antes de amar Julieta, Romeu a amara. E agora aquele jovem doce e enamorado estava morto.

A cidade ficava para trás.

Com o gibão colado às costas cheias de suor, Escalo sentia o esforço do cavalo, Venitio, sob seu peso, mas não parou nem diminuiu o galope enquanto as muralhas de Verona se distanciavam atrás de si. Sua cavalgada diária fora da cidade era o único prazer que ele se permitia naqueles tempos conturbados e, recentemente, parecia que precisava cavalgar cada vez mais longe nos campos para escapar da sensação de que a cidade o sufocaria.

Naquela manhã despertara trêmulo de um pesadelo em que os antigos monarcas da cidade reuniam-se em volta de sua cama para condenar seu fracasso em evitar a matança dos jovens de Verona. Durante o dia todo não conseguira se livrar daquilo, sua mente o tempo inteiro elaborando contra-argumentos para seus ancestrais acusadores. *Eu tentei impedi-los. A animosidade deles tinha raízes muito profundas. Eu finalmente pus um fim nisso.* Tentou concentrar os pensamentos neste ponto: em como convencera a Casa Montecchio e a Casa Capuleto a erguer estátuas em memória dos filhos um do outro. Esteve presente três dias antes, quando os dois senhores puxaram o tecido que as cobriam, em uma constrangida porém determinada demonstração pública de união: Romeu e Julieta, dourados, belos e juntos para sempre. Era o Dia de Lammas, a Festa da Colheita, 1º de agosto, e a voz do pai de Julieta falhava repetidamente enquanto ele olhava para a imagem da jovem, pois, se ela estivesse viva, aquele teria sido seu aniversário de catorze anos. Mas ele prometeu paz tão alto quanto pôde, assim como o velho Montecchio. Nada disso evitava que Escalo imaginasse o rosto sério e decepcionado do próprio pai.

Bem, não havia tempo para lamentos. Ambas as casas tinham prometido acabar com a violência; ele faria o que fosse necessário para garantir que esses votos fossem cumpridos, ainda mais diante do fato de que algum vândalo perverso já havia danificado o memorial de Julieta. Ele tinha um dever para com sua cidade.

Por mais que sua vontade agora fosse continuar cavalgando, cavalgando, e deixar tudo para trás, para sempre.

Com um suspiro, ele puxou as rédeas de Venitio e reduziu a marcha para um passo. O cavalo obedeceu com um pequeno relincho de protesto — seu apetite por velocidade era maior que o de Escalo. As árvores lançavam longas sombras na estrada, cuja terra alaranjada o sol de fim de tarde escurecia para um vermelho-sangue. Era quase pôr do sol; hora de voltar para a cidade. Mas, quando estava prestes a virar o cavalo, avistou uma nuvem de poeira se aproximando depressa pela estrada. O que poderia...

Ah!

Escalo instigou o fogoso Venitio de volta para um galope. Quando chegaram perto da nuvem de poeira, ela se abriu em uma carruagem, cercada por meia dúzia de cavaleiros bem armados. O condutor gritou um comando de parada quando ele se aproximou.

— Alto! — o capitão dos cavaleiros dirigiu-se a ele. — Amigo ou inimigo?

O homem devia ser estrangeiro. Escalo vestia-se com simplicidade para suas cavalgadas diárias, mas seus súditos em todos os arredores da cidade conheciam seu rosto. Estava prestes a informar ao estrangeiro quem era quando a porta da carruagem se abriu e uma dama alta e esguia saiu de dentro dela. Seu vestido era rico, e os cabelos loiros enrolavam-se em tranças em volta da cabeça, num estilo desconhecido em Verona, mas o sorriso era tão familiar para ele quanto seu próprio rosto no espelho.

— Paz, bom Capitão — disse ela. — Esse é o meu irmão. Prazer em vê-lo, Escalo.

— Muito prazer em vê-la, Isabella. — Ele se aproximou para ajudá-la a descer da carruagem e a abraçou, sentindo um sorriso se formar em seu rosto, uma sensação pouco frequente nos últimos tempos. — Achei que ainda fosse demorar alguns dias para chegar.

— Fizemos um bom tempo de Messina até aqui, depois que consegui convencer os amigos de meu marido a me deixarem partir. Mas eu não suportava mais ficar longe de casa. — Ela riu com prazer. — Verona! Quanta saudade eu senti nesses anos desde a minha partida. Você tem que fazer uma festa para mim, Escalo, para que eu possa me reencontrar com todos os nossos velhos amigos. — Escalo sorriu, mas não respondeu, e Isabella olhou para ele intrigada. — Espero não ter chegado em um momento errado.

Escalo sacudiu a cabeça.

— De modo algum. Sua visita é a única boa notícia que tive nessas últimas duas semanas.

Isabella franziu a testa.

— Por quê? O que aconteceu em nossa bela cidade?

Escalo desviou o olhar.

— Trata-se de uma história muito pesada para uma pessoa cansada de viagem. Como está sua alteza, seu marido?

— Dom Pedro é todo mansidão, bondade e virtude. Ele ficou em Messina, visitando alguns amigos. Por favor, não tente mudar de assunto. O que foi, Escalo?

Ele fez uma careta. Sua irmã era uma mulher adulta e uma princesa, mas ainda tinha um estranho talento para exigir que ele falasse dos assuntos que mais desejava evitar.

— É algo referente aos Montecchio e Capuleto.

Isabella revirou os olhos.

— Mais uma briga de rua?

Escalo reprimiu um riso amargo ao ouvir tal descrição da mortandade.

— Entre outras coisas. Venha, cavalgue comigo e eu lhe contarei.

Os auxiliares da princesa lhe trouxeram uma montaria. Ele a ajudou a montar e os dois seguiram para a cidade lentamente, com os guardas e a carruagem os acompanhando.

— Minha irmã, você se lembra da jovem Julieta? — ele perguntou.

Ela assentiu.

— A priminha de Rosalina, não é? Filha do velho Capuleto.

Poucas pessoas descreveriam a flor dos Capuleto com "a priminha de Rosalina", mas, claro, Rosalina tinha sido a amiga mais próxima de Isabella quando eram crianças, e a mãe de Rosalina de Tirimo era dama de companhia no palácio. O próprio Escalo passava a maior parte dos dias na companhia de Rosalina, antes de ser enviado para morar fora — seu pai achara melhor que seus dois filhos vivessem e estudassem em outras cortes, para ficarem mais familiarizados com o mundo fora de Verona. Exceto por uma ou duas visitas curtas, Isabella estivera ausente de Verona nos últimos seis anos e, assim, havia sido poupada da pior parte da discórdia familiar. Ele raramente via Rosalina agora; quatro anos antes, quando seu pai morrera e ele voltara para ser coroado, aquela criança esperta e alegre fora substituída por uma jovem órfã e séria, e ele próprio ficara sobrecarregado demais com as obrigações reais para ter tempo para seus companheiros de infância.

— Sim, ela mesma. Julieta está morta.

— Morta?

— Sim. Há três semanas, no meio de julho, ela conheceu Romeu, filho e herdeiro do velho Montecchio. Parece que eles se casaram em segredo.

Isabella arregalou os olhos.

— Um filho dos Montecchio casando-se com uma moça dos Capuleto? Eles foram sábios em manter isso em segredo.

— É. — Escalo comprimiu os lábios. — Embora tenham sido precipitados e imprudentes em todos os outros aspectos. Tolos impetuosos. De qualquer modo, o primo de Julieta, Tebaldo, se desagradou com Romeu e seus amigos e o desafiou na rua para um duelo. Um amigo de Romeu tomou seu lugar e foi morto pela mão de Tebaldo.

— Um amigo de Romeu? Outro Montecchio, imagino?

— Não, minha irmã. — Escalo chegou mais perto para pousar sua mão sobre a de Isabella. — Mercúcio.

Isabella puxou as rédeas subitamente.

— Ah, não! Mercúcio? O nosso parente?

— Infelizmente.

— Espero que não tenha deixado o assassino escapar impune, meu irmão.

— Quisera eu ter tido a chance de puni-lo. Depois de abater Mercúcio, o próprio Tebaldo foi morto por Romeu.

As mãos de Isabella apertaram as rédeas com mais força. Seu sorriso solar foi substituído por uma expressão séria. Como os infortúnios de Verona voltavam pesados para os que haviam escapado deles!

— Que bom.

— Isabella! Eu a proíbo de falar assim. Verona precisa compreender que a justiça da Coroa...

— Que me importa a justiça da Coroa — retrucou Isabella. — Eu sou uma princesa, agora, Escalo; você não pode me proibir de nada. Se o jovem Romeu vingou a morte de Mercúcio, vou agradecer-lhe por isso.

— Não neste mundo. Isso você não poderá fazer. Eu expulsei Romeu por sua participação nessas mortes, e ele partiu de Verona, deixando sua jovem esposa Capuleto na casa dos pais. Estes, sem saber de nada, haviam arranjado para que ela se casasse com o nobre Páris. — Isabella estremeceu; o conde Páris também era seu parente. — Sim, essa triste história tem muitas almas nobres envolvidas. Para se livrar dessa união adúltera, Julieta pediu a ajuda de um frei para simular sua morte, para que ela pudesse fugir e se juntar ao amado.

— Simular sua morte?

— Sim. O frei lhe deu uma poção que a induziu a um sono tão profundo que parecia que a vida havia lhe escapado. Nós a depositamos com toda a nossa tristeza na cripta de seus ancestrais, onde seu amor deveria vir encontrá-la, mas ele não recebeu a mensagem que lhe foi enviada e soube apenas que ela estava morta. Romeu retornou, encontrou o que julgou ser o corpo de Julieta e se matou. Julieta acordou, o viu morto e se matou em seguida.

Isabella recostou-se na sela, olhando, atônita, para as muralhas da cidade que se erguiam diante deles. Suas mãos mexiam nas rédeas como se ela estivesse em dúvida se deveria mesmo visitar sua cidade natal.

— Em nome de Deus, que história tenebrosa! Escolhi um momento infeliz para voltar. Todas essas jovens vidas... Diga-me ao menos que o primo Páris escapou ileso.

Escalo sacudiu a cabeça.

— Romeu o matou na entrada do túmulo de Julieta.

— Tudo isso começou três semanas atrás, você disse?

— Aproximadamente. Até onde eu sei, Romeu e Julieta se conheceram em uma festa na casa do pai dela no dia 14 de julho e se casaram e morreram no espaço de uma semana.

— E agora? As casas estão em paz?

Escalo encolheu os ombros pesadamente.

— É o que dizem. Os pais enlutados juraram que a morte dos filhos os curou da inimizade. Eles até ergueram estátuas dos dois amantes no túmulo deles.

Isabella lançou um olhar penetrante para o irmão.

— Mas você não tem muita fé nesse juramento.

— Se gerações não conseguiram curá-los de sua ira, será que um verão de assassinatos vai mesmo conseguir? Os velhos Montecchio e Capuleto estão bem-intencionados, mas têm pouco controle sobre os jovens de sua casa, que vagam dia e noite pelas ruas, com as mãos pairando sobre a espada. É só questão de tempo.

— Você sabe que não é assim. Por que não os deixa provar sua penitência?

— É mais provável que eles a reneguem com os corpos de outros de meus súditos. — Escalo sacudiu a cabeça. — Não, será preciso mais do que belas estátuas para trazer paz à minha cidade.

— Sua cidade. Você parece o papai falando.

— Nosso pai manteve a paz até o dia em que morreu.

— Não exatamente. Os Montecchio e os Capuleto se mataram em abundância sob o reinado dele. O que você pretende fazer?

Escalo suspirou e passou a mão pela testa suada.

— Sinceramente, eu não sei.

— É estranho pensar que a pequena Julieta pudesse ser tão impulsiva — disse Isabella. — Rosalina nunca teria feito isso. Ela era a mais inteligente de minhas amigas. Se fosse Rosalina que Romeu tivesse amado, isso nunca teria acontecido.

— Na verdade, ele... — Escalo se interrompeu. — Ah! Claro.

Isabella piscou.

— Claro o quê?

— Depois eu explico. Isabella, você foi enviada pelos céus. — Ele deu um apertão rápido na mão dela. — Preciso me apressar de volta à cidade. — Com um agitar das rédeas, o príncipe pôs Venitio em galope na direção das muralhas de Verona.

— Para onde está indo? — Isabella gritou.

— Casa Capuleto — ele gritou de volta sobre o ombro.

☦

— Ah, está bem, me dê esse vestido.

Lívia puxou o odioso vestido preto das mãos de Rosalina, que a encarou com o ar cético.

— Você vai vestir?

— Assim você para de torcer o nariz como se estivesse sentindo um cheiro ruim. — Lívia ficou na ponta dos pés e deu um beijinho no rosto da irmã.

Rosalina respirou fundo, depois retribuiu os afetos da irmã mais nova com um abraço, provocando um gritinho surpreso em Lívia. Por mais triste que estivesse com a morte de Romeu, também estava cheia de alívio por ela e Lívia terem escapado ilesas dos acontecimentos daquele verão. O resultado poderia ter sido bem diferente se ela tivesse incentivado os afetos de Romeu. Era exatamente esse tipo de desastre que temia quando rejeitou o amor dele. Ao que parece, a prima Julieta não teve a mesma cautela.

— Ai! Me solta, Rosalina, você vai me partir ao meio.

Rosalina franziu a testa, sentindo a dor de cabeça aumentar com o esforço de conter as lágrimas. Como seria amar alguém tão desesperadamente a ponto de não se importar com o que sua própria morte poderia causar à sua família? Por mais que os poetas o louvassem, esse tipo de amor era algo com o qual ela não sonhava.

E se ela tivesse aceitado o jovem Montecchio de olhos sonhadores que havia começado a cortejá-la no início da primavera daquele ano? Em vez de fechar a porta para as visitas dele, de se recusar a ouvir seus bonitos e sinceros sonetos, de devolver seus presentes — e se ela tivesse aceitado que ele a cortejasse?

Rosalina não amara Romeu, mas era impossível não gostar dele. Com seu sorriso brejeiro, nunca tirando vantagem do privilégio de sua posição, ele e seus dois amigos eram uma visão familiar na cidade, e mesmo os inimigos da família reconheciam a contragosto que ele era um jovem do melhor tipo. Poucas moças de Verona teriam rejeitado a oportunidade de ter um marido desses. Mas Rosalina não queria nenhum marido, então para ela fora muito fácil endurecer o coração para as súplicas do rapaz.

Se não tivesse feito isso, se tivesse aceitado o amor dele e lhe retribuído com o seu, será que eles poderiam ter se casado em paz? Ela não era a única filha do sr. Capuleto, como a pobre Julieta. Rosalina e Lívia eram apenas sobrinhas, e seu nome nem sequer era Capuleto, mas Tirimo. Talvez aqueles que foram ceifados ainda estivessem vivos.

Mas nem a culpa podia convencê-la dessa lógica. Aos olhos de Verona, ela ainda era uma Capuleto. O mais provável era que todos estivessem mortos de qualquer jeito, e que fosse a própria Rosalina quem agora repousasse na cripta familiar.

Ela sorriu e soltou Lívia, que pegou o vestido preto e o segurou diante de si, torcendo o nariz de desgosto antes de soltar um suspiro de mártir. Rosalina ergueu os olhos para o céu.

— É só por mais algumas semanas.

— Até lá eu já vou estar velha. — Lívia tirou o vestido branco de linho e o largou em uma pilha no chão. — Para você não tem problema. Preto lhe cai tão bem que seu bando de pretendentes vai ficar ainda mais insistente.

Rosalina sacudiu a cabeça para o falatório de Lívia. No entanto, havia um inegável grão de verdade naquilo. Embora ambas fossem conhecidas como as beldades de Verona, as irmãs não poderiam ser mais diferentes em aparência. Lívia puxara ao pai, com belos cabelos dourados, grandes olhos azuis e pele clara. O tipo de rosto cantado nos sonetos, pensava Rosalina, mas certamente uma constituição pouco favorecida por um traje preto. Segurando o vestido diante de si em frente ao espelho, Lívia parecia pálida e sem cor, como se pudesse desaparecer.

Rosalina era diferente. Tinha todos os traços característicos de uma autêntica Capuleto, a exemplo de sua mãe. Alta, pernas esguias, olhos verdes, pele morena, lábios rosados, com uma propensão a se projetarem para a frente. Sua cascata de cachos castanhos impossivelmente volumosos estava presa para trás em um coque, mas, como de hábito, algumas mechas se soltavam teimosamente, emoldurando-lhe o rosto. Seu vestido preto, ela notou com imparcialidade, realçava seus traços de forma muito favorável.

Ela era bonita. Era bobagem ser modesta quanto a isso, já que todos que a viam eram dessa opinião desde que ela deixara de ser um bebê. Mas e daí? Ela trocaria de lugar com a garota mais feia de Verona, se pudesse. Julieta fora bonita também.

Rosalina abaixou-se e recolheu o vestido branco que Lívia abandonara.

— Acho que você está certa — disse ela. — Com certeza eu deveria passear pelo cemitério todos os dias em meu traje de luto. Teria dez propostas antes de sair pelos portões.

Lívia emitiu um ruído de desdém e tentou agarrar o vestido, mas Rosalina o girou, segurou-o à sua frente e fez uma reverência como se ele fosse um jovem rapaz.

— Claro, seria uma honra casar-me com o senhor — disse ela para o vestido, dançando com ele para longe do alcance de Lívia —, mas só se me prometer encontrar um marido para minha pobre irmã, tão difícil de casar.

Lívia soltou um gritinho, fingindo-se ultrajada, e lançou-se para a irmã, mas Rosalina, com suas pernas muito esguias, escapou dela com facilidade, rindo. A brincadeira de pega-pega as levou para fora do quarto de Lívia e escada abaixo, até o saguão principal da casa.

— Por acaso tem um irmão bastardo de pernas tortas, meu senhor? Um criado com lábio leporino, talvez? Qualquer homem que possa suportar a indignidade de uma esposa que não fica muito bem vestida de preto...

Rosalina parou tão de repente que Lívia quase colidiu com ela. O mordomo de sua tia estava à porta.

Ela nunca se importara muito com Lúculo. Ele era um homem grande e calado, que parecia viver unicamente para servir a tia. Ele e o restante dos criados faziam por ela e Lívia apenas o necessário e, quando entravam no chalé, não se preocupavam em se anunciar primeiro — para lembrá-las, acreditava Rosalina, que aquela casa não era delas, que eram apenas hóspedes dependentes da caridade da tia. Na verdade, ela só lhes dava um teto sobre suas cabeças, deixando-as pagar o restante das despesas com a pequena renda que o aluguel da Casa Tirimo lhes proporcionava, mas a criadagem parecia determinada a fazer com que elas não se esquecessem da escassa ajuda que recebiam. Embora Lúculo raramente falasse, Rosalina sempre imaginava ver um ar de reprovação em seus olhos quando ele os pousava nas sobrinhas pobres da duquesa, especialmente depois que Romeu começou a cercá-la. A duquesa era mãe da sra. Capuleto, ela própria uma autêntica Capuleto, que nunca tivera receio de expressar seu desprezo por qualquer homem, mulher e criança da Casa Montecchio. Seu criado, Rosalina tinha certeza, compartilhava aquele orgulho arrogante da Casa Capuleto. Não havia dúvida de que ele não tinha em alta conta as duas meninas órfãs de um ramo inferior da família, que corriam pela casa como camponesas.

Ele fez uma reverência.

— Senhoritas.

Rosalina fez um gesto de cumprimento com a cabeça enquanto alisava a saia.

— Boa tarde, Lúculo. O que o traz aqui?

— Seu tio, o sr. Capuleto, gostaria de vê-la, srta. Rosalina — disse ele.

Rosalina franziu a testa. Ela e Lívia não eram suficientemente importantes para serem notadas pelo tio, o chefe do clã Capuleto. Desde que os pais haviam morrido e seu status desabara, Rosalina podia contar nos dedos de uma das mãos o número de vezes em que ela e a irmã haviam jantado na mansão dos Capuleto, sem outros membros mais nobres da família.

— O que meu tio deseja?

Lúculo deu de ombros.

— Não cabe a mim saber. Ele lhe dirá pessoalmente quando a senhorita o encontrar esta noite.

As ruas de Verona não eram exatamente seguras para uma mulher sozinha naqueles tempos. Ela deu uma olhada pela janela. O sol já era apenas um brilho mergulhando atrás da muralha oeste. Estaria escuro antes que ela chegasse à casa do tio, mesmo que saísse naquele instante.

— Amanhã de manhã, talvez — disse ela, tão educadamente quanto possível.

Lúculo sacudiu a cabeça.

— Seu tio mandou dizer que deseja vê-la sem demora. A duquesa, sua tia-avó, já está lá. Ela me enviou para acompanhá-la e a trará de volta quando terminar de atender sua filha.

Rosalina fez uma expressão de contrariedade. Uma coisa era seus parentes importantes, como a duquesa e o sr. Capuleto, a ignorarem, e outra bem diferente era pretenderem lhe dar ordens como a um pajem quando finalmente lhes aprouvesse se lembrarem dela. Controlou a vontade de bater o pé e se recusar a ir. Mas, pelo menos, pensou em escapar da companhia de Lúculo.

— Não há necessidade, obrigada. Eu vou sozinha.

— Está certa disso, senhorita? — perguntou ele.

Rosalina sentiu o olhar preocupado de Lívia. Talvez ir sozinha não fosse a decisão mais sensata que ela já havia tomado, mas os guardas do príncipe estavam patrulhando as ruas para evitar novos problemas e certamente o trajeto era curto o suficiente para que ela não tivesse muito a temer. Além disso, desse modo poderia dar uma parada no cemitério e fazer uma oração junto à cripta de Julieta, sem os olhos de Lúculo a observando.

— Sim. Agradeço sua atenção.

O homem concordou com a cabeça, fez uma breve reverência e foi embora. Rosalina fechou a porta. Ela e Lívia se entreolharam. Os grandes olhos azuis de Lívia estavam repletos de confusão.

— Rosalina, o que nosso tio pode querer com você?

— Não tenho a menor ideia — respondeu ela.

Benvólio caminhava com a mão pousada na espada.

Ele deveria estar em casa, sabia disso. Desde a morte de seus dois melhores amigos, Mercúcio e Romeu, sua mãe chorosa praticamente não o deixava sair de sua vista, como se o fantasma daquele maldito Tebaldo pudesse pular das sombras a qualquer momento e transpassá-lo com uma lâmina.

Queria ficar e confortá-la. Realmente queria. Talvez, antes, tivesse feito isso. Dos três amigos, ele sempre fora o mais calmo, o mais sensato. Pelo menos, em comparação àqueles dois exaltados.

O que sem dúvida explicava por que ainda estava vivo, ao passo que os outros repousavam em seus túmulos.

Benvólio apertou os dentes ao pensar nisso. Podia sentir a raiva começando a gritar dentro dele outra vez. Pois de que adiantava evitar os duelos e romances imprudentes de seus amigos, se eles morriam e o deixavam sozinho?

Por isso, naquela noite, ele fugira das paredes sufocantes de sua casa para sentir o ar mais fresco da noite nas ruas de Verona. A cidade ainda ressoava inquietação, tensa como uma corda de arco, e certamente não era conveniente que um jovem Montecchio fosse visto vagando pelas ruas, mas Benvólio não se importava. Ele, Romeu e Mercúcio haviam passado muitas horas assim, caminhando lado a lado por Verona, falando alto, discutindo e aprontando travessuras. Benvólio quase podia imaginar que eles estavam ali ao seu lado. Mercúcio estaria à sua esquerda, contando-lhes uma história, metade inventada, metade suja. Mercúcio fora um rapaz alegremente feio, alto e desajeitado, com cabelos cor de palha e um sorriso que ocupava o rosto inteiro.

Não que minha aparência tenha alguma vez ofendido as moças de Verona, Benvólio. Ou de Veneza. Ou de Pádua.

Esse tipo de gracejo irreverente, Mercúcio fazia com um mover das sobrancelhas e um sorriso despreocupado. Benvólio podia ver seu primo Romeu sacudir a cabeça. *Você nunca nem esteve em Pádua.* Romeu sempre fora o único com alguma esperança de conter os longos e emaranhados voos de fanfarronice de Mercúcio. Ele seguia à frente, decidindo se apontaria suas caminhadas a esmo para o alto das colinas ou para as muralhas da cidade. Conduzindo-os, como um dia conduziria a família de Benvólio.

Romeu não se parecia muito com um Montecchio. Os cabelos castanho-claros ondulados e o rosto bonito e sonhador o marcavam mais como filho de sua mãe que de seu pai. Os que o encontravam com frequência presumiam que era Benvólio, não Romeu, o filho e herdeiro do velho Montecchio. Com seus cabelos escuros espetados e o sorriso torto, ele se assemelhava ao tio muito mais que Romeu.

Eu estive em Pádua, sim, anunciava o Mercúcio de sua memória, fazendo uma parada de mão ali, no meio da rua. *Uma cidade são suas pessoas, a srta. Margaret Fechanunca, a costureira, é de Pádua, e eu com certeza estive nela.*

Nesse caso, a sombra de Romeu respondeu docemente, *a srta. Fechanunca esteve em todas as cidades da Itália.*

Mercúcio bateu os pés forte no chão. *Não vou ficar aqui sendo insultado. Meu cavalo! Meu cavalo! Para Pádua agora mesmo!*

Romeu riu e pôs o braço sobre os ombros dele. *Vamos todos nós,* ele prometeu.

— Não — Benvólio murmurou, rompendo o silêncio fantasmagórico daquela conversa brincalhona. — Nós não vamos.

E assim, de repente, seus amigos — fantasmas, lembranças, o que fossem — sumiram, e Benvólio caminhou sozinho pela escuridão crescente das ruas de Verona, com a mão firme no punho da espada, sem saber ao certo se para evitar alguma briga ou iniciar uma.

Ele se decidiu quando um grito feminino abalou o ar noturno. Benvólio correu na direção do som, os pés apressados escorregando nas pedras do calçamento. O grito soou outra vez, e o coração de Benvólio se apertou ao perceber que o som vinha do cemitério, o lar recente de tantos jovens nobres de Verona. Pelo jeito, alguém estava tentando lhes dar mais um vizinho.

Sua respiração queimava nos pulmões enquanto ele subia a colina na direção dos portões do cemitério. Cinco rapazes estavam agrupados ali. Ele reconheceu alguns deles e comprimiu os lábios. Orlino, Mário e Truchio eram jovens primos Montecchio. Eles idolatravam Romeu. Não era grande surpresa vê-los começando mais uma confusão, mas ele não imaginara que os rapazes teriam o mau gosto de fazer isso à sombra das novas estátuas de Romeu e de sua noiva, Julieta.

Ele se aproximou e viu o brilho nítido de metal reluzindo à luz da tocha. Seus jovens parentes confrontavam outros dois jovens, com as espadas erguidas. Benvólio praguejou baixinho. A dupla usava o brasão dos Capuleto em suas faixas.

— Maldita vagabunda Capuleto!

A princípio, Benvólio achou que o insulto perverso de Orlino fora dirigido à estátua de Julieta. Mas seu desprezo voltava-se para o chão. Benvólio viu uma mulher caída na terra, entre os homens com as espadas. O preto de seu traje de luto a fundira às sombras.

Um dos outros rapazes ergueu a espada.

— Mais uma palavra, Montecchio, e eu o farei engolir seus insultos! — ele gritou para Orlino, a ameaça comprometida pelo modo como sua voz tremia.

Orlino baixou a espada na direção da mulher no chão.

— Eu farei com que *ela* os engula.

O jovem Capuleto deu um pulo para a frente com um grito de raiva, e Orlino o enfrentou sem hesitar. Metal retiniu contra metal sobre o corpo encolhido da mulher, e Benvólio avançou na direção deles. Já era o bastante daquela insensatez.

— Parem! — ele trovejou. — O que significa isso?

O grupo de jovens espadachins ficou paralisado ao perceber a presença de um recém-chegado.

— Benvólio! — exclamou Truchio. — Esses canalhas Capuleto estão nos chamando de mentirosos. Vamos dar uma lição neles.

— Como se você pudesse — um dos jovens Capuleto gritou, com a voz trêmula de raiva. — Sabemos muito bem que vocês são mentirosos desprezíveis. Quem, senão um maldito Montecchio, mancharia dessa maneira a memória de nossa parente?

Benvólio seguiu o olhar dele até a estátua de Julieta, a esposa de Romeu por cinco dias. Respirou fundo. O Capuleto tinha motivo para estar furioso. Alguém havia rabiscado a palavra "vagabunda" em tinta preta sobre o belo rosto.

Em seguida, um grito ecoou atrás de si. Às suas costas, um dos rapazes Capuleto havia atacado. Instantaneamente, o ar ressoou com a música desarmônica de espada contra espada quando todos entraram em luta. O jovem Truchio, o menor dos rapazes Montecchio, caiu sob a investida de um dos Capuleto, que o tocou sob o braço e produziu um pequeno corte, fazendo surgir uma roda de sangue em seu gibão. Orlino apressou-se em seu auxílio, e a moça caída deu um grito assustado quando o rapaz passou por cima dela.

— Eu mandei *parar*!

A fúria cantou no sangue de Benvólio enquanto ele berrava a ordem, tão potente que quase ficou feliz quando os lutadores o ignoraram. Sua própria espada estava desembainhada e erguida em um instante. Finalmente uma via de escape para a raiva solitária e inesgotável que o fazia vagar à noite pelas ruas de Verona. Que se danassem os Montecchio e os Capuleto. Esses imbecis precisavam aprender uma lição, e Benvólio era o homem a fazer isso.

Distribuiu golpes para a direita e para a esquerda, acertando os jovens de ambas as famílias, com o lado plano de sua lâmina. O sangue explodiu em suas veias e um sorriso feroz se estendeu por seu rosto. Era o primeiro momento desde a morte de seus amigos em que se sentia ele mesmo. Mercúcio era o palhaço do trio, Romeu, o líder, mas era Benvólio o verdadeiro espadachim. O que quer que tivesse acontecido, a lâmina continuava firme em sua mão.

Apesar de sua habilidade e da juventude dos outros, cinco contra um era um desafio. Ele teria de desarmá-los rapidamente. Voltou-se para seus próprios parentes primeiro. Benvólio bateu o punho de sua lâmina na mão de Truchio, que segurava a espada, fazendo-a escapar dele. Antes que ela atingisse o chão, Benvólio derrubara também a espada de Mário com um giro do pulso. Orlino, ao ver a fúria do primo mais velho, baixou a espada e recuou. Pelo menos um dos parentes de Benvólio teve bom senso.

Os dois rapazes Capuleto, ao verem os inimigos desarmados e sem se importarem com quem tinha feito isso, renovaram o ataque em triunfo. Mas Benvólio estava longe de ter terminado. Ele se virou para enfrentá-los.

— Pobre Benvólio — um dos Capuleto zombou. — Tão enlouquecido de dor por seu doce primo morto que nem consegue mais diferenciar amigos de inimigos.

— Não se preocupe — disse o outro. — Nós vamos ensiná-lo a se lembrar.

Benvólio soltou o ar pela boca, soprando o cabelo suado para trás.

— Quanta gentileza, mas vão ver que sou lento para aprender. — E já estava em cima deles. No entanto, ao contrário do que havia acontecido com seus parentes, estes já estavam prontos para recebê-lo. Eles o empurraram para trás sem esmorecer, até o deixarem com as costas pressionadas contra a estátua de Romeu.

Mas eles não estavam acostumados a lutar em duplas. Um dos rapazes tropeçou nos pés do colega e caiu e, antes que pudesse se levantar, Benvólio já havia chutado sua espada para longe. Depois disso, o outro foi vencido rapidamente, e Benvólio parou, ofegante, olhando para os jovens desarmados que gemiam.

Recobrando o fôlego, ele apontou a espada para a estátua de Romeu que se elevava sobre eles, olhando com encantamento eterno para sua Julieta.

— Meu primo se casou com uma Capuleto — ele falou para o grupo. — Por isso todos vocês são meus parentes agora. Foi por essa razão que nenhum homem — ele bufou e se corrigiu —, nenhum *menino* entre vocês sentiu mais do que o lado cego de minha lâmina esta noite. Vão para casa, todos vocês. Na próxima vez eu não serei tão gentil, parente ou não, e também não serão gentis os homens do príncipe se os encontrarem.

Truchio levantou-se, cambaleante.

— Primo, eles...

— VÃO!

Eles foram. Cabisbaixos, doloridos, mas foram, Mário e Truchio em direção à praça, os Capuleto para a parte alta da cidade a leste, e Benvólio soltou um suspiro de alívio. Ninguém morreria naquela noite.

Espere. Onde estava a moça?

Benvólio virou-se depressa, bem a tempo de avistar Orlino arrastando para trás de um túmulo uma forma feminina que se debatia furiosamente.

Céus. Aquilo não terminaria nunca?

Orlino a segurava fortemente.

Rosalina lutava para se soltar. Ele era mais velho que os outros Montecchio, com o tamanho e a força de um homem, embora sem o juízo de um. Quando Benvólio apareceu, ela achou que estava salva e tentou escapar durante a luta. Mas esse bruto a seguira. Uma das mãos dele apertava seu braço com tanta força que ela estava certa de que isso lhe causaria um hematoma.

Quer dizer, se sobrevivesse ao ataque.

— Não faça isso — ela implorou, com o medo roubando-lhe a voz.

— O príncipe ordenou...

— Não me importa o príncipe.

— Mas você será exilado, morto. Há paz entre nossas famílias agora, você sabe disso...

A mão dele estalou no rosto dela.

— Não preciso de lições sobre leis de uma imprestável Capuleto. — Rosalina levou a mão à face, tentando conter as lágrimas. Seu captor a encarou, o rosto jovem contorcido de ódio, e a jogou no chão. — Nós não danificamos a estátua de sua três vezes maldita Julieta — disse ele.

Apesar das circunstâncias, Rosalina soltou uma risada.

— Quem senão os Montecchio fariam isso com a pobre Juli?

O jovem cerrou os dentes.

— Você acha mesmo? Pois farei suas mentiras se tornarem verdade e ainda melhores. Sim, vou escrever "vagabunda" no rosto de uma Capuleto. E em uma que ainda pode chorar por sua beleza perdida. — Ele avançou sobre ela, com a espada erguida. O estômago de Rosalina deu um nó quando ela se deu conta da intenção dele. Tentou se arrastar para trás, mas ele a alcançou e a agarrou pelos cabelos. A outra mão dele trouxe a lâmina mais para perto, ainda mais, a ponta reluzindo à luz das tochas conforme se aproximava do rosto de Rosalina. Ela fechou os olhos com força. O metal frio beijou sua face e ela se preparou para sentir a agonia da lâmina.

Que não veio.

Seu algoz deu um grito e Rosalina sentiu a espada se afastar. Abriu os olhos e o encontrou em luta com o homem que se juntara à briga um pouco antes.

Os dois espadachins separaram-se e encararam-se, as lâminas erguidas.

— Os Capuleto falaram certo, Benvólio — disse o agressor de Rosalina. — A perda dos coleguinhas fez de você um tolo fraco e afeminado. Deveria ter se unido a mim para dar uma lição a essa erva daninha.

O outro apenas ergueu a espada mais alto e grunhiu:

— Nem mais uma palavra dessa sua boca nojenta, Orlino.

Eles se lançaram um para cima do outro novamente e Rosalina arfou, com o coração disparado, enquanto as espadas cortavam o ar mais rápido do que seus olhos podiam acompanhar.

A luta foi breve, porém brutal. Rosalina percebia que os dois Montecchio conheciam os estilos de combate um do outro: eles miravam os pontos fracos de cada um com aterrorizante precisão. O mais jovem conseguiu o primeiro toque, cortando o braço de Benvólio, e Rosalina gritou, certa de que seu defensor fora derrotado, mas ele ignorou o talho em sua manga e, de alguma maneira, enroscou seus pés nos de seu adversário e, de repente, o agressor de Rosalina estava estendido no chão, com a espada a dois metros de distância, e o salvador da jovem tinha a ponta de sua lâmina na garganta dele.

— Renda-se.

— Benvólio, foi só uma pequena...

— *Renda-se.*

— Está bem. — Ele levantou as mãos, carrancudo. — Agora vai me deixar levantar, primo?

O outro permaneceu imóvel, como se não o tivesse ouvido.

— Primo? Benvólio? O que...

A espada de Benvólio lampejou e o agressor de Rosalina deu um grito, levando as mãos ao rosto. Ele as afastou e olhou surpreso para o vermelho que as cobria. Benvólio fizera-lhe um longo corte na face direita.

— Como ousa! — Orlino rosnou, pondo-se de pé.

Benvólio deu um passo para trás e, por fim, baixou a espada.

— Eu ousaria muito mais contra qualquer homem que erguesse sua espada contra uma dama, independentemente de seu nome. Vá embora, Orlino, e nunca mais toque nela.

Orlino lançou um olhar furioso para ambos. Sua respiração saía em silvos ofegantes. O sangue escorria por sua face, tingindo-lhe o pescoço e manchando o gibão, mas o ferimento não impedia seu rosto de se contorcer de raiva. As mãos suadas de Rosalina apertaram o vestido. Ela havia mesmo pensado nele como um menino? Nenhum rosto de menino poderia conter tanto ódio.

— Vocês não vão tardar a ter notícias de mim — ele prometeu. — Vocês dois. — Depois cambaleou para a escuridão e desapareceu.

— Está bem, senhorita? — O Montecchio vitorioso se virou e ajoelhou diante de Rosalina, e finalmente ela viu seu salvador com clareza.

Ele era jovem. Não tão jovem quanto os que a haviam atacado, nem quanto os primos Capuleto com quem eles brigaram, porém mais jovem do que ela teria imaginado para um espadachim tão habilidoso. Não tinha mais que dezoito anos. Mas algo na postura dele o fazia parecer bem mais velho.

Mesmo que ele não tivesse se identificado como um Montecchio, Rosalina o saberia. Pele clara, traços altivos, cabelos escuros que deviam ter sido muitas vezes o desespero do pente de uma ama — sim, aqui estava um dos bonitos, morenos e diabólicos Montecchio, contra os quais sua mãe a alertara quando ela era criança. Seu rosto parecia conhecido, mas era pouco provável que já tivessem se encontrado. Ela vira a maioria dos jovens Montecchio de longe, em festas e no mercado, mas Romeu era o único com quem havia conversado mais longamente. Os Montecchio e os Capuleto não se misturavam.

— Estou bem — disse ela, passando as mãos trêmulas pelo vestido enlameado. Levou um momento para ter certeza de que estava mesmo falando a verdade. Alguns hematomas por causa dos chutes que a acertaram, pois havia entrado no meio daquela briga antes mesmo de perceber o que acontecia, uma vez que seus próprios parentes estavam mais interessados em cruzar espadas com os Montecchio do que em ajudá-la a escapar. Estaria cheia de manchas pretas e azuladas no dia seguinte, mas apenas seu orgulho fora seriamente ferido.

Benvólio estendeu a mão e, quando ela recuou, ele riu de leve.

— Não se preocupe, senhorita — disse ele. — Todos já se foram, e fiquei apenas eu, que não a ameacei nem a pisoteei.

O sorriso torto surgiu e desapareceu do rosto dele em um instante, e Rosalina ficou surpresa ao perceber que isso fora o suficiente para derreter parte do medo gelado em seu peito.

— É verdade. Meus próprios primos, embora bem-intencionados, não poderiam dizer o mesmo, como pode ver pelas marcas de botas em meu vestido. Gentil senhor, eu lhe agradeço. — Ela estendeu a mão, permitindo que ele a ajudasse a se levantar.

Ele fez uma pequena reverência.

— A seu dispor, senhorita. — Quando ele se inclinou, Rosalina avistou um risco vermelho sob sua manga rasgada e se alarmou.

— O senhor está ferido!

— Não é nada — ele protestou, mas Rosalina já tinha ido molhar seu lenço limpo na água de uma fonte próxima. Estava em grande dívida para com aquele homem; devia ao menos tentar pagá-la. Ela voltou e o fez sentar nos degraus de um túmulo, para poder limpar o ferimento.

— Pode não ser nada para alguém forte como o senhor — disse ela —, mas, como nós do sexo fraco somos conhecidas por desmaiar ao ver sangue, seja um cavalheiro cortês e me deixe limpar esse corte.

Ela ficou de pé junto dele e afastou a manga com cuidado. Ele conteve um gemido quando ela começou a limpar o sangue do ferimento. Não era uma lesão grave — tinha menos chance de deixar uma cicatriz do que o corte que ele fizera em seu primo. Ele levantou o rosto enquanto ela trabalhava, e Rosalina pôde ver a luz avermelhada da tocha, refletida nos olhos dele.

— Uma jovem de sua beleza é muito bem-vinda para desmaiar em meus braços, quando quiser.

Rosalina apertou os lábios e inclinou a cabeça para mais perto de sua tarefa, deixando que os cabelos lhe cobrissem o rosto. Esse tipo de flerte era habitual entre os cavalheiros da corte. Se havia algum rubor corando suas faces, era sem dúvida por causa da agitação daquela noite.

— Mas você não parece uma moça dada a desmaios, pelo que vi — disse ele.

— Não muito. Desmaiar suja o vestido de terra.

— Não se houver alguém para segurá-la, senhorita.

— É verdade. Mas não posso contar que haja homens me seguindo com os braços estendidos, por isso acho melhor ficar de pé. — Rosalina enrolou seu lenço no braço dele para improvisar uma bandagem.

— Peço desculpas, senhorita, pelo que meus parentes fizeram — disse ele. — Jamais poderiam ter sido tão descorteses com uma mulher, Capuleto ou não... ai!

Rosalina apertara a bandagem.

— Capuleto ou não?

Ele puxou o braço dos cuidados dela.

— Eu quis dizer que os *seus* parentes não deviam ter provocado.

— Os *meus* parentes não deviam ter provocado? Você viu o que os *seus* parentes fizeram com a estátua da nossa pobre Julieta? — Para o horror de Rosalina, sua voz começou a tremer. — Ela já não sofreu o suficiente? Precisa agora ser difamada depois de morta também?

— Eles não fizeram nenhuma difamação, senhorita. Seus parentes não tinham o direito de presumir que foram eles. Nenhum parente meu desrespeitaria os mortos dessa maneira.

— Não, só os vivos. Seu ferimento está bem agora, senhor. Boa noite. — Rosalina amarrou a bandagem e levantou-se para sair de perto daquele Montecchio rude.

— Senhorita, espere. — Ele segurou a mão dela e ela se virou, encontrando-o com uma expressão contrita. — Sinto muito.

Rosalina suspirou.

— Mil vezes eu amaldiçoei essa rixa entre nossas casas — disse ela. — Mas foi só encontrar um Montecchio que já iniciei uma nova batalha. Sou eu que peço desculpas, senhor.

Ele lhe deu aquele sorriso torto outra vez e se inclinou sobre sua mão com um gesto extravagante, como se tivessem acabado de ser apresentados em um baile.

— Vamos começar de novo, então. Benvólio, ao seu dispor, senhorita.

Ela retribuiu o sorriso e lhe fez a mais linda reverência já feita por uma garota coberta de lama em um cemitério.

— Boa noite, senhor. Eu sou Rosalina.

Ele soltou a mão dela como se a tivesse queimado.

— Rosalina — ele repetiu. — Rosalina é seu nome? — Ele se sentou nos degraus do túmulo e deu uma gargalhada, passando a mão pela testa.

— Eu o divirto, senhor?

— Ah, sim, senhorita — disse ele. — É uma piada excelente eu estar aqui me curvando e pedindo perdão para a causa dos infortúnios de minha família.

— Causa de seus infortúnios? — ela se espantou. — Quando eu me ocupei por um momento sequer de algum Montecchio? Exceto...

— Sim. Exceto. — Benvólio levantou-se de um pulo e todo o ar de diversão desapareceu de seu rosto. — Exceto que você, com seu orgulho, com seus melindres, *você* trouxe essa praga de morte para nossas duas casas.

Rosalina o encarou com firmeza, recusando-se a recuar diante de sua fúria. Mas seu coração gelou. Benvólio. Ela havia estado assustada demais durante a briga para lembrar por que aquele rosto parecia conhecido, mas agora ela sabia. Ele não era apenas qualquer Montecchio. Aquele jovem impetuoso que segurava a espada diante dela era o melhor amigo de Romeu. Ela soube, então, o que estava por vir. Poucas pessoas em Verona tinham conhecimento da breve paixão de Romeu por ela, mas Benvólio, com certeza, era uma delas.

— Se está se referindo à minha amizade com Romeu...

— Por Deus! Não diga o nome dele. — Benvólio segurou-a pelo braço. Ela tentou se soltar, mas a mão dele era firme enquanto a puxava para um túmulo recente. — Mercúcio — ele leu na lápide. Antes que ela tivesse a chance de responder ou mesmo recuperar o fôlego, ele já a havia puxado para outra cripta recém-aberta. — Páris. — Outra. — Tebaldo. — Ele a apertava com tanta força quanto Orlino a apertara. Quando chegaram à entrada do cemitério, ele a virou e segurou seus ombros por trás. — Olhe — disse atrás dela. Rosalina sentiu as costas enrijecerem. Ele era uma parede sólida de fúria atrás dela. Sentia a respiração irada e quente em sua orelha. — Olhe para a sua obra.

Ela não queria. Queria fechar os olhos. Não queria olhar no rosto de seu outrora pretendente, agora imortalizado em pedra. Mas não demonstraria tamanha fraqueza, então respirou fundo e olhou para a face dourada e sem vida de Romeu.

— Ele a amava — disse Benvólio, dando uma pequena sacudida nos ombros dela. — Não falava de nada a não ser da sua inteligência, da sua beleza, da sua gentileza. — Seus dedos se enterraram nos braços dela — E você... e você o desprezou.

Rosalina finalmente conseguiu se soltar.

— E, depois do que aconteceu, ainda ousaria me dizer que fui imprudente? — disse ela, virando-se para encará-lo. — Eu não quis aceitar as solicitações de Romeu porque não desejava alimentar os problemas que vêm consumindo nossas famílias há tanto tempo. Não é minha culpa que ele tenha encontrado logo em seguida uma opção ainda pior de noiva, nem que a pobre Juli tenha sucumbido às atenções dele. Acha que Romeu teria se saído bem se tivesse se casado com a sobrinha de um Capuleto, em vez da filha?

A respiração de Benvólio chiava através dos dentes.

— Se ele teria se saído bem? Não. Se ele estaria vivo? Sim. Meus amigos ainda estariam vivos, e também Julieta, se você tivesse tido a inteligência de aceitar o amor de um homem de posição mil vezes melhor que a sua. Ou, a bem dizer, se a "pobre Juli" tivesse tido a inteligência de manter as pernas fechadas.

A mão de Rosalina voou e ela o golpeou com força no rosto.

— Fale assim de Julieta outra vez e eu juro que corto seu pescoço!

O badalar do sino às nove horas rompeu o encantamento perverso da dor. Rosalina desviou o olhar do rosto furioso de Benvólio e deu um passo para trás.

— Eu vou embora — disse ela. — Por afastar seus parentes brutais, tem meu agradecimento. Demonstrarei minha gratidão não o perturbando mais. Boa noite, senhor.

Ela procurou o xale preto que havia perdido na luta anterior. Quando finalmente o avistou, bateu-o para tirar a grama, enrolou-o nos cabelos e se encaminhou para o portão.

Benvólio a seguiu.

— Não é uma noite segura para uma dama caminhar sozinha. Eu a acompanharei — ele continuou, não parecendo muito feliz com a ideia.

Rosalina afastou bruscamente o braço que ele lhe ofereceu. Sim, ele talvez tivesse salvado sua vida, mas, depois de chamá-la de idiota e à sua prima de prostituta, será que realmente ele esperava que ela se sentisse grata por aquela demonstração contrariada de cortesia?

— Seus parentes me ensinaram muito bem como a noite é perigosa. Mas prefiro que aqueles canalhas me cortem em pedaços a dar um único passo com o senhor.

Ela continuou andando para o portão do cemitério. Ele foi atrás e segurou-lhe o braço novamente.

— Moça desmiolada. Estou tentando lhe fazer uma gentileza...

— A gentileza dos Montecchio é do tipo que acaba em morte. Não desejo isso de maneira alguma. Deixe-me em paz, Benvólio.

As narinas dele se alargaram sob os olhos escuros e furiosos. Por um instante, ela achou que ele poderia jogá-la sobre o ombro e lhe dar sua proteção à força — mesmo naquele momento, tinha a estranha certeza de que ele não lhe oferecia nenhum risco físico, por mais que a odiasse — mas, em vez disso, ele estendeu as mãos para os lados e recuou, fazendo-lhe uma reverência debochada.

— Como desejar, srta. Rosalina. E, se encontrar mais valentões que queiram machucá-la, mande-lhes meus cumprimentos.

— Farei isso, porque eles provavelmente serão seus parentes. — Sem mais uma palavra, Rosalina virou-se e saiu do cemitério, subindo a colina em direção à casa de seu tio. Enquanto se apressava pelas ruas escuras, ainda apertando as unhas contra a palma das mãos com raiva, fez uma oração silenciosa e ardente para que nunca precisasse ver Benvólio de Montecchio outra vez.

✣

Benvólio caminhava pelas ruas de Verona.

A luta com os rapazes, longe de aliviar sua cabeça, só o fez se sentir pior. A fúria intensa que crescia dentro dele quando pensava em Romeu e Mercúcio se tornava cada vez mais forte, e ele sentia que, se não encontrasse logo um escape, acabaria explodindo.

Especialmente quando pensava naquela maldita garota.

Os passos de Benvólio se aceleraram. A bainha da espada lhe machucava a palma da mão. Que tipo de mulher insultava um homem que acabara de lhe salvar a vida?

Em sua mente, ainda podia ver as costas eretas e orgulhosas da jovem, as mãos segurando o xale, enquanto se afastava a passos firmes do cemitério, dele, para ser engolida pela noite de Verona.

Droga. Ele não devia tê-la deixado ir.

Nenhum cavalheiro teria deixado uma dama andar sozinha durante a noite, por mais gravemente que ela o tivesse insultado. Não com a cidade no estado em que se encontrava. Mas ela havia sido muito ingrata e irritante.

Mas não era nenhuma tola. Ele pensou no momento em que a vira claramente pela primeira vez, depois de ter expulsado os jovens que a atacavam. Os cachos castanhos caíam soltos sobre seu ombro, o rosto estava afogueado de medo e vermelho pelo tapa recebido de Orlino, mas os olhos eram aguçados e observadores quando ela decidiu confiar nele o bastante para permitir que a ajudasse a se levantar.

Benvólio esfregou a mão no rosto. É, não era surpresa seu primo ter passado longas semanas sob o domínio daquela mulher. Ela era linda, não havia como negar. O que só facilitava as coisas para que ela esfolasse um homem com sua língua afiada e seu desprezo gelado.

Subitamente, ele se perguntou o que teria feito o coração de Romeu trocar aquela srta. Rosalina por outra paixão. Ele não conhecera Julieta. Sua lembrança dela era de vê-la girar pelo salão de baile, de longe, na noite em que ela conhecera Romeu. Ela era nova, pouco mais que uma criança. Com seus longos cabelos escuros, parecia-se muito com a prima, mas Benvólio não conseguia imaginar aquele rosto risonho e inocente contendo a dor que vira no de Rosalina.

Mas é claro que a dor existira ali também. Afinal, todos eles não haviam sentido aquela angústia nas últimas semanas? Ele não imaginava que restasse muita alegria na bela Julieta no momento em que ela enterrara a adaga do marido no próprio coração.

Duas jovens da Casa Capuleto haviam sido amadas por Romeu. A alegre Julieta e a reservada Rosalina. Esta última já uma escolha suficientemente escandalosa para noiva do herdeiro Montecchio, mas a primeira tão impensável a ponto de ser fatal. Benvólio e Mercúcio haviam tentando muitas vezes tirar Romeu da melancolia por causa de Rosalina, garantindo-lhe que uma jovem bonita seria igual a qualquer outra. Como se enganaram...

Em algum lugar no escuro, um sino bateu o quarto de hora, e Benvólio parou. Ah, que droga! Com toda a confusão, ele havia se esquecido de que suas perambulações não eram totalmente sem rumo naquela noite. Seu tio Montecchio havia pedido que ele o encontrasse em uma igreja próxima.

Benvólio virou-se e subiu novamente a colina. Ele não sabia por que seu tio o instruíra a ir à igreja e não à casa dos Montecchio, mas, se pegasse um atalho, poderia estar lá em cinco minutos.

Seu tio já o esperava do lado de fora quando Benvólio chegou. O sr. Montecchio era um homem alto, como Benvólio. Seu cabelo curto era de um cinza metálico desde que Benvólio se lembrava, mas estava quase branco agora. Ao contrário da esposa, o pai de Romeu sobrevivera à morte do filho, mas se tornara um homem velho quase da noite para o dia.

— Ah — disse o sr. Montecchio —, Benvólio. — Ele se espantou, como se só então o tivesse notado. — Meu menino. — Seus olhos normalmente argutos traíam certa apatia. Talvez a dor tivesse ofuscado tanto sua visão que até o rosto conhecido de seu sobrinho lhe era difícil de reconhecer.

Benvólio o cumprimentou, inclinando o corpo.

— Meu tio.

O sr. Montecchio franziu a testa ao perceber como o sobrinho estava desarrumado, mas, depois, fez apenas um gesto com a cabeça em direção à porta da capela. Benvólio o seguiu para dentro.

Seu tio sentou-se em um banco nos fundos da igreja. Benvólio acomodou-se ao lado dele, sem saber o que esperar quando o tio o chamara. Aquela pequena capela em uma parte pouco frequentada da cidade, longe da praça onde os Montecchio tinham suas casas, não ajudava em nada a diminuir sua confusão.

Os dois permaneceram sentados na capela vazia e escura por algum tempo, antes que seu tio rompesse o silêncio.

— Você ficou tão alto — disse ele.

— Senhor?

Seu tio suspirou.

— Eu me lembro de vocês três, saltitando pelo pátio com espadas de madeira. — Ele estendeu a mão, como se medisse a altura de um menino invisível. — E, agora, só resta você.

Um arrepio percorreu o corpo de Benvólio. Seu tio era um homem gentil, mas orgulhoso e reservado. Ele nunca falara assim com Benvólio em toda a sua vida.

— Meu tio, por que me chamou aqui?

Um pequeno sorriso passou rápido pelo rosto de Montecchio.

— Porque eu tinha certeza que, se eu lhe dissesse para onde realmente vamos, você não viria.

— Onde...

— Preste atenção. — O sr. Montecchio virou-se e o segurou pelos ombros. — Os Montecchio nunca passaram por um momento tão tenebroso, Benvólio. Minha esposa está morta. Meu único filho... — Por um momento, sua máscara de compostura rachou e ele pareceu prestes a ceder às lágrimas. Mas recuperou-se e apertou Benvólio com mais força, sem saber de seu ferimento. — Mas você, você está vivo. — E o sacudiu de leve. — Você está *vivo*. E nós, da família Montecchio, precisamos de você agora. Vai nos ajudar?

Benvólio segurou a mão do tio.

— No que for preciso.

☦

A vista da entrada da mansão dos Capuleto jamais fora tão bem-vinda para Rosalina.

Ela sempre achara que a casa de seu tio era feia, uma monstruosidade ostentosa encarapitada no alto da colina, para que todos aqueles sem a sorte de pertencerem à família Capuleto a admirassem. Por vezes, ela se desviava de seu caminho só para não passar por ela.

Mas agora andava em direção aos muros de muitas tochas com toda a pressa. O medo acelerava seus pés e ela quase correu até a casa, certa de que seria bem no instante em que estava quase em segurança que os ferozes Montecchio pulariam sobre ela outra vez. Ladeira abaixo, à esquerda, ficava a casa em que ela e Lívia tinham morado quando crianças, escura como sempre — seu inquilino estrangeiro devia ter menos negócios em Verona do que imaginara, pois parecia nunca usá-la. Normalmente, dava-lhe uma pontada de tristeza ver sua casa fora de alcance, mas, agora, era com satisfação que a via, pois isso significava que estava quase chegando ao seu destino. Fora o cúmulo da tolice insistir em fazer aquela caminhada sozinha, como seu coração palpitante parecia cada vez mais determinado a lhe lembrar. Ela deveria ter suportado a companhia detestável de Benvólio até a porta da casa de seu tio. Ele não ia segui-la até lá dentro.

Mas Rosalina teve sorte e chegou ao portão, ofegante e em completo desalinho, mas em segurança. Cumprimentou a sentinela com a cabeça.

— Meu tio está à minha espera.

O homem fez sinal para ela entrar. As mãos de Rosalina seguraram o xale sobre os cabelos enquanto ela passava pelo portão. A última vez em que estivera ali fora há duas semanas, no dia 18 de julho. Viera para o casamento de Julieta com o conde Páris. Em vez disso, acabara assistindo ao funeral da prima.

O criado pegou a tocha e correu até a casa, deixando Rosalina sozinha no pátio escuro. Ela estremeceu, embora a noite ainda estivesse quente, e puxou o xale mais apertado em volta de si.

Julieta não fora o primeiro corpo que ela vira no pátio dos Capuleto.

Abram os portões! Niccolo está ferido!

Um duelo com os Montecchio.

Cuidem de seu ferimento; há muito sangue.

Olhem a criança!

Rosalina tinha onze anos no dia em que viu seu pai sangrar até a morte naquele mesmo piso de pedra. Desde então, o pátio elegante pareceu guardar o cheiro penetrante de sangue.

Uma luz bem no alto chamou sua atenção. Ela levantou os olhos e viu um brilho em uma das janelas superiores. Que estranho. Aquela ala da casa não era usada — seu tio tinha uma família menor que os ancestrais, e os quartos desocupados raramente eram abertos. A ama de Julieta costumava mandá-las sair de perto da porta trancada quando elas queriam brincar ali.

Enquanto ela olhava, a luz se apagou, como se soubesse que estava sendo observada.

— Ora, entre, sobrinha, não fique aí no escuro.

Rosalina virou-se e viu a silhueta de seu tio à porta, com o corpo volumoso bloqueando a maior parte da luz que vinha de dentro. Ele fez um movimento com a cabeça, chamando-a, e voltou para dentro da casa.

Rosalina o seguiu. Passou por criados silenciosos que se inclinavam, pelo tapete vermelho incrivelmente luxuoso no saguão, e subiu a escada de mármore que levava ao escritório particular de seu tio. Se ele notou a lama em seu vestido, não demonstrou. Pelo menos seu rosto estava mais fresco. Não devia ter mais na face a marca do tapa de Orlino, pensou. E imaginou se havia deixado alguma marca na face de Benvólio também. Seu tio lhe apontou uma cadeira, do lado de fora do escritório.

— Tenho outras visitas para atender. Espere aqui.

Dito isso, ele desapareceu pela porta de carvalho de sua sala. Rosalina ficou furiosa. Ele exigira sua presença e agora a faria esperar? Ela não devia ter imaginado nada melhor mesmo. Seu tio provavelmente achava que ela devia se sentir lisonjeada pelo simples fato de ele se dignar a lhe dirigir a palavra.

Rosalina estava prestes a se sentar na cadeira quando ouviu uma respiração ofegante bem conhecida aproximando-se pela escada dos criados.

— Ah, pelos céus, pelos céus, essas escadas estão ficando altas como montanhas. Ai, ai, meus pobres joelhos!

Um sorrisinho se insinuou na irritação de Rosalina. A velha ama de Julieta nunca perdia uma chance de reclamar. Era bom saber que ela, pelo menos, não havia mudado.

— Ama?

Rosalina foi até o alto da escada bem quando a ama surgia-lhe à vista carregando um grande cesto. Quando avistou Rosalina, ela parou de repente e o cesto quase escorregou de suas mãos. Rosalina correu para ajudá-la.

— Como vai, boa ama?

A ama levou uma das mãos ao peito e, com a outra, segurou o cesto com força sobre os seios.

— Ah! É a jovem Rosalina. Por Deus, menina, você me assustou. Quando a vi de pé ali, achei que fosse minha pequena senhora que havia voltado. O que a traz aqui tão tarde?

Rosalina sentiu um arrepio. Ela e Julieta eram muito parecidas.

— Desculpe por assustá-la. Meu tio me chamou. Venha, sente-se. — Ela tentou puxá-la para a cadeira, mas a ama sacudiu a cabeça.

— Não, não, preciso ir ver minha senhora.

Rosalina empurrou os ombros dela para baixo com delicadeza.

— Tenho certeza de que sua presença é importante, mas minha boa tia pode esperar um momento. Você está pálida como papel.

A ama concordou com um suspiro e se sentou. Rosalina segurou a mão dela. O rosto da ama havia se tornado uma pasta de rugas. Nos anos desde que Rosalina vinha brincar com Julieta, a cuidadora de sua prima havia envelhecido muito.

— E pensar que você se parece tanto com ela... — a ama disse. — Você soube, imagino, que minha senhorinha Julieta morreu?

— Toda a Verona sabe — respondeu Rosalina, apertando-lhe a mão. — Eu fui ao funeral.

— Ah, mas então ela ainda estava viva, veja bem. — A ama franziu a testa em um misto de confusão e dor. — Nós a colocamos na cripta e, durante a noite, ela acordou e se matou de novo, enquanto eu dormia. Eu não soube da segunda morte dela até o dia seguinte.

Rosalina engoliu uma resposta zangada. Claro que os Capuleto nem haviam pensado em informar uma mera criada sobre o estranho destino de Julieta. Pouco lhes importava que a ama tivesse sido a companhia amorosa de sua filha durante sua vida inteira.

— Minha doce pombinha! — a ama continuou, a voz ficando rouca. — E pensar em uma adaga enfiada em seu belo peito... E no túmulo! Cercada de ossos poeirentos... Se eu pudesse tê-la segurado nos braços, deixar seu sangue respingar em meu peito e não nas pedras frias! Ah, minha pobre ovelhinha! — Ela sacudiu a cabeça. — Foi aquele Romeu. Eu achei que ele fosse um cavalheiro honesto. Se ao menos eu... Ah, está bem. — Ela começou a bater na própria roupa e, de algum lugar entre as volumosas pregas, tirou um lenço, que usou para assoar o nariz ruidosamente. — Chega de lamentos. Criados até podem ficar tristes, mas têm que fazer isso em pé. Preciso ir ver a minha senhora.

— Eu vou com você. — Rosalina segurou o braço da ama para ajudá--la. Se seu tio pretendia mantê-la esperando, ela podia muito bem acompanhar a ama enquanto isso. Era evidente que ninguém mais na casa dava à pobre mulher um momento de consideração.

— Não, senhorita — a ama disse. — Minha senhora está acamada.

— Eu sei. Minha tutora tem vindo cuidar dela. Ela está acordada?

— Está — a ama admitiu com relutância.

— Então talvez uma visita lhe faça bem. Por favor, pergunte se ela pode me receber.

A ama comprimiu os lábios, parecendo prestes a se recusar.

— Sim — ela murmurou.

Rosalina seguiu a ama pelo longo corredor até as portas azuis que levavam ao quarto da sra. Capuleto.

Esperou um longo tempo até que a ama reaparecesse, sorrindo.

— Entre. Minha senhora vai recebê-la.

O quarto de sua tia parecia tão abafado quanto uma cripta. Apesar do calor de verão, as cortinas pesadas estavam fechadas sobre as janelas. No fundo do quarto ficava a grande cama de dossel da sra. Capuleto, sobre a qual estava inclinada a alta e grisalha duquesa Francesca de Vitrúvio. Quando Rosalina se aproximou, sua tutora endireitou o corpo e a examinou de alto a baixo.

— Ah, sobrinha — disse a duquesa. — O que é isso? Veio até aqui rastejando por um campo de espinheiros?

— Senhoras. — Rosalina inclinou-se em uma reverência, deixando que o cabelo caísse para esconder seu rosto em fogo. Tinha feito o melhor possível para alisar o vestido amassado, mas havia um rasgo no ombro e uma mancha lamacenta de bota na barra. Mas ela não tinha muito interesse em contar os acontecimentos daquela noite para os da Casa Capuleto. Eles logo saberiam, de qualquer modo, se seus primos esquentados não conseguissem ficar de boca fechada.

— Ama, pegue uma toalha e arrume o vestido dela. Mesmo suja como um moleque de rua, Rosalina, você pelo menos faz uma bela reverência, adequada para qualquer corte. Embora até isso seja um desperdício com esta minha filha preguiçosa. — A duquesa cutucou com força a mulher deitada na cama.

Quando a ama terminou de se agitar em torno dela, ajeitando-lhe o vestido, Rosalina se aproximou da cama de dossel. A tia não deu nenhum sinal de reconhecer sua presença. Rosalina abafou um som de surpresa ao vê-la. A sra. Capuleto fora uma das mulheres mais admiradas de Verona desde que Rosalina se lembrava. Pequena em tamanho, mas grandiosa em beleza, ela dominava todos os bailes e festas, com seu olhar afiado percorrendo a sala, enquanto outras mulheres da família Capuleto menos graduadas seguiam em seu rastro. Nenhuma mulher podia esperar ascender às posições mais elevadas da sociedade de Verona sem a sua proteção.

Agora, a delicadeza de seus traços permanecia, mas seu poder parecia ter se evaporado. A pele era flácida e pálida, o olhar antes temível era baço e desfocado, e ela se mostrava tão dócil quanto uma criança, enquanto a ama e sua mãe a sentavam, apoiada nos travesseiros.

— Está vendo, Lavínia? — a duquesa falou alto. — Rosalina veio visitá-la. Não vai se levantar para cumprimentar sua sobrinha?

A sra. Capuleto não pareceu ouvir. Seu olhar estava fixo em um canto escuro do quarto, os dedos dançando inquietos pela bainha da colcha. A duquesa Francesca soltou um grande suspiro.

— Tem sido sempre assim desde que sua Julieta sangrou até a morte no túmulo — ela disse para Rosalina. — O sofrimento é um inimigo, mas ela o acolhe como se fosse o mais querido dos amigos e não quer a companhia de mais ninguém.

— Ela sofreu um choque terrível — respondeu Rosalina. — Com certeza vai se recuperar.

— Será mesmo? — a duquesa perguntou. — A sra. Montecchio não se recuperou. Morreu quando soube que seu filho havia se matado nos braços de uma Capuleto. — Ela deu uma sacudida leve na filha. — Os Capuleto não podem se permitir essa fraqueza. Filha, sua família já perdeu sua herdeira. Vai ter que perder sua senhora também?

Não houve resposta. Com um olhar apreensivo para a duquesa Francesca, a ama se aproximou mais da sra. Capuleto e murmurou palavras de conforto no ouvido de sua senhora enquanto ajeitava os cobertores em volta dela.

A duquesa sacudiu a cabeça e saiu de perto da cama.

— O que o sr. Capuleto deseja com você, Rosalina? Ele não quis me contar.

— Não sei. Cheguei há pouco e meu tio tem outros assuntos para resolver.

— Tomara que ele tenha mais juízo que a esposa. Isso é um escândalo, ver os Capuleto chegando tão baixo. E a cumplicidade de nosso príncipe nisso! Você sabia, menina, que ele não pretende levar os Montecchio à justiça?

Rosalina franziu a testa.

— Justiça? O que os Montecchio fizeram de errado que ainda não tenha sido punido?

Sua tia-avó bufou de indignação.

— Sedução. Rapto. Assassinato. Um homem roubar uma donzela da casa de seus pais, seduzi-la, violentá-la, levá-la à morte. O príncipe é condescendente demais com os crimes da Casa Montecchio.

— Mesmo que Romeu tivesse feito essas coisas, ele está morto agora.

— Pode ser, mas sua casa continua prosperando. O príncipe não se importa com justiça, nem em trazer paz para as almas aflitas por causa desse confronto, como minha pobre filha.

— Paz? — a voz da sra. Capuleto soou atrás delas. Rosalina se virou e viu que a posição da tia continuava a mesma. Seu olhar ainda estava fixo em algum ponto, a milhares de quilômetros de distância, e ela parecia inconsciente da presença delas enquanto continuava a falar. — Você acha, mamãe, que a queda da Casa Montecchio seria suficiente para curar as feridas da morte de Julieta? Foi a espada de nosso próprio Tebaldo que matou o parente do príncipe, Mercúcio. Você vai exigir que o príncipe derrube a Casa Capuleto pedra por pedra também? Isso seria suficiente para comprar de volta um momento da vida de minha doce criança?

— Quieta, sua idiota. Não fale tamanhos absurdos contra sua própria família. — A duquesa Francesca a sacudiu com força. Rosalina gritou e segurou a mão da tia-avó.

— Solte-me, menina. Onde estão suas boas maneiras?

— Ela está sofrendo! Acha que violência vai curá-la disso?

O gesto agressivo, contudo, não conseguiu deslocar o sorriso distante da sra. Capuleto.

— Os mortos não podem voltar — retrucou a duquesa —, mas podem ser vingados. Sofrimento não é desculpa para a fraqueza.

Por fim, o olhar da sra. Capuleto as encontrou. Ela pareceu surpresa ao ver Rosalina.

— Você, minha criança — disse ela. — Meu marido e seus primos mataram o Montecchio que cortou a garganta de seu pai. Diga, não foi sangue suficiente para você?

Rosalina não soube responder.

— Não — a sra. Capuleto murmurou. — O sangue dos Capuleto vale muito mais do que isso.

A porta se abriu de repente, revelando o sr. Capuleto.

— Ah, você está aí — disse ele para Rosalina. — Eu lhe disse para esperar.

Ela lhe dirigiu um sorriso educado.

— O senhor estava ocupado, tio. Vim fazer uma visita à minha tia.

— Estou pronto para recebê-la. Venha. — Ele a conduziu até a porta, depois hesitou e se virou antes de sair. — Minha senhora — disse, na direção vaga da cama de sua esposa. — Como está?

Ela sorriu fracamente.

— Bem, senhor.

— Ótimo. — Capuleto segurou Rosalina pelo cotovelo. — Venha, menina.

Ele levou a sobrinha de volta para o escritório e indicou-lhe a cadeira na frente de sua mesa. Ela estivera poucas vezes ali. Quando era criança, na época em que era uma convidada constante naquela casa, ela, Julieta e Lívia costumavam entrar ali escondidas, embora fosse estritamente proibido. Lembrava-se de se esconderem sob a grande mesa de carvalho, com a mão sobre a boca de Julieta para abafar as risadas da prima.

Seu tio se acomodou atrás da mesa, com as mãos cruzadas sobre a enorme barriga. Ficou olhando para ela, mas não fez nenhum movimento para falar. Após um tempo, sua testa se enrugou.

— Rosalina — disse ele. — Rosalina, da Casa Capuleto.

Rosalina se esforçou para manter o rosto neutro.

— Da Casa Tirimo, senhor. — Verona parecia inclinada a se esquecer do nome de seu pai morto, mas ela não.

Seu tio, como esperado, desconsiderou o comentário.

— Seu pai Tirimo se casou com a minha irmã. Isso faz de você uma Capuleto. Além disso, ele provou ser um de nós ao final, não é mesmo?

Rosalina apertou os dedos.

— Imagino que não exista uma característica mais típica da família do que cair sob a espada de um Montecchio.

— Controle essa língua, menina. — Ele pegou uma tigela sobre a mesa e a estendeu para ela. — Tome, pegue uma bala.

— Não, obrigada.

Ele sacudiu a tigela na frente dela outra vez.

— Vamos, pegue. Vocês, crianças, adoravam isto.

— Sim, quando ainda estávamos sob os cuidados de uma ama.

Seu tio a olhou com atenção, como se estivesse espantado por ela não ser mais uma menininha correndo pela casa toda. Pigarreou.

— Acho que não estivemos muitos próximos nesses últimos anos, com você e com... humm...

— Lívia.

— Lívia. Claro.

Será que seu tio um dia soubera o nome da sobrinha? Ou esquecera nos seis anos que haviam se passado desde que elas deixaram de ser convidadas habituais ali? Seu pai morrera quando Rosalina tinha onze anos; sua mãe falecera dois anos mais tarde, após uma longa doença. Mesmo antes de ela morrer, duas meninas sem pai e sem nenhuma grande perspectiva de vida não eram mais consideradas companhias ideais para a jovem flor dos orgulhosos e ambiciosos Capuleto. Rosalina e Lívia eram convidadas para a casa em festas e comemorações, mas sua amizade com Julieta sofrera um final abrupto. Rosalina pensou em lembrar seu tio disso, mas ele parecia tão cansado que ela não teve coragem.

Ele rompeu o silêncio.

— Você foi sempre uma criança querida... Julieta... — Ele pigarreou outra vez. — Julieta sentia sua falta.

Rosalina concordou lentamente com a cabeça.

— Senhor — disse ela. — Diga-me por que me chamou aqui.

— Rosalina, seja qual for a casa da qual tome seu nome, você é uma Capuleto e vai obedecer.

— Como assim, tio?

Ele se levantou, caminhou até ela, segurou seu queixo entre o indicador e o polegar e virou-lhe o rosto para um lado e para o outro, como se ela fosse um bezerro que ele estivesse pensando em comprar.

— Bem bonita — disse ele, como se para si mesmo. — Uma autêntica Capuleto. O retrato vai ficar bom. E com idade suficiente para se casar, de qualquer modo. Sim, você é exatamente o que ele pediu.

Rosalina estremeceu.

— Casar, senhor?

— Sim, eu fiz um acordo matrimonial para você. Bem, não o fiz sozinho. Rapaz! — O sr. Capuleto abriu a porta e chamou seu valete. — Traga os outros convidados.

No momento seguinte, Rosalina deu um pulo da cadeira, porque entrou na sala um homem que ela reconheceu como o sr. Montecchio. E, com ele, estava Benvólio.

Seu grito de "O quê?" ressoou no ar no mesmo instante em que Benvólio ecoava, "Tio! *Ela?*"

Rosalina se virou para ele, boquiaberta.

— Você sabia disso?

O sr. Montecchio pôs a mão no ombro de Benvólio para contê-lo.

— Rapaz, você concordou em se casar com uma donzela Capuleto não faz nem meia hora.

— Sim, eu concordei em me casar com uma donzela, não com uma harpia!

— Sobrinha — o sr. Capuleto disse secamente —, vejo que você e seu noivo já se conhecem.

— Eu não estou noiva de homem nenhum — ela respondeu. — E certamente não *dele*.

Benvólio cruzou os braços.

— Nisso podemos concordar, senhorita.

O sr. Capuleto levantou as mãos para calar a ambos.

— Vocês *vão* se casar! — ele decretou. — Crianças insolentes, vão fazer como lhes for ordenado. Pelo bem de nossas famílias.

Benvólio fez um som de desdém.

— A última coisa de que minha família precisa é que eu leve uma cobra para casa.

O sr. Capuleto levantou um dedo na direção de Rosalina.

— Pela sua honra...

Rosalina o encarou, furiosa.

— Meu tio, se o senhor soubesse o quanto eu me importo com a honra dos Capuleto...

— E quanto a Verona?

A voz serena soou no meio da discussão. Embora fosse mais baixa que os gritos dos outros, fez com que eles silenciassem de imediato. Rosalina engoliu em seco quando viu o recém-chegado.

— Alteza — disse ela.

Com o rosto quente, ela fez uma reverência profunda. O príncipe Escalo estava parado à porta do escritório.

De braços cruzados, ele olhava para a sala, examinando a cena dos súditos que brigavam à sua frente. O governante de Verona era um jovem de vinte anos, havia apenas quatro anos no trono, mas o olhar calmo e revestido de autoridade que dirigiu aos dois vassalos de meia-idade que se curvavam diante dele não dava nenhum sinal de hesitação ou deferência.

— Levante-se — ele disse para Rosalina, com um gesto de cabeça. Seus lábios se torceram de leve quando olhou para ela, como se estivesse com vontade de sorrir de sua fúria. *Srta. Espinhenta*, ele costumava chamá-la, porque dizia que ela era irritadiça demais para seu doce nome de flor, mas, se ele se lembrou naquele momento de como gostava de provocar a pequena Rosalina até exasperá-la quando era menino, não deu nenhum sinal disso.

Rosalina ergueu o corpo e encarou o soberano com uma respiração profunda.

— Perdão pela minha conduta, mas, se soubesse o que eles estavam planejando, alteza... quando eu lhe contar sobre esse plano estúpido de noivado...

— Eu o conheço bem. Foi ideia minha.

A voz de Rosalina perdeu sua estridência.

— Sua? — ela murmurou.

O sorriso que ele lhe dirigiu não foi indelicado.

— Sim. E uma de minhas melhores. — Ele olhou em volta, com as mãos presas uma na outra, à frente do corpo. — Os senhores, Montecchio e Capuleto, são uma praga para esta cidade — disse ele. — Já perdi muitos súditos e muitos amigos para esse ódio sem sentido. Eu sei — ele ergueu uma das mãos quando os senhores das duas casas se moveram para protestar — que juraram no túmulo de seus filhos que tal ódio morrera com eles, mas essa não é a primeira vez que semelhantes votos foram feitos. Será preciso mais do que belas estátuas para mantê-los. — A expressão do príncipe era muito austera, e Rosalina e Benvólio se entreolharam. Parecia que o príncipe sabia que a estátua de Julieta havia sido desrespeitada, mas seus tios aparentemente não tinham conhecimento disso. Ela decidiu não falar nada. Não tinha certeza se os dois senhores seriam muito melhores que seus sobrinhos para manter a cabeça fria. Melhor deixá-los descobrir por conta própria, separadamente.

O príncipe virou-se para Rosalina outra vez. Um pouco do distanciamento real deixou seu rosto quando ele olhou para ela. Por um momento, ela pôde ver o menino loiro e alto que no passado corria atrás dela nas brincadeiras pelo jardim do palácio. Durante sua infância ali, ela achava que o irmão mais velho de Isabella era o cavaleiro mais bonito e corajoso de toda a Itália, embora ele fosse apenas três anos mais velho que ela. Antes de ele ser enviado para ser educado na corte de Veneza e aprender os modos da fidalguia, tivera uma pequena e apaixonada sombra em forma de Rosalina que o seguia por toda parte. E ele a tratava com a mesma afeição impaciente que dedicava a Isabella.

Os sentimentos dela por ele, porém, nunca haviam sido fraternos. Agora, quando ele procurou sua mão, a sensação dos dedos quentes do príncipe em torno dos seus fez o coração de Rosalina começar a bater descompassadamente.

— Querida Rosalina — disse ele, olhando-a direto nos olhos. Ela tentou respirar. Os olhos dele eram tão azuis, tão cheios de afeição sincera. — Minha primeira companheira de brincadeiras. Não há ninguém que eu mais estime em toda a Verona. Foi por isso que eu a escolhi para ser a esposa de Benvólio.

Rosalina ficou paralisada, incapaz de qualquer outra coisa, além de encará-lo. Como pôde ter sido ele quem escolhera esse destino para ela?

— Suas famílias não podem continuar se destruindo — o príncipe prosseguiu. — É evidente que não conseguem existir como duas, então precisam se tornar uma só. — Ele se virou para os Montecchio. — Benvólio é agora o jovem solteiro de posição mais elevada que tem o nome Montecchio; Rosalina é a parente solteira mais próxima de Julieta. — O príncipe Escalo pegou a mão de Benvólio e a segurou junto à de Rosalina, mantendo-as presas com suas próprias mãos. — Vocês vão se casar e as duas famílias serão unidas. E a cidade verá que um casamento entre um Montecchio e uma Capuleto não precisa terminar com meia dúzia de corpos.

As palavras do príncipe soaram leves, quase brincalhonas, mas havia força no modo como ele segurava as mãos dos dois.

— Normalmente não me importa com quem meus súditos se casam, mas, nessas circunstâncias, eu acredito sinceramente que a sobrevivência de minha cidade depende disso. Sigam a orientação de suas famílias e de seu soberano nesse assunto.

O olhar de Rosalina encontrou o de Benvólio. O rosto dele tinha uma expressão fechada inescrutável enquanto a fitava. Ele abriu a boca como para protestar, depois desistiu. Um músculo se contraiu em seu queixo. O coração de Rosalina desabou. Se nem um homem que a odiava punha-se contra o casamento, quem o faria?

— Há mais uma razão para eu ter pensado nesse casamento. — A voz do príncipe suavizou-se um pouco. — Tantos estão mortos, mas vocês... você, Benvólio, você, Rosalina... vocês estão *vivos*. Vocês sobreviveram. Esse turbilhão de mortes que dizimou suas famílias e levou até mesmo Páris e Mercúcio, meus primos, passou por vocês e os deixou ilesos.

Os olhos escuros de Benvólio encontraram os dela outra vez. A profundidade da dor que ela viu neles fez sua garganta arder.

— Não exatamente ilesos, alteza — ela falou baixinho.

As mãos do príncipe se apertaram sobre as deles.

— Não, nenhum de nós saiu ileso. Mas, seja como for, vocês estão aqui, e eles não. Para os outros, rivalidade e morte; para vocês dois, vida e paz. Sabem por que foi assim?

Eles não responderam.

— Eu também não sei — disse o príncipe. — Mas, tenha sido destino, sorte ou sabedoria que os salvou, Verona precisa disso agora.

Rosalina interrompeu suas palavras bonitas com um bufar deselegante.

— Paz? — disse ela. — Paz? — Ela soltou a mão e apontou para a marca vermelha no rosto de Benvólio. — Quer saber onde o pacífico Benvólio arrumou isto? Da minha pacífica mão.

As sobrancelhas do príncipe se levantaram. Ele voltou um olhar questionador para Benvólio, que confirmou com a cabeça. Seus dedos passaram de leve sobre o vergão que ela havia deixado em sua face. Rosalina não sabia que podia bater com tanta força.

— Sim — disse ele. — Não faz nem uma hora.

Rosalina pôs a mão na face de Benvólio, mostrando como a marca combinava com a forma de seus dedos. Ele fez uma careta e puxou o rosto do toque dela.

— Isso foi o resultado de cinco minutos de convivência com este sujeito. Imagine o que uma vida de casamento iria causar. Não traríamos nenhuma paz a Verona, alteza.

Benvólio virou-se e ficou ombro a ombro com ela, de frente para o príncipe.

— Ela tem razão, meu senhor. Isso nos sentenciaria a uma vida de sofrimento.

O príncipe não disse nada, apenas ficou olhando para seu jovem vassalo, com os braços cruzados e as sobrancelhas ligeiramente erguidas.

Um sorriso tenso atravessou o rosto de Benvólio.

— Mas, claro — disse ele —, meu sofrimento está sempre às ordens de vossa alteza.

Rosalina olhou surpresa para ele. Como ele podia consentir com aquela loucura? Ele a odiava bem mais do que ela o desprezava. As palavras cruéis que ele lhe dirigira no cemitério eram prova disso.

Bem, se havia perdido seu único aliado, ela simplesmente teria de evitar aquela loucura sozinha. Dando um passo à frente, caiu de joelhos aos pés do príncipe e segurou sua mão.

— Meu príncipe — disse ela —, eu lhe imploro. Como sua súdita leal e — ela engoliu e se forçou a olhar nos olhos dele — como alguém que você talvez tenha considerado amiga no passado. Escalo, por favor, não me peça isso.

Atrás de si, ela ouviu o velho Montecchio puxar a respiração. Seu tio avançou como se fosse pegá-la, mas se controlou. Rosalina ficou imóvel. Sua familiaridade era indesculpável, e ela sabia disso. Chamar o príncipe pelo nome! Chamá-lo de *você*, como se ele fosse seu igual, seu amigo íntimo! Muito possivelmente ela fora a primeira a se dirigir a ele dessa maneira desde que ele assumira o trono. Mas estava certa de que, se ao menos conseguisse alcançá-lo, se conseguisse romper aquela máscara fria e ausente de majestade e ele a *notasse...*

O príncipe puxou a mão. Rosalina achou que talvez tivesse visto um brilho em seus olhos, mas ele os desviou e se apoiou na mesa de seu tio, de costas para eles.

— Contenha-se, senhorita — disse ele, virando-se novamente, com a máscara de indiferença real mais uma vez no rosto. — Além do mais, eu não estava *pedindo*.

Rosalina deixou as mãos escorregarem de volta para o colo. Olhou para os rostos acima de si. Seu tio, tão vermelho como se tivesse tomado uma garrafa de vinho. Montecchio, reservado e frio. Benvólio, descontente, mas resignado. Entre eles, aqueles homens tinham selado o destino dela.

Ou, pelo menos, era o que pensavam.

Rosalina alisou a saia e se levantou.

— Eu também não estava pedindo. Senhores, eu *não* vou me casar com Benvólio.

Seu tio pigarreou ruidosamente.

— Não seja louca, menina. Você não tem escolha.

— Ah, não tenho? Os senhores são homens poderosos, mas nem assim podem forçar uma mulher a fazer votos de casamento que ela não pronunciará.

O príncipe franziu a testa.

— Não — disse ele. — Mas posso proibi-la de se casar com qualquer outro. Recuse Benvólio, Rosalina, e morrerá solteira.

Rosalina pôs-se a rir. Os homens à sua volta estavam certos de que a haviam pegado em uma armadilha e que a forçariam a fazer o que eles desejavam; mal sabiam que ela já tinha escapado da rede.

— Ah, meus senhores, esse é o meu maior desejo. Muito antes de Romeu ouvir o nome de Julieta, já era minha intenção um dia partir de Verona e entrar para um convento, em algum lugar onde nunca se ouviu falar das famílias Montecchio e Capuleto. — Ela se dirigiu para a porta. — E parece que já me demorei tempo demais. Talvez meus senhores encontrem outra dama disposta a gerar filhos para ficar à mercê das espadas dos Montecchio e Capuleto, mas não a encontrarão na Casa Tirimo. Boa noite, senhores.

E, com isso, Rosalina passou pelos homens atônitos, desceu as escadas ricamente atapetadas e atravessou os portões da Casa Capuleto para o ar fresco da noite de Verona.

A brisa era agradável em suas faces quentes. As sentinelas da Casa Capuleto a olharam intrigadas, e Rosalina não pôde deixar de rir outra vez, lembrando-se de como seu tio ficara boquiaberto. Provavelmente sua boca ainda não se fechara. Quantas vezes ela se imaginara dizendo a seus parentes Capuleto que pouco lhe importavam seus modos intimidadores e egoístas? Ela nunca pensara que teria uma chance de dizer isso na cara deles. Estragar os planos das duas casas ao mesmo tempo — ah, furiosa como estava, isso era uma emoção embriagante.

Claro que a presença de Escalo ali para vê-la guinchando como uma harpia nunca fora parte de seus devaneios.

Vossa alteza, ela lembrou a si mesma, *Escalo não.* Rosalina pressionou as mãos nas faces, que estavam em brasas novamente. Havia anos que ele não falava tanto com ela. E, quando finalmente a procurou, era para *aquilo*. Para negociá-la como uma propriedade pessoal.

O que ela falou era verdade: desde a morte de seus pais, ela decidira que era melhor tornar-se freira do que se casar com algum nobre menor que provavelmente acabaria morto na ponta de uma espada. Não, a vida de uma freira podia não ser excitante, mas pelo menos ela não veria seus parentes matando e sendo mortos. Ela pretendia ir para um convento assim que Lívia encontrasse um marido. Não havia contado seus planos a ninguém, nem mesmo para Lívia. Era seu maior segredo.

Não, não era o seu maior segredo. Ela raramente admitia para si, mas, com o coração ainda pulando no peito e o calor da palma dele ainda queimando as costas de sua mão, era impossível negar. Havia, na verdade, um único homem que poderia impedi-la de fugir para um convento com uma só palavra. Escalo.

— Rosalina!

Falando no diabo... A voz de seu soberano soou atrás dela. Mesmo agora, havia pouca urgência na voz dele, apenas contrariedade; o príncipe, ao que parecia, estava pouco acostumado a ouvir uma recusa e não conseguia acreditar que aquilo houvesse acontecido.

— Rosalina, pare, estou mandando!

Rosalina parou e se virou. Lá estava seu príncipe em um clarão de luz de tochas, parecendo zangado. Ela se curvou uma vez mais, em uma reverência debochada.

— Como vossa alteza ordenar. Qual é a vossa vontade?

— Você sabe qual é a minha vontade.

Agora era ele quem a tratava com intimidade. Estaria fazendo isso com a mesma intenção dela, para lembrá-la da velha amizade? Ou estaria se dirigindo a ela como faria com uma criada?

— Sou uma súdita leal às ordens de vossa alteza — respondeu ela.

— Em tudo, menos isso.

— Pelos céus, Rosalina! Benvólio é um excelente cavalheiro.

— Não, não é.

— Eu lhe digo que é. Não confia em minha palavra? — Seu sorriso, quando veio, era muito doce e com as mesmas covinhas de sempre. Como era possível? — Como você mesma disse, já fomos amigos.

— *Pequena e doce Rosalina, por que está chorando?*

— *Você sabe muito bem por quê, seu malvado* — disse ela, fungando.

— *É certo uma moça chorar quando está com o coração partido.*

Escalo começou a rir.

— *Mas quem deixou seu coraçãozinho tão machucado?*

— *É verdade, senhor, que vai para Veneza ao amanhecer?* — Ela virou seu pequeno rosto manchado de lágrimas para ele.

Escalo pareceu surpreso.

— *Sim, claro.* — Seu peito adolescente estava estufado de orgulho. — *Eu sirvo o duque de Veneza como seu escudeiro.*

Rosalina se pôs a chorar novamente. Escalo deu leves tapinhas em suas costas trêmulas.

— *Não chore.*

— *Eu vou chorar* — ela prometeu. — *Sim, eu vou chorar, e chorar, e não vou parar até você voltar para se casar comigo.*

Escalo riu e fez um carinho nos cachos dela.

— *Por favor, seque suas lágrimas. Eu juro que vou voltar.*

E ele voltou, vários anos depois, quando seu pai adoeceu. Mas o pai dela morrera nesse meio-tempo, e sua mãe morrera pouco depois do retorno de Escalo. A menininha de sete anos que ele deixara fora substituída por uma jovem pobre e séria, mal reconhecida por sua própria família, nem de perto importante o bastante para ser amiga do príncipe. Pouco o vira desde então.

Todos os traços daquela criança feliz e afetuosa haviam desaparecido havia muito, exceto seu amor por ele.

Ela se manteve em uma profunda reverência, com os olhos modestamente baixados, a imagem da obediência educada que lhe estava recusando. Com um som de impaciência, Escalo segurou seus ombros e a puxou gentilmente para que se erguesse.

— *Levante-se, pelo amor de Deus.*

Rosalina tentou disfarçar o modo como sua respiração parou quando ele a tocou. Ele estava de pé a um palmo de distância, olhando com ar interrogador para os olhos dela, como se pudesse adivinhar ali o segredo de sua rebeldia.

— *Sim, nós já fomos amigos* — disse ela, dando um passo atrás para escapar das mãos dele. — *Mas você não falou nem cem palavras comigo desde que voltou a Verona, Escalo. Pode realmente dizer que me considera uma de suas amigas mais queridas? Então por que eu o deveria considerar assim? Por favor, não me insulte.*

A expressão de desgosto de Escalo se intensificou.

— Está sendo muito íntima, senhorita. Controle seus modos.

— Íntima, é mesmo? — Havia um tom áspero, irônico em sua voz, que ela não conseguiu segurar. — Em um momento você pede que eu aceite sua vontade com base em nossa amizade, e no seguinte me repreende como a uma camponesa arrogante? Castigue-me, então, alteza, por minha temeridade. Despoje-me de minha fortuna; eu não tenho nenhuma mesmo. Proíba-me de me casar. Eu ficarei agradecida. Exile-me. Oh, querido *amigo,* não poderia me fazer favor maior.

— Você está muito brava — disse Escalo, com a voz baixa.

Ela passou a mão furiosa pelos olhos.

— E você não está menos.

Escalo pareceu um pouco surpreso com isso. Mas, sim, ela ainda o conhecia bem o bastante para ver a fúria por baixo daquela superfície refinada.

— Tem razão. Essa briga de famílias não tratou bem nenhum de nós. — Ele pegou seu lenço e o ofereceu a ela. Ela o ignorou. — É por isso que decidi fazer algo para lhe dar um fim.

— Um objetivo nobre, mas seus métodos são fracos. Case-me com Benvólio e nossos primos vão se matar uns aos outros durante a festa de casamento.

— Você está enganada.

Ela sorriu tristemente.

— Nunca saberemos. Eu dei meu sangue para essa briga. Não darei meu corpo também. Sei que vossa alteza não está muito preocupado com minha felicidade, mas juro que será assim.

Ele pareceu ter levado um golpe.

— Acha mesmo que eu não me preocupo com a sua felicidade?

— Eu sei que não. — Ela engoliu em seco. — Isso não importa. Um soberano não é obrigado a ter amizade com órfãs de recursos modestos, insignificantes demais para serem notadas até mesmo por sua própria família. Lívia e eu não precisamos de sua proteção, nem de ninguém mais nesta maldita cidade.

Um lampejo de tristeza passou pelo rosto de Escalo.

— Você acha que é por isso que fiquei distante? Rosalina, eu... Meu próprio pai tinha acabado de morrer, minha irmã estava em uma cidade estrangeira, eu mesmo tinha sido recém-coroado. Minhas antigas intimidades não podiam continuar depois que eu subi ao trono. Eu só pensei em Verona.

— E ainda é assim — disse Rosalina. — Uma característica excelente em um soberano.

— Todos abandonaram vocês?

— Se fosse pelos Capuleto, Lívia e eu teríamos ido direto para um convento depois da morte de nosso pai. Por sorte, o aluguel de nossa casa nos dá uma pequena renda. É só por essa razão que a duquesa nos deixa morar em um canto de sua propriedade até que nos casemos.

— Sua casa é em Verona — ele observou. — Talvez você tenha mais necessidade desta "maldita cidade" do que pensa.

— Sim, é verdade, mas não podemos mais morar aqui. — Ela odiou a expressão de pena no rosto dele. Aquela noite já não havia sido suficientemente ruim sem que ele viesse se intrometer nos anos de humilhação dela e de Lívia? Rosalina fechou os braços sobre a dor em seu peito. — Mas fique tranquilo. Isso não é da sua conta.

Ele estendeu dois dedos e levantou com gentileza o queixo dela para a luz. Rosalina soltou um suspiro assustado quando ele limpou as lágrimas de seu rosto suavemente com seu lenço, como havia feito quando ela era pequena. Seus olhos se fecharam ao toque dele.

— Você recuperaria sua posição e ainda mais — ele a lembrou — se fosse senhora tanto dos Montecchio como dos Capuleto.

Ela riu.

— Argumento fraco, depois de tudo que você já lançou contra minhas defesas esta noite. Admita a derrota, Escalo. Minha castidade permanecerá intocada. — Ela se afastou e ofereceu-lhe mais uma reverência.

Ele inclinou a cabeça, examinando-a com os olhos apertados, depois concordou e lhe deu licença para partir.

— O tempo dirá, Rosalina — ele disse suavemente. — Não sou derrotado tão facilmente.

— Que assim seja. O tempo dirá.

Parte 2

†

Antes ouvir meu cachorro latir para uma gralha
que um homem jurar que me ama.
— *Muito barulho por nada*

O PRÍNCIPE ESCALO NÃO SABIA O QUE FAZER.

Ele se debruçou na janela, sentindo a brisa da manhã no rosto. Toda a Verona estava estendida sob ele. E, além de suas muralhas, o rio, os belos campos verdes e as estradas serpenteavam até o horizonte. O palácio de Verona ficava no ponto mais alto da cidade, no cume da colina mais elevada. Às vezes o chamavam de "Boas-vindas a Verona", porque, ao chegar pelo rio, as torres do palácio eram a primeira parte da cidade que um cansado viajante avistava.

A perspectiva de Escalo sobre o palácio era inusitada. Imune à sua beleza, ele achava as grossas paredes cinzentas sufocantes. Mais ainda agora, que morava sozinho dentro delas. Sua mãe morrera quando ele tinha catorze anos, três anos depois de ele partir para Veneza para ser o escudeiro do duque; ele estava muito longe para voltar para o funeral. Na vez seguinte em que voltou foi para dar adeus ao pai, que definhava com febre. Três dias depois de sua chegada, o velho príncipe morreu, e Escalo assumiu o trono pouco após seu aniversário de dezesseis anos. A coroa era mais pesada do que ele imaginara.

E era por isso que estava agora debruçado na janela, olhando para o rio, brincando de um jogo que vinha aperfeiçoando desde pequeno: "Imagine se o Príncipe Escalo Renunciasse à Coroa para Virar um Pirata de Rio".

Um jogo que ficava ainda mais encantador pela infantilidade. Sem mais famílias brigando. Sem mais embaixadores cheios de exigências enviados por tiranos vizinhos. Sem mais sofrimento nos olhos de sua amiga de infância, só porque ele pedira ajuda para evitar que a cidade se desfizesse em pedaços. Apenas ele, sua tripulação de confiança e a água azul cintilando...

— Alteza.

Com um suspiro interior, Escalo virou-se e viu seu chanceler, Penlet, esperando pacientemente por sua atenção. Penlet era um homem de meia-idade, e era assim desde que Escalo podia se lembrar. A túnica preta discreta, o cabelo sem cor, a boca sempre comprimida em uma expressão de mau humor — tudo isso era exatamente como na época em que Escalo ainda era muito jovem. O homem parecia sempre levemente resfriado, não o bastante para tirá-lo de seu trabalho incansável, mas o suficiente para lhe proporcionar uma tosse discreta por meio da qual chamava a atenção de seu soberano para as questões do momento. Escalo confiava nele, contava com ele para tudo, e às vezes o detestava como o cavalo de arado detesta o chicote.

Escalo sentou-se atrás de sua mesa.

— Sim, Penlet — disse ele. — Quais são as novidades?

— Meu senhor — começou Penlet, depois de cobrir a boca para uma daquelas leves tosses refinadas. — É algo referente às Casas Capuleto e Montecchio.

Escalo resistiu à vontade de voltar à janela e ignorá-lo.

— Sim, o que é agora? Capuleto finalmente conseguiu arrastar Rosalina para o altar? Esperei três dias para que ele a convencesse. Quanto tempo um senhor pode levar para submeter uma donzela à sua vontade?

Penlet sacudiu a cabeça.

— Ela afirma que está doente e não quer ver ninguém, nem mesmo o tio.

Se Rosalina estava doente, ele era o imperador da Rússia.

— E o que mais? O vigia descobriu quem profanou a estátua de Julieta?

— Não, alteza. O sr. Montecchio mandou limpá-la e restaurou sua beleza original. Os Montecchio juram que não foram eles que a desrespeitaram, e o vigia não conseguiu encontrar nenhuma prova de que tenha sido eles.

Claro que não. O vigia era incapaz de encontrar qualquer coisa que não estivesse escondida no fundo de um barril de cerveja. Escalo pressionou o pulso entre os olhos.

Penlet deu mais uma leve tossida.

— Há mais, senhor.

— Sim. O que é?

— Na praça do mercado esta manhã — respondeu Penlet. — Quando os mercadores chegaram ao amanhecer para abrir as barracas, encontraram isso pendurado em uma árvore no centro da praça.

Ele tocou um sino e um lacaio entrou carregando um punhado de tecido e uma corda de formato estranho. A um sinal de Penlet, ele o levantou.

Era um boneco de pano na forma de um homem, com uma corda presa com um nó corrediço no pescoço. Rabiscadas no peito estavam as palavras "morte à Casa Montecchio".

— Mil vezes maldição! — Escalo explodiu. — Quem fez isso, Penlet?

Seu chanceler engoliu em seco.

— Ninguém viu acontecer.

— Não, claro que não. Mas todos os mercadores o viram pendurado lá esta manhã. O que significa que toda a cidade sabe. — Escalo bateu o punho na mesa. Penlet levou um susto e suprimiu um gritinho.

Malditos sejam todos eles. Se esse tipo de provocação continuar, não vai demorar até que as duas casas estejam abertamente em guerra. Só Deus sabe o que mais eles levariam à ruína junto consigo.

— Envie mensageiros aos Montecchio e aos Capuleto — ordenou. — Digam-lhes para manter as espadas embainhadas. Vamos descobrir a verdade dessa história. E digam ao velho Capuleto que, se ele souber quem fez isso, é melhor que me conte agora ou será pior para ele.

Penlet assentiu, fez uma reverência e recuou para fora do cômodo.

— Ah, Penlet — Escalo o chamou —, e mande dizer a Capuleto que quero aquela sobrinha dele casada ainda este mês.

☦

Rosalina trancou-se resolutamente em casa.

Normalmente, naquela época do ano, as portas do chalé eram abertas para deixar que as brisas frescas amenizassem o calor da casa. Mas, nos últimos três dias, haviam permanecido trancadas por ordem de Rosalina. Qualquer visitante que desejasse falar com as irmãs teria de bater à porta e aguardar autorização para entrar. O que ninguém recebia.

— Seriamente — disse Lívia, deixando de lado sua costura enquanto o estrondo de alguém batendo forte à porta ressoava pela casa. — É o terceiro hoje. Com certeza nunca tivemos tantas visitas. Você devia desrespeitar a vontade do príncipe com mais frequência, Rosalina.

Rosalina finalizou o bordado de uma rosa com tanta violência que enfiou a agulha no dedo.

— Essas companhias nós podemos dispensar. Vá e mande-os embora, por favor.

Lívia concordou com a cabeça e dobrou cuidadosamente a toalha de mesa que estava consertando.

— Quem você acha que é desta vez? Nosso tio de novo, um de seus criados, ou os homens do príncipe?

Rosalina riu, gemendo de leve ao puxar a agulha da pele. Seu tio e o príncipe vinham se revezando para tentar adular, persuadir e ordenar que ela se casasse. Felizmente, a duquesa, a única pessoa com algum poder real para ameaçar as jovens Tirimo, recusara-se a se envolver. O que, em vista de seu ódio pelos Montecchio, não era nenhuma surpresa.

— Pouco me importa. Só diga a eles...

— Eu sei. — Lívia levou as costas da mão à testa simulando um desmaio. — Oh, meu senhor, minha querida irmã está mortalmente enferma. Embora ela deseje, não, anseie por ver o rosto de seu muito favorito tio Capuleto, que não falou nem três palavras com ela durante anos, o médico a proibiu terminantemente de receber qualquer pessoa que queira induzi-la a se casar, pois ouvir o nome "Benvólio" a faz explodir em urticária.

Rosalina riu outra vez e deu um empurrão em sua irmã na direção da porta.

— Deixe o drama para os atores de teatro. Só avise que estou doente e não posso receber visitas. — Essa foi a razão que ela deu para ter se tornado uma eremita naqueles últimos dias, e ninguém a contradiria publicamente. Apenas uns poucos Montecchio e Capuleto sabiam a verdade sobre o noivado a que o príncipe tentava forçá-la; seu tio e o príncipe não o haviam anunciado em público. Nisso, pelo menos, tinham sido sábios. Se a sociedade de Verona soubesse que uma donzela Capuleto havia recusado um pretendente Montecchio, a humilhação desta última casa não teria limites.

— Assim é chato — veio a voz de Lívia do corredor.

Instantes depois, Rosalina ouviu o ranger de madeira no saguão de entrada, quando Lívia abriu a porta da frente. Escutou a melodia em tons educados da voz da irmã, embora, de seu quarto, não conseguisse discernir as palavras. Então outra voz respondeu. De mulher, mas não com o sotaque nobre e refinado de uma dama Capuleto. Era uma voz alta e comum. Rosalina franziu a testa. Quase parecia ser...

Ela jogou a costura para trás de uma cadeira, puxou os grampos do cabelo e só teve tempo de afastar as cobertas e pular para a cama antes que a porta se abrisse e a ama de Julieta irrompesse ali no quarto.

— Bom dia, Rosalina querida — disse ela. — Ouvi dizer que estava doente.

Atrás dela, Lívia lançou um olhar de desculpas para Rosalina por sobre o ombro da ama.

— Ama querida, eu lhe disse, o médico falou que Rosalina não deve receber ninguém...

— E ele está muito certo. — A ama ancorou seu prodigioso volume na lateral da cama de Rosalina e começou a procurar alguma coisa dentro de uma grande bolsa que cheirava fortemente a repolho. — Ah, minhas queridas, espero que vocês jamais conheçam a tortura de meus calos. Uma fila de visitantes incômodos? Isso não vai ajudar em nada a sua saúde. É o que eu sempre disse para sua mãe quando vocês duas eram pequenas. Eu dizia, cara senhora, vá atender a princesa, deixe as queridinhas com a velha ama quando elas estiverem com febre. Eu vou fazer um remédio tão quente que vai expulsar a febre delas.

Rosalina percebeu que Lívia estava se contendo para não rir. Os remédios caseiros da ama tinham sido o terror da infância delas. Quando crianças, elas raramente estavam em casa; ou estavam com a mãe no palácio, ou brincando com Julieta na Casa Capuleto. Passavam tanto tempo com a prima quando crianças que a ama as considerava quase tanto sob seus cuidados quanto sua amada Julieta, e era especialmente dedicada quando alguma delas ficava doente. Seus remédios tinham um gosto tão ruim que produziam uma melhora imediata.

— Sua cor está boa — disse ela, segurando o queixo de Rosalina na mão crítica e virando-o de um lado a outro. — Mas dizem que moças consumidas pela tuberculose ficam mesmo com um aspecto melhor pouco antes de morrer.

Rosalina suspirou.

— Não estou consumida pela tuberculose, ama.

— Não? Ótimo. Então logo a poremos de pé. Curei todas as febres e tosses que a querida Juli teve desde o dia em que a desmamei. Você se lembra de quando eu a desmamei? Pus absinto amargo no meu seio — a ama deu um apertão afetuoso no peito — e ela chorou! Nessa época você era uma pirralhinha chorosa de seis anos, Rosalina.

Rosalina apertou os olhos. A letargia da ama naquela noite na Casa Capuleto tinha dado lugar a uma energia frenética. O que teria causado uma mudança de humor tão grande? Sua reflexão foi interrompida pelo gorgolejar do remédio quando a ama virou o frasco e despejou uma dose.

— Não, de verdade, eu não preciso... — As palavras de Rosalina se dissolveram em cuspidas quando uma colherada de horror foi enfiada em sua boca. Ela se sentou, dobrando-se em tosses enquanto o líquido descia queimando.

— Pronto, viu? Já está até mais animada. — A ama agitou na frente dela um frasco de líquido opaco. — Beba uma dose disto a cada hora e logo estará de pé.

— Não se preocupe — disse Lívia, com um brilho travesso nos olhos. — Eu mesma cuidarei disso. — Rosalina a fuzilou com o olhar.

— Ótimo — falou a ama. — Eu ficaria aqui para cuidar dela pessoalmente, mas minha senhora precisa muito de mim.

— Como está a senhora minha tia? — perguntou Rosalina, em uma tentativa desesperada de distrair a ama da segunda colherada que ela já apontava em sua direção.

Uma expressão estranha cruzou o rosto da ama.

— Está bem — ela respondeu, depois comprimiu os lábios.

— Está? Achei que ela ainda estivesse acamada desde a morte de Julieta.

— É — disse a ama, um pouco hesitante. — Ela está muito bem para alguém que não deixou mais a cama em luto. Foi isso que eu quis dizer.

Rosalina piscou.

— Ah. — Nunca valera muito a pena tentar acompanhar os caminhos sinuosos seguidos pelo cérebro da ama.

— Bem — disse a ama —, eu tenho que ir. Tome direito seu remédio, mocinha. Meu senhor está muito ansioso para você ficar boa logo, para poder se casar com aquele moço bonito. — Ela franziu a testa enquanto se levantava, ajeitando a saia e lambendo distraída uma gota do remédio que havia pingado em sua mão. — Não que eu concorde com casamentos com um Montecchio, veja bem. Se eu tivesse mantido minha Juli longe das garras deles... — Ela fez o sinal da cruz. — Bom, ela está com Deus agora, e os Montecchio com certeza receberão seu castigo na outra vida, então acho que você pode se casar com um deles enquanto isso. Com certeza é melhor do que desperdiçar sua beleza em um convento. — Ao lado da cama, Lívia ficou imóvel.

— Não será desperdício — Rosalina respondeu com a voz rouca. Sua pobre garganta queimada não precisava de nenhum incentivo agora para fazê-la soar como se estivesse às portas da morte. — Que desperdício existe em dedicar minha vida a Deus e a ajudar os pobres?

— Sei. Conventos são para meninas feias. Bom dia, minhas queridas.

Quando ela se foi, Rosalina soltou um suspiro de alívio e saiu da cama.

— Graças aos céus! Achei que o próximo passo seria ela me cobrir de sanguessugas.

— Humm. — Lívia continuava com a mão na maçaneta depois de ter fechado a porta quando a ama saiu. Por fim, virou-se de volta para a irmã. — Rosalina...

Rosalina estava pegando sua costura de volta. A linha tinha se emaranhado terrivelmente quando a jogara às pressas. Ela retesou o corpo, com alguma ideia do que estava por vir. Por que a ama tinha que mencionar o convento na frente de Lívia? Não era assim que ela queria que sua irmã soubesse de seus planos.

— Sim, querida.

— É verdade o que ela disse? — Lívia se sentou e encolheu as pernas sobre a cadeira. — Sobre o convento? O tio Capuleto mencionou isso em uma de suas visitas, mas eu pensei que você tivesse inventado para tentar escapar desse casamento.

Rosalina fez uma careta. Ela tivera sorte de conseguir evitar essa conversa por tanto tempo; não era uma perspectiva que a agradava.

— Bem... não. Eu realmente quero ir para um convento.

Lívia girou entre os dedos um fio solto na bainha de seu vestido. Rosalina esperava ver uma expressão de horror na face da irmã diante da notícia de que Rosalina vislumbrava um modo de vida sem danças, rapazes ou penteados mais modernos, mas Lívia não disse nada.

— Eu sei que parece estranho — continuou Rosalina. — Mas isso me levará para longe de toda essa confusão entre os Montecchio e os Capuleto para sempre e não há nada que eu deseje mais do que isso.

Lívia não levantou os olhos.

— Quando pretendia me contar? — ela perguntou, por fim.

— Eu esperava vê-la casada primeiro — Rosalina respondeu. — Não achei que houvesse necessidade de falar nisso antes... Ah, por Deus, de novo!

As batidas da aldraba na porta ressoaram pela casa uma vez mais. Lívia foi até a janela, de onde podia se debruçar e ver quem estava no portão.

— É um dos criados de nosso tio. — Ela gritou da janela: — O que deseja?

— Tenho uma mensagem de meu senhor — o homem gritou de volta. — Sua sobrinha Rosalina deve destrancar as portas e ir até a casa dele imediatamente. Não vou sair daqui até que ela faça isso.

Rosalina espiou por sobre o ombro de Lívia. De fato, o homem havia se sentado e se acomodado do lado de fora da porta.

— Meu Jesus. Vou até lá e obrigá-lo a sair...

— Não precisa — disse Lívia, virando-se para a irmã. — Eu vou até a casa de nosso tio em seu lugar. Talvez consiga convencê-lo a nos deixar em paz.

— Obrigada — disse Rosalina. O vestido de Lívia estava todo torto de sentar-se em várias posições não muito apropriadas para uma dama a tarde inteira, e Rosalina estendeu a mão para ajeitá-lo. — Mas, Lívia, você não precisa se envolver nisso...

— Bobagem — disse Lívia, puxando o vestido das prestativas mãos de Rosalina. — Afinal, você logo vai se tornar uma freira. Seus pensamentos devem estar com Deus. — Ela alisou as rugas na saia e levantou a bainha para examinar o fio solto em que estivera mexendo antes. — Sua família não deve distraí-la de seu propósito. — E partiu o fio com um puxão.

✥

Escalo receou por Capuleto.

O rosto do homem estava tão vermelho quanto o planeta Marte, e o suor lhe pingava em bicas. Seu cavalo, não acostumado a um cavaleiro tão nervoso — ou talvez não acostumado a alguém que pesava o mesmo que ao menos dois homens comuns —, oscilava para o lado, e o volume de Capuleto balançava no ritmo.

— Está se sentindo bem, senhor? — Escalo perguntou.

O sr. Capuleto assentiu enquanto descartava a preocupação do príncipe com uma das mãos e enxugava o rosto molhado com a outra.

— Ah, sim, sim, senhor. Isto é muito... — ele teve de se interromper para uma tosse violenta — ... muito revigorante.

Escalo disfarçou um sorriso. Acompanhar o príncipe em sua cavalgada diária fora das muralhas do palácio era motivo de grande honra para qualquer um. Capuleto jamais teria sonhado em recusar o convite, nem sonharia em reclamar agora. Ele não tinha escolha, a não ser suportar seu desconforto por tanto tempo quanto o príncipe desejasse.

E essa foi a principal razão para o príncipe tê-lo convidado. Ele não estava muito satisfeito com o chefe dos Capuleto.

— Fico contente por estar se divertindo — disse ele. — Vamos manter o trote, Venitio. — Ele ouviu um suspiro profundo atrás de si enquanto Capuleto fazia seu cavalo segui-lo. — Bem, então o senhor estava me dizendo que não tem nenhuma ideia de quem pendurou aquele boneco Montecchio na praça?

O sr. Capuleto sacudiu a cabeça.

— Meu senhor — disse ele —, pela minha vida, não foi homem nenhum de minha família. Ou, se foi, não fui capaz de descobrir. E olha que tentei.

— Humm... Os Capuleto não são conhecidos pela disposição em trazer seus culpados diante de mim para enfrentar a justiça.

— Foi esse tipo de ato sórdido que matou minha filha — afirmou Capuleto. — Se esse veneno ainda estiver vivendo em minha casa, eu o entregarei a vossa alteza no momento em que o descobrir.

— Bom — disse o príncipe. — Então suponho que o senhor ainda esteja fazendo todos os esforços para ver sua sobrinha casada com Benvólio.

Seu acompanhante resmungou.

— Como vossa alteza bem sabe, ela não sai de casa! O que posso fazer, casá-los pela janela?

O príncipe franziu a testa.

— A porta dela ainda está trancada?

— Sim. Ela afirma que está doente. E a velha sra. Vitrúvio não ajuda em nada. — O rosto de Capuleto conseguiu ficar mais vermelho ainda ao pensar na sogra. — Ela diz que, se pretendemos fazê-la apoiar um casamento sem consultá-la, então certamente não precisamos da ajuda dela para realizá-lo. — Ele deixou o lenço cair e o cavalo o pisoteou em seguida. O sr. Capuleto lançou um olhar desejoso para os portões de Verona. — Hoje mesmo eu exigi uma vez mais que ela viesse à minha casa. Aliás, seria melhor eu voltar, para o caso de ela finalmente obedecer.

Pouco provável, mas o príncipe já havia torturado seu vassalo por tempo suficiente.

— Volte — disse Escalo. — Não desejo que nosso prazer o afaste de suas obrigações.

— Obrigado, meu senhor. — A voz de Capuleto continha a primeira gratidão sincera que Escalo tinha ouvido a tarde inteira. Então virou seu cavalo de volta para a cidade.

Escalo pensou em segui-lo. Já era hora de retornar. Penlet certamente estava soltando leves tosses de desagrado por sua ausência. Mas, em um impulso, ele virou Venitio na direção oposta, esporeando-o num galope para longe das muralhas de Verona.

Uma boa e veloz cavalgada geralmente lhe refrescava a cabeça. Vinhedos, casas e riachos passavam voando enquanto os cascos do cavalo estrepitavam sob ele. Mas, por mais que corresse, as preocupações com sua cidade o perseguiam.

O que faria em relação a Rosalina?

Podia ir à casa dela e arrastá-la para fora, é claro. Mas arrastar uma jovem aos gritos para o altar provavelmente não acalmaria os ânimos de nenhum dos lados.

E, como lhe lembrava sua porção que ainda podia se importar com outras coisas além dos melhores interesses da cidade, isso faria dele um grande canalha.

Havia a irmã dela. Lívia era tão Capuleto quanto Rosalina. Mas Escalo fora sincero no que dissera a Rosalina: ele a escolhera para se casar com um Montecchio porque sabia que ela estava à altura da tarefa. Mesmo quando crianças, ela era de longe a mais esperta de todos. Desde então, ele a vira poucas vezes, mas escutava com atenção sempre que alguém a mencionava. Quando a sociedade de Verona falava da irmã mais velha da casa de Tirimo, depois de seus infortúnios e de sua beleza, era sua inteligência que comentavam. Além disso, a firmeza com que garantia que ela e Lívia não se envolvessem nos problemas entre as famílias falava por si só. A sobrinha de seu valete servia a duquesa de Vitrúvio, e os criados murmuravam entre si que, antes de Romeu se entregar aos encantos de Julieta, ele nutrira uma breve paixão por Rosalina. Mas, ao contrário de sua prima, ela o recusara. A jovem Rosalina escondia mais sabedoria por trás daqueles olhos observadores do que muitos homens de cabelos brancos. Lívia era esperta também, mas toda a Verona sabia que ela não tinha absolutamente nenhum controle sobre sua língua. Julieta causara um banho de sangue; Lívia iniciaria uma guerra.

O que o deixava exatamente onde estivera nas duas últimas semanas. Com um noivo Montecchio e nenhuma noiva Capuleto para se casar com ele.

Foi então que se lembrou do pedido de Isabella: *Você tem que fazer uma festa para mim.*

⁑

Lívia não disfarçava a revolta.

Como seu tio Capuleto podia ser tão indelicado? Ela viera até sua casa a pedido dele, e ele nem estava lá!

Claro que ela não era a pessoa que ele pedira para vir. Mas ele não sabia disso. Porque não estava ali.

— O senhor logo deve estar de volta de sua cavalgada, senhorita — uma miúda e nervosa camareira lhe garantiu.

— *Humpf* — resmungou Lívia. — Eu não estou brava com você. Não é sua culpa ter um mastodonte mal-educado como patrão.

A camareira, talvez decidindo que não havia resposta segura para aquilo, apenas fez uma reverência e saiu. Lívia virou sua cara fechada para a janela para observar o pôr do sol.

Como Rosalina podia querer entrar para um convento? Elas haviam tido freiras como tutoras quando pequenas. As freiras batiam nelas com varetas, e a comida que faziam tinha gosto de tijolo cozido. Como sua irmã podia escolher viver aquela vida para sempre? Elas deveriam se casar com jovens impossivelmente belos e assustadoramente ricos que jurassem que morreriam se as belas damas de Tirimo os recusassem.

É verdade que Rosalina já recusara pelo menos um desses jovens. E ele de fato morrera.

Lívia estremeceu. Ela até compreendia o desejo de Rosalina de escapar do que acontecera com Romeu. Mas certamente a solução era se casar, e não fugir de tudo.

E isso, Lívia percebeu, era a verdadeira razão pela qual o plano de Rosalina fazia uma dor crescer em seu peito. Lívia sempre tivera a irmã ao seu lado. Desde que seus pais morreram e elas foram morar com sua agressivamente indiferente tia-avó, Rosalina era tudo que lhe restara.

Mas isso lhe bastava. Elas eram jovens, eram belas, e tinham a determinação e a inteligência resoluta de Rosalina para fazer com que tudo desse certo. Quando pensava no futuro, ela imaginava que as duas fariam bons casamentos com homens decentes de Verona e aqueles anos degradantes de pobreza não seriam nada além de uma lembrança ruim. Mal sabia que Rosalina vinha planejando o tempo todo se afastar dela.

Talvez devesse ter imaginado. Agora que pensava nisso, podia ver como o futuro delas era de fato precário. Não podia contar com sua irmã para exatamente tudo. Mas Lívia preferia morrer a seguir Rosalina para um convento, o que significava que era hora de refletir sobre o seu próprio destino.

Um barulho a assustou. Ela voltou os olhos ofuscados pelo pôr do sol para dentro da casa. Levou algumas piscadas para discernir a figura que subia apressadamente as escadas no fim do corredor, mas, mesmo na escuridão, era impossível confundir a circunferência da ama. Entediada, Lívia decidiu segui-la. Talvez a ama tivesse uma poção que fizesse Rosalina se apaixonar loucamente pelo primeiro homem que visse. Assim ela não poderia mais ser freira. Claro que os remédios da ama só funcionavam de vez em quando, mas pelo menos isso teria um gosto ruim, que era o mínimo que Rosalina merecia.

Lívia ia chamá-la quando a ama parou no alto da escada. Olhando em volta, ela foi até um armário, de onde pegou um lampião. Depois de acendê-lo, olhou ao redor outra vez e, não vendo Lívia no escuro, abriu cuidadosamente uma porta pesada e entrou depressa.

Lívia franziu a testa. Nunca tinha visto aquela porta ser aberta antes. Ela levava para uma ala da casa que não era usada havia uma geração. O que a ama estava fazendo ali agora? Com certeza os Capuleto não tinham motivo para reabrir aquela ala; infelizmente, a casa tinha menos ocupantes agora. Lívia estava morrendo de curiosidade e, como nunca fora pessoa de negar suas vontades, passou pela porta e a seguiu.

A jovem manteve os olhos na luz do lampião da ama que balançava à sua frente, enquanto avançava com pés silenciosos. Embora o sol ainda não tivesse se posto, estava totalmente escuro no longo corredor. As janelas de todos os quartos deviam estar cobertas, fazendo com que o lampião da ama fosse a única fonte de luz.

Não. A única fonte, não.

Lívia podia ver agora que o destino da ama era um quarto bem no fim do corredor. Uma luz tênue passava por baixo da porta. Quando se aproximou mais, começou a ouvir vozes do lado de dentro. Uma, masculina, gemia de dor; a outra, feminina, era mais baixa.

— Calma, calma, fique deitado...

— Como dói... Ah, meu Deus, senhora, como dói!

A porta se abriu, e a ama entrou apressada no cômodo. Da sombra do corredor, Lívia olhou espantada para a cena à sua frente.

A maior parte do aposento era o que ela esperava desta ala: um longo quarto de dormir abandonado, janelas fechadas por cortinas escuras, alguns poucos móveis cobertos com lençóis. Um canto, porém, tinha sido limpo do pó e transformado em um quarto de doente improvisado. Havia uma estante cheia de cataplasmas, bandagens e alguns frascos do que Lívia reconhecia como os remédios da ama. Quando a ama saiu para o lado, revelou uma cama. E, na cama, havia um homem.

Lívia prendeu a respiração quando olhou para ele. O homem estava sem camisa, agitando-se sobre os lençóis amarfanhados, com o peito coberto de suor. Seus longos cabelos claros espalhavam-se sobre o travesseiro. Uma grande bandagem ensanguentada estava amarrada em volta de sua barriga. Enquanto ela observava, ele gritou outra vez e arqueou as costas de dor quando a ama tentava examinar sua bandagem.

Ele era, simplesmente, o homem mais bonito que ela já vira na vida.

— Calma, calma, meu querido — disse a ama, tentando uma combinação de movimentos ansiosos e força bruta para acomodar o homem de volta nos travesseiros. — Você não deve se sentar... sua ferida...

— Romeu — o homem murmurava enquanto lutava desesperadamente para escapar das mãos da ama. — Romeu.

— *Shh*, ele se foi, meu rapaz, ele não pode machucá-lo.

— Não... não! — O homem se debateu ainda mais. — Julieta! Julieta! Meu amor, onde está você? *Julieta!*

A ama fez tentativas inúteis de abafar os ruídos.

— Minha senhora — ela chamou, com uma voz aflita.

Outra pessoa se aproximou depressa da cama. Lívia franziu a testa e chegou um pouco mais perto, silenciosamente. A pessoa estava vestida de preto da cabeça aos pés, por isso era difícil à luz tremulante do lampião identificar quem era, mas... não, certamente não podia ser...

— *Shh* — disse a sra. Capuleto, puxando para trás o lenço que lhe cobria os cabelos ao entrar no círculo da luz.

Ao vê-la, o homem se recostou novamente nos travesseiros.

— Julieta — ele falou com voz rouca, os olhos colados na sra. Capuleto. — Meu anjo.

A sra. Capuleto falou baixinho e afastou os cabelos suados da testa do homem.

— Descanse agora, gentil Páris.

Ele virou a cabeça na direção do toque suave, finalmente permitindo que seus olhos se fechassem, embora o sobe e desce acelerado de seu peito mantivesse o mesmo ritmo. A ama e a sra. Capuleto relaxaram um pouco.

Foi então que elas notaram Lívia, parada à porta, em estado de choque.

Ao ver a tia se mover imediatamente do lado da cama e correr em direção a ela com a mão estendida para fechar a porta em sua cara, Lívia tomou uma decisão às pressas.

Ela não sabia como o conde Páris, chorado como morto por toda a Verona, estava vivo e escondido na casa de seu tio. Também não sabia por que a sra. Capuleto, que diziam estar acamada de dor pela morte de Julieta, estava, em vez disso, totalmente saudável, fingindo ser Julieta no delírio do rapaz.

A única coisa que sabia era que, se permitisse que aquela porta se fechasse, talvez nunca mais visse aquele homem deitado na cama.

Então, em vez de exigir respostas, ela disse:

— Eu posso ajudar. — E passou sob o braço da tia, entrando no quarto.

A ama torceu as mãos.

— Lívia, Lívia, você não devia estar aqui...

— Venha — disse Lívia, indo direto para o lado da cama. — As bandagens precisam ser trocadas, certo? Mais um par de mãos é do que você precisa.

Antes que elas pudessem protestar, Lívia já estava ajoelhada na cama, procurando os nós nas bandagens. Embora seus dedos fossem gentis,

Páris começou a gemer; a ama e a sra. Capuleto entreolharam-se rapidamente antes de voltar para junto do leito. Enquanto a sra. Capuleto segurava o rosto dele nas mãos, murmurando sons tranquilizadores e palavras maternais, a ama e Lívia removeram rapidamente as bandagens sujas e as substituíram por outras macias e limpas. Depois a ama lhe deu algumas gotas de remédio e, por fim, a tensão da dor que lhe enrijecia o corpo pareceu aliviar um pouco. Ele apoiou o rosto na mão da sra. Capuleto, fixou os olhos entreabertos no rosto dela e, após suspirar um último "Julieta", adormeceu.

Lívia descolou os olhos do rosto do rapaz, que relaxava no sono, e encontrou o olhar zangado da tia.

— Sobrinha — disse ela, entredentes. — O que faz aqui?

Lívia encolheu os ombros.

— Eu segui a ama. Tia, o que *a senhora* está fazendo aqui?

— Isso não é da sua conta, menina.

— E imagino que vá dizer o mesmo se eu perguntar o que *ele* está fazendo aqui.

Sua tia comprimiu os lábios em uma linha fina e desviou o olhar. Lívia seguiu os olhos da tia até o rosto de Páris. Mesmo dormindo, ele puxava a respiração em espasmos de dor.

— Ele está morrendo — disse Lívia.

A tia voltou-se novamente para ela, os olhos cheios de ira no rosto pálido.

— Menina tonta. Você não sabe o que fala.

Lívia encolheu os ombros.

— Talvez não. Mas ele está morrendo. Até um idiota pode ver isso. Para ter alguma esperança de salvá-lo, a senhora precisará de ajuda. — Ela respirou fundo. — Tenho um firme par de mãos. Sei cuidar de doentes. Cuidei de minha mãe durante os meses de sua doença. Deixe-me ajudá-lo.

Sua tia a observava. Lívia se surpreendeu, de repente, com a semelhança entre a tia e Julieta. Não era de admirar que o febril Páris as confundisse. A sra. Capuleto tivera Julieta muito jovem e ainda nem tinha trinta anos. Elas poderiam ter sido irmãs em vez de mãe e filha. Mas o rosto de Julieta nunca tivera a expressão que sua mãe exibia agora. Era como se ela tivesse se transformado em pedra. Lívia engoliu em seco. Talvez fosse melhor mesmo ir embora.

No entanto, parecia que seu argumento havia funcionado.

— Pois bem, sobrinha — disse a sra. Capuleto. — Se seguir minhas ordens, pode ficar. Mas apenas se jurar por sua vida não mencionar nem uma palavra sobre isso para quem quer que seja.

Lívia hesitou.

— Nem para minha irmã?

— Nem para sua irmã.

Durante toda sua vida, ela jamais escondera algo de Rosalina.

Já Rosalina... Sabe-se lá há quanto tempo planejara abandoná-la, e, pelo jeito, não via nenhum problema em não partilhar seus segredos com ela.

— Eu juro — disse Lívia.

☦

— Senhora, não queremos beterrabas.

Rosalina estava ficando desesperada. Embora o chalé em que ela e Lívia viviam ficasse enfiado no fundo da propriedade da tia, a persistente vendedora de legumes e verduras acampada em sua porta tinha uma voz ressoante e Rosalina temia que pudesse acordar as pessoas na casa principal. Onde havia se metido Lívia? Embora o sol mal houvesse aparecido, sua irmã, que não tinha o hábito de acordar tão cedo, não estava em parte alguma. Duas noites atrás, ela havia chegado tarde da Casa Capuleto e, quando Rosalina lhe perguntou como tinham sido as coisas com seu tio, ela murmurou algo sobre ele estar ocupado demais para recebê-la e foi para a cama. Na manhã seguinte, ela sumiu de novo para cuidar de algum compromisso vago e ficou fora o dia todo. E, quando Rosalina acordou naquela manhã, Lívia já tinha saído outra vez. Ela encontrou um bilhete quase ilegível sobre a mesa da cozinha, em uma caligrafia apressada, em que Lívia explicava que tinha ido cuidar de sua tia Capuleto, para dar um descanso à duquesa. Isso não parecia muito provável, já que Lívia nunca demonstrara nenhum interesse pelo bem-

-estar da tia ou da tia-avó, a duquesa. Rosalina imaginou que a irmã a estivesse castigando por seu plano de ir para um convento. Esperava que Lívia parasse logo de ficar brava com ela. Sentia falta de sua companhia.

— Vamos lá, senhora — a vendedora insistiu, com a voz vindo de dentro de seu manto. — Se não deseja minhas belas beterrabas, então o que acha desses gordos e excelentes nabos? — E sacudiu os legumes em direção a Rosalina.

Ah, pelo amor dos céus!

— Está bem — Rosalina suspirou. — Então vamos comprar alguns nabos.

A mulher e seus nabos lhe fizeram uma reverência.

— É sábio de sua parte fazer isso, senhorita — disse ela. — Seria imprudência recusar nabos que lhe são impostos por decreto real.

Rosalina piscou, confusa.

— Por decreto real...?

A figura dentro do manto olhou para a esquerda, depois para a direita. A cidade ainda estava acordando; não havia mais ninguém à vista na rua de Rosalina. Apenas por um momento, a mulher puxou o capuz para trás. Rosalina arregalou os olhos. Em vez de uma velha camponesa, a vendedora de nabos era uma jovem dama sorridente, com a cabeça envolta em tranças douradas.

— *Isabella?*

— Ela mesma. *Agora* você vai querer alguns nabos?

Rosalina fechou depressa a janela e recostou-se nela com a mão diante da boca. Desde seu casamento com o príncipe de Aragão, Isabella era pelo menos tão importante em posição quanto o irmão; o que estaria ela fazendo ali sozinha, e naquele disfarce absurdo?

Os ombros de Rosalina começaram a balançar devido ao riso. Ela o disfarçou na palma da mão. Por que deveria achar que Isabella de repente pararia de fazer exatamente o que tinha vontade, só por ter se casado com um príncipe?

De qualquer modo, ela não podia deixar a princesa de Aragão do lado de fora com um carrinho de nabos. Sua quarentena teria de ser rompida.

Correu ansiosa até a porta. Se Escalo estivesse usando a irmã para chegar até ela, pelo menos poderia rever a amiga. Quando ela abriu uma fresta, Isabella empurrou a porta e entrou com o carrinho de nabos no saguão da casa de Rosalina.

— Você não terá que comprar legumes por um bom tempo — disse ela. — Esses nabos são realmente muito bons. Fique com o carrinho também.

Rosalina sacudiu a cabeça, incrédula.

— O que está fazendo aqui? — Lembrando-se com atraso das boas maneiras, ela se inclinou em uma reverência. — Alteza. Imagino que saiba que as coisas... mudaram desde que saiu de Verona. Minha família não frequenta mais os círculos reais. Vossa alteza não deveria ser vista aqui. — Isabella tinha sido enviada à Sicília para ser educada mais ou menos na época em que o pai de Rosalina morrera; mesmo assim, alguém no castelo devia ter lhe contado sobre a mudança na situação dos Tirimo.

— Sim, vocês são pobres. — Isabella mostrou seu manto com um sorriso divertido. — Foi por isso que vim como vendedora de nabos. Não importa para ninguém com quem elas falam. — E olhou para Rosalina. — E o que mais eu poderia fazer, me diga? Fui informada de que minha mais antiga amiga estava doente demais para sair de casa e ir me ver. Embora você me pareça muito bem. Há alguma nova praga varrendo Verona em que os doentes continuem com força para se debruçar na janela e negociar com as vendedoras de legumes?

Rosalina não conseguia encarar a velha amiga. Não tivera dificuldade nenhuma para ignorar os muitos chamados de seu tio, mas recusar os convites de Isabella lhe doera muito mais.

— Estou me sentindo melhor — ela respondeu baixinho.

— Humm.

Rosalina suspirou.

— Por favor, alteza, entre e sente-se. Vou lhe trazer algo para comer. Um nabo, talvez? Parece que temos bastante no momento.

Foram para a sala de estar, a única parte da casa que era razoavelmente adequada para receber visitas. Rosalina havia mobiliado os aposentos com sua pequena renda e, embora tudo fosse limpo e respeitável, não era nem um pouco semelhante à decoração requintada que haviam tido no passado. Normalmente, ela não se importava em viver com simplicidade, mas nunca imaginara receber a realeza ali. Rosalina esperava que Isabella não notasse os furos na tapeçaria, ou como as cortinas estavam desbotadas.

— Suas cortinas são horrorosas — disse Isabella. — Quer que eu lhe envie algumas do palácio? Escalo jamais perceberia; ele não vai a lugar nenhum além do quarto e do escritório.

Rosalina riu. Na verdade, Isabella continuava a mesma: completamente sincera, mas tão isenta de maldade que era impossível se ofender. Rosalina deveria se mostrar respeitosa para com sua amiga agora, mas Isabella continuava tão parecida com o que era no passado que fora extremamente fácil deslizar para a familiaridade de infância.

— Eu agradeço, mas nós nos ajeitamos bem assim. Nabos reais já são uma honra inesperada suficiente para nossa modesta residência.

— É, mas aposto que você não sabe por que os nabos e eu estamos aqui. — Isabella balançou um bilhete na frente do seu rosto. Rosalina reconheceu a própria caligrafia. Isabella leu. — "As senhora da Casa Tirimo sentem-se honradas pelo convite de vossa alteza. Rosalina lamenta não poder estar presente na festa em honra da princesa Isabella em 9 de agosto, mas Lívia terá muito prazer em comparecer."

Rosalina fez uma careta. Os olhos aguçados de Isabella estavam fixos em seu rosto.

— Eu lhe fiz alguma ofensa, Rosalina? Por que recusou meu convite? Posso ver que está tão saudável quanto eu.

Rosalina desviou o olhar.

— Seu irmão não lhe contou?

— Você sabe como ele é cheio de pompa. Se Escalo soubesse que eu vinha aqui, acha que me deixaria pôr o pé para fora de casa sem um séquito apropriado? Não. E o que ele tem a ver com a sua autoimposta solidão?

— Por favor, não me pergunte sobre esse assunto. É uma questão da qual eu prefiro não falar.

— Está bem, mas eu lhe peço que reconsidere. — Isabella mudou de posição e alongou o corpo. — A recepção é esta noite. E, como eu viajo para Pádua amanhã logo cedo, tive que vir aqui hoje para insistir que você compareça.

— Pádua? Para quê? E por que ficar tão pouco tempo em Verona?

— Meu marido, dom Pedro, vinha me encontrar aqui, mas, teimoso como é, mandou me avisar que pretende ficar em Pádua algumas semanas. Um amigo, o sr. Benedito, deseja que meu marido seja padrinho do filho dele. — Isabella suspirou. — E por isso preciso deixar a casa de minha infância em troca de Pádua e dos amigos de meu marido real, que estão sempre espionando uns aos outros atrás das moitas.

O tom de Isabella era brincalhão e zombeteiro como sempre, mas seu olhar se enternecia quando falava de dom Pedro. Eles estavam casados havia menos de dois anos — os rumores de Verona espalharam apenas um ou outro detalhe da história, já que tudo havia acontecido em uma cidade distante. Dom Pedro conhecera e cortejara Isabella na Sicília, onde ela morava com o rei e sua família. Para ganhar o coração dela, ele precisara de duas semanas. A espera pela visita de Escalo à Sicília para dar sua autorização levara mais três meses. Quando Escalo autorizou a união, dom Pedro casou-se com Isabella e a levou para suas terras. Era estranho ver sua velha amiga daquela maneira. Isabella era uma mulher casada. Rosalina nunca pensara realmente nisso antes. A irmã de Escalo tinha um marido e uma nova vida longe de Verona.

Antes que pudesse pensar direito, Rosalina falou de repente:

— Leve-me com você.

— O quê?

O coração de Rosalina batia apressado. Ela vinha rezando por um modo de escapar daquela armadilha e, por fim, avistava uma saída. Se ela e Lívia fugissem da cidade com a princesa de Aragão, certamente o príncipe Escalo as deixaria ir, em vez de exigir sua volta e talvez se arriscar a ofender um soberano aliado.

— Eu poderia ser sua dama de companhia, como minha mãe era para a sua. Lívia também. Perdoe minha ousadia, Majestade, mas nós poderíamos servi-la bem.

— Claro que eu adoraria ter vocês duas comigo — disse Isabella. — Mas sua casa é aqui. Sua família está aqui.

— Nós sobreviveremos à perda — Rosalina respondeu com firmeza.

Isabella franziu a testa.

— Eu sei que vocês desceram de posição social, mas ainda têm suas relações Capuleto, e as duas são lindas. E é certo que meu irmão as ajudará, se vocês precisarem.

Rosalina riu.

— Ah, sim, isso é totalmente certo. Mesmo assim, eu gostaria de ir com você.

Isabella segurou a mão da amiga.

— Rosalina, que problema a aflige que a faz querer deixar com tanta pressa tudo o que conhece?

Ela abriu a boca para admitir a verdade, mas mesmo a independência de Isabella não lhe permitiria se contrapor diretamente ao irmão. Rosalina fechou a boca de novo e sacudiu a cabeça.

— Está bem — Isabella disse devagar. — Se você tiver certeza de que essa rivalidade misteriosa entre as famílias não as seguirá para meu novo reino, encontrem-me nos portões leste da cidade amanhã ao amanhecer.

Rosalina soltou um suspiro trêmulo.

— Oh, muito obrigada! Majestade, mil vezes obrigada!

— Claro. — Isabella se levantou. — Agora preciso voltar ao palácio antes que meu irmão se pergunte para onde eu fui. Sinto muito pela rapidez de minha visita.

— Não se preocupe — disse Rosalina. — De qualquer modo, vou precisar da manhã, para encontrar um vestido para sua festa desta noite.

— É mesmo? Eu achei que você não fosse.

Rosalina sorriu.

— De repente, fiquei com vontade de dançar.

☦

Tudo escureceu quando a tocha se apagou.

Lívia tossiu enquanto deixava o brilho enfumaçado guiá-la até a cama de Páris. Passara o resto da noite ali depois de encontrá-lo, e boa parte do dia seguinte, mas nenhum tempo ao seu lado parecia suficiente. Hoje, havia acordado antes do amanhecer e esperado na cama até ser uma hora decente para sair de casa, de olhos fixos no teto, mas vendo as faces enrubescidas de Páris e seus dedos longos se enlaçando nos dela, suplicantes. Ele ainda estava delirante — e se acordasse e se recuperasse o bastante para ir embora antes de tê-la conhecido direito? Pior, e se ele morresse? Se ela pudesse, teria passado todas as horas ao lado dele, mas claro que não podia fazer isso sem contar a verdade a Rosalina. Por fim, levantou-se e correu para a Casa Capuleto. Infelizmente, seu Páris dormia. Mas foi um alívio ver que o ferimento estava muito melhor. Ela acreditava que ele viveria.

A respiração rasa e arfante de Páris ecoava pelo pequeno quarto.

— Tia — sussurrou Lívia. — Não poderíamos apagar essas tochas? Acho que a fumaça não faz bem a ele.

— Já tentamos — sua tia respondeu. — Mas as tochas precisam ficar acesas.

— Por quê?

Sua tia deu um sorriso triste.

— Vou lhe mostrar. Vá sentar-se com ele.

Intrigada, Lívia sentou-se na cama de Páris. Ele ainda estava em um sono agitado, porém profundo. A tia caminhou até o canto do quarto, tirou uma das tochas do suporte e a mergulhou em um balde d'água. Havia mais uma tocha acesa, mas o quarto escureceu instantaneamente.

— Não... não!

Lívia se assustou com o grito rouco de Páris. Ele se sentou de repente, a pele tensa e quente sob a mão que ela pousou em seu ombro.

— Calma, meu bom senhor...

— Luz — ele lhe implorou, com os olhos fixos nos dela enquanto agarrava com força o seu braço. — Por favor, *por favor*, luz.

— Foi apenas uma tocha apagada, ainda há luz...

As unhas dele se enterraram na pele de Lívia.

— Eu sou o conde Páris de Petrimio, irmão do sr. Cláudio, sobrinho do velho conde Anselmo, parente de sua alteza o príncipe, marido dela que dorme neste túmulo, a bela Julieta...

— Eu sei, eu sei quem o senhor é, *shh*...

— Não deixe as tochas apagarem! Diga-lhes onde estou caído, sangrando! Não me deixe no escuro!

Sua voz se elevara a quase um grito, e a própria Lívia estava quase chorando enquanto tentava em vão acalmá-lo. Oh, seu pobre Páris.

Atrás dela, a luz refulgiu. A sra. Capuleto havia acendido uma nova tocha.

— Pronto, está vendo? — Lívia sussurrou. — O senhor está aqui. Está seguro.

O olhar de Páris moveu-se pelo quarto, em confusão. Suas mãos soltaram o braço de Lívia, e ela pousou a mão no rosto dele, tranquilizadora, afastando os cabelos suados.

Ele a olhou, perplexo.

— Eu... eu... — Levantou a mão em direção ao rosto dela. — Quem é a senhorita?

Antes que ela pudesse responder, a respiração dele começou a se acalmar e seus olhos se fecharam. Lívia baixou gentilmente a mão estendida de Páris sobre seu peito enquanto ele adormecia novamente. Sua tia pousou a mão no ombro dela.

— Ele vai dormir agora — disse ela. — Venha, vamos deixá-lo descansar.

O corredor era fresco depois do abafado quarto de doente. A sra. Capuleto caminhou até uma das janelas e abriu um pouco a cortina. O sol subia acima das muralhas de Verona, começando a tingir as pedras cinzentas de um tom rosado que prenunciava o amanhecer. Lívia observou a tia de perfil enquanto ela respirava fundo o ar fresco e limpo e a brisa lhe afastava os cabelos escuros do rosto. Com os cabelos soltos e o vestido simples que vestira para ir ao quarto de doente, a sra. Capuleto parecia-se muito com a filha. Lívia teve a estranha sensação de realmente *estar* olhando para Julieta — a Julieta que ela poderia ter sido se vivesse até a vida adulta. Não era surpresa que Páris as confundisse com tanta frequência.

— É sempre assim — sua tia disse, rompendo o silêncio. — Ele precisa ter luz, mesmo enquanto dorme, ou pensa que está novamente caído diante do túmulo de Julieta, morrendo sem que ninguém o atenda.

Lívia estremeceu.

— Por que ninguém o ajudou?

— Ele estava tão gravemente ferido que acharam que estava morto. — A sra. Capuleto passou a mão exausta pela testa. — Eu fui a última a deixar a cripta de Julieta e foi então que escutei seus gemidos. — Ela deu um sorriso cansado para Lívia e apertou-lhe o ombro. — De qualquer modo, agora você sabe por que as tochas têm que ficar acesas. Eu vou me deitar. Ele vai acordar logo e precisar de mim.

Lívia, no entanto, não deixaria de aproveitar esse momento, em que sua tia se dispusera a conversar.

— Mas as tochas não precisam ficar acesas se abrirmos as cortinas. Minha tia, por que a senhora envolve a recuperação dele em tanto segredo? Toda a Verona comemoraria se soubesse que ele está vivo.

A sra. Capuleto riu.

— Acha mesmo? Ah, criança, como você sabe pouco dessa nossa rivalidade. Acha que o deixariam viver em paz?

— Quem?

Ela encolheu os ombros.

— Os Montecchio? Os Capuleto? Quem quer que escolhesse fazer dele um inimigo. Ele é parte disso agora. Não posso correr o risco. Pobre alma, nossas famílias já lhe fizeram mal demais.

— Mas Páris não é nem Montecchio nem Capuleto.

— Nem Mercúcio era — ela lembrou. — Nem seu pai.

— A senhora não pode mantê-lo aqui para sempre. Quando ele se recuperar, a cidade terá que saber.

— Se ele quiser — respondeu a sra. Capuleto, sorrindo.

— E se ele não quiser?

Sua tia virou-se para ela, examinando-lhe o rosto.

— Você não vai contar para ninguém? — ela sussurrou. — Jure, sobrinha. Tudo estará perdido se contar.

— O que é?

O olhar de sua tia se voltou para a janela.

— Quando me casei com o sr. Capuleto — disse ela —, meu pai nos inundou de presentes. Mas houve um que ele deu só para mim. Uma propriedade pequena e distante. — Um sorriso afetuoso lhe tocou os lábios. — Tão pequena e distante que meu senhor praticamente esqueceu que ela existe, embora seja rica e bela. — Sua mão segurou a de Lívia.

— Quando Páris estiver recuperado, pretendo ir para lá e sair de Verona para sempre.

Lívia arregalou tanto os olhos que sentiu que eles poderiam sair das órbitas. Fugir de seu marido e de seu lar, recusando-se a retornar? Mulheres às vezes faziam essas coisas — adúlteras, proscritas, aquelas que haviam caído tanto no conceito de Verona que não fazia mais diferença abandoná-la —, mas não a matriarca dos Capuleto. Seria o maior escândalo que a cidade já vira. Ah, mas então ela entendeu. A sra. Capuleto já havia se afastado dos olhares públicos. Toda a Verona sabia que ela estava acamada pelo sofrimento havia semanas. Ninguém se surpreenderia, nem mesmo seu marido negligente, se ela deixasse a cidade para se recuperar em seu lar de infância. E ninguém se surpreenderia quando chegasse a notícia de que ela havia morrido lá. Quem verificaria a veracidade da notícia?

— A senhora pretende se fingir de morta.

— Você tem um raciocínio rápido, querida sobrinha. — A sra. Capuleto esboçou um sorriso triste. — E as terras do conde Páris são muitas, próximas e distantes. Se ele quiser, vai desaparecer também, sem que Verona jamais saiba que ainda está vivo. Eu devo isso a ele, depois que seu amor por minha filha o trouxe para esta tragédia.

Lívia sentiu uma grande onda de compaixão por sua tia. Como deveria ser passar de uma das maiores damas da sociedade de Verona para alguém que perdera tanto que podia partir quase sem ser notada? Mas é claro que isso era um exagero.

— Tia, as brigas acabaram — Lívia disse com suavidade. — O príncipe, meu tio e o sr. Montecchio fizeram esse juramento. Eu não acho que o nobre Páris vá querer abandonar seu lar. Com certeza o príncipe protegeria seu parente de qualquer novo perigo.

Sua tia lhe deu um sorriso triste e cansado.

— Há mais mal rondando esta cidade do que você consegue ver.

☦

— Ela virá. Fiz como me mandou.

Escalo sorriu.

— Ótimo. Muitíssimo obrigado por tê-la convencido, Isabella.

Sua irmã lhe lançou um olhar irritado enquanto tirava descuidadamente o manto grosseiro de camponesa. Punhados de barro seco da bainha se espalharam pelo chão do escritório. Penlet não ficaria muito satisfeito. O que, ele suspeitava, era o motivo de ela ter feito isso. Isabella também não estava muito satisfeita consigo.

— Ela não precisou de muito convencimento, depois que eu lhe concedi um pequeno favor.

— Que favor foi esse?

— Não é da sua conta. Ela me pediu para não lhe contar. — Isabella o encarou com as mãos nos quadris. — Do mesmo modo que você me ordenou que não contasse *a ela* que havia me enviado para lá. O que está acontecendo, Escalo? Rosalina está com medo, realmente com medo, e parece ter alguma coisa a ver com você.

— Eu não respondo a você, princesa estrangeira. Meus súditos são assunto meu.

— Ah, o jogo é esse, não é? Você se tornou duro, meu irmão. Rosalina o adora, você sabe disso. Eu tinha esperança de que... — Ela sacudiu a cabeça.

— Esperança de quê?

Sua irmã sacudiu a cabeça outra vez.

— Não é nada.

— Não, fale. Você tem minha autorização para dizer o que está pensando.

— Ah, tenho? — Ela lhe fez uma reverência zombeteira. — Vossa alteza é muito gentil para com esta pobre princesa estrangeira.

— Isabella, por favor. Tenho muito o que fazer, portanto, se você tem algo para me dizer sobre a srta. Capuleto, faça-o logo, eu lhe peço.

O olhar que ela lhe deu o fez se lembrar de sua mãe quando ele errava mais uma vez qual era o garfo certo para usar no jantar.

— Escalo! Você realmente nunca notou quanto essa "srta. Capuleto" ocupa seus pensamentos?

— O quê? Eu praticamente nem falei mais com ela desde que éramos crianças.

— No entanto, todas as cartas que você já me enviou desde então mencionam o nome dela. "Eu soube que sua jovem amiga Rosalina foi morar com a duquesa de Vitrúvio." "Disseram-me que sua jovem amiga Rosalina tem vários pretendentes, mas não está comprometida com nenhum deles." "Sua jovem amiga Rosalina estava na festa ontem à noite e parecia muito bem."

Ela o estava deixando constrangido. Ele se sentia exposto, como se ela o tivesse pegado em uma mentira.

— Eu nem sequer falei com ela nessa festa.

— O que torna ainda mais notável que seus olhos, ao que parece, não a tenham largado.

— Você fala bobagens — disse ele e, mesmo para si, a frase soou rígida, pomposa e muito semelhante ao modo de falar de seu pai. — Minha intenção era apenas lhe dar notícias daqueles que você deixou para trás. Considerei que essa fosse minha obrigação.

— Obrigação? Só isso?

— Claro. Ela é apenas um membro de condição inferior de sua família. Eu não teria outro motivo para notá-la. Ela não poderia ser de nenhum proveito para a Coroa.

— Então por que está interessado nela agora? Que proveito ela pode ter?

Ele não respondeu.

— Ah, Escalo. — Isabella suspirou. — Só me prometa que não vai machucá-la.

Escalo uniu as mãos na frente do rosto e fuzilou a irmã com os olhos sobre a ponta dos dedos.

Ela levantou as mãos.

— Desculpe. É claro que você jamais faria algo para prejudicar nossa mais antiga amiga.

Escalo desviou os olhos.

— Vá se arrumar para o baile.

Isabella concordou com um gesto da cabeça e pediu licença para se retirar antes que pudesse forçá-lo a fazer uma promessa que ele já sabia que não poderia cumprir.

O palácio e sua imponência a intimidavam.

O coração de Rosalina batia acelerado enquanto ela esperava do lado de fora do grande salão. Suas mãos suavam. Ela resistiu à vontade de enxugá-las no vestido vermelho de seda. Mas ele já era simples demais para a moda da estação, e não havia necessidade de deixá-lo manchado também.

Atrás dela, na fila de entrada, ouviam-se sussurros e risos femininos. Rosalina tinha certeza de que aquelas risadinhas eram direcionadas a ela — a sociedade de Verona não sabia a verdade sobre seu suposto noivado, mas seu faro por fofocas era aguçado o bastante para ter certeza de que havia *algo* por trás daquela história de a mais velha das Tirimo ter se tornado uma reclusa. Ela se manteve altiva e ereta, com Lívia a seu lado, recusando-se a virar e olhar em volta. Tinha os olhos fixos à frente, nas imensas portas de carvalho que a levariam à recepção do príncipe.

Havia passado a manhã embalando suas coisas para a viagem. Não tudo — não queria causar muito movimento, e com isso chamar a atenção da casa de sua tia-avó —, mas apenas o suficiente para que ela e Lívia pudessem ter a chance de um novo recomeço. Esperaria para contar sobre seu plano para Lívia depois do baile, porque sua irmã não conseguia guardar segredos. Por sorte, Lívia ficara fora quase o dia inteiro. Aparentemente, ela tinha mesmo ido à Casa Capuleto para cuidar de sua tia. Por que estava fazendo isso era algo que Rosalina não entendia, mas, já que ela ficara fora do caminho durante o dia, achou melhor não questionar. E agora estava tudo pronto. Essa seria a última vez em que viam a sociedade de Verona. O príncipe não ousaria fazer exigências de casamento para ela diante de todos. E, se Isabella tivesse mantido a promessa, não mencionando os planos para o irmão, aquelas horas à luz de velas seriam as últimas em que ela o veria. Portanto já podia se considerar livre.

Mas por que ainda sentia um arrepio de inquietação na nuca?

Ao seu lado, Lívia ajeitava a roupa, sem perceber sua tensão. A duquesa esperava bem na frente delas e virou-se para lhes dar uma olhada.

— *Humpf* — murmurou ela, antes de passar pelas portas, o que Rosalina interpretou como uma aprovação a contragosto de que a aparência de suas sobrinhas não iria envergonhá-la. Pela milésima vez, Rosalina abençoou com alguma relutância o inquilino ausente que tão generosamente alugara sua casa. Seu administrador mandara havia pouco uma bolsa com o ouro correspondente a mais um ano, portanto, em um raro ataque de extravagância, ela mandara fazer um vestido novo para Lívia, e sua irmã agora estava se sentindo no céu. A delicada peça em azul e creme era a última moda, do decote bordado às contas na barra, e Lívia parecia um anjo nela. Um efeito que era prejudicado quando ela abria a boca.

— Dê só uma olhada na sra. Millamet — ela sussurrou no ouvido de Rosalina. — Vê como ela me fuzila com os olhos? Não é culpa minha se nossos vestidos são da mesma cor. Talvez eu devesse empurrá-la dentro de um barril de vinho, aí teríamos tonalidades bem diferentes.

Rosalina disfarçou um sorriso. O baile deixara Lívia em um frenesi de animação. Valia a pena vir só para ver sua irmã tão feliz.

— Acho que a sra. Millamet não vai caber em um barril de vinho — ela sussurrou de volta para Lívia.

— É verdade — Lívia refletiu. — Ela é bem gorda. Ah! É a nossa vez.

Quando elas chegaram à porta, Rosalina respirou fundo. Tarde demais para voltar atrás agora.

O Grande Salão era um fulgor de luz. Todas as lamparinas estavam acesas; todos os candelabros estavam brilhando. Lívia e Rosalina foram as duas últimas a chegar e, quando a voz do mordomo retumbou — "Srta. Rosalina, da Casa Tirimo, e sua irmã, Lívia" —, pareceu a Rosalina que o rosto de cada nobre de Verona se virou para elas. À direita, viu seu tio Capuleto lhe fazer uma cara de bravo e um som de desagrado enquanto ela passava. Um grupo da família Montecchio estava de pé junto ao trono do príncipe, Benvólio entre eles. Rosalina encontrou seus olhos frios e escuros e se perguntou o que estaria pensando dela agora. Estaria aliviado por ela ter conseguido acabar com aquele casamento desastroso? Ou será que o comportamento excêntrico que ela demonstrara simplesmente o humilhara?

Uma puxadinha sutil de Lívia em seu cotovelo trouxe sua atenção de volta para onde deveria estar. Quando chegaram ao fim do longo tapete vermelho, viram-se diante do príncipe e sua irmã, sentados em tronos lado a lado. O sorriso educado da princesa Isabella tornou-se mais afetuoso quando Lívia e Rosalina inclinaram-se diante deles. Os olhos do príncipe se mantinham frios. Mas, quando Rosalina se ergueu, ele também se permitiu um sorriso.

— Bem-vindas, senhoritas — disse ele. — É enorme a nossa alegria por tê-las em nossa casa.

Rosalina soltou a respiração que nem havia percebido que estava segurando. Talvez corresse mesmo tudo bem naquela noite.

No dia seguinte, faria três semanas da morte de Romeu e de Julieta. O baile daquela noite era o primeiro grande evento social desde as tragédias do verão, e o alívio dos nobres da cidade por uma oportunidade de tirar as roupas de luto e se alegrarem novamente era palpável. A noite logo se dissolveu em um turbilhão de danças, vinho e falatórios. Rosalina procurou ficar longe destes últimos, certa de que ela era o tema de boa parte das conversas (ouviu de passagem a sra. Millamet sussurrar algo desagradável). Não tinha o menor interesse em satisfazer a curiosidade de Verona sobre o que se passava na Casa Tirimo.

Em vez disso, dançou até ficar sem fôlego, bebeu vinho branco gelado, arranjou uns minutos para falar com Isabella sobre seus planos para a manhã seguinte e manteve-se de olho em Lívia — embora, na verdade, a irmã parecesse estar se comportando. Ela costumava flertar escandalosamente, mas, naquela noite, ainda que Rosalina a tenha visto rir e brincar com uma sucessão de rapazes, ela não estava agindo pior que as outras moças. Parecia não estar se envolvendo de fato em nada daquilo. Estranho.

Estava tão intrigada com o decoro incomum de Lívia que não percebeu a aproximação de Orlino, até que os passos da dança a levaram diretamente para suas garras. Tentou não fazer uma careta quando os dedos do jovem Montecchio se apertaram no tecido em sua cintura. O rosto bonito do rapaz ainda estava marcado por um corte vermelho-sangue.

— Boa noite — Rosalina soltou com frieza. — Vejo que seu rosto está cicatrizando.

Ele sorriu com os lábios comprimidos.

— Ah, sim. A obra de seu defensor. — Ele se aproximou mais, e sua respiração quente e odiosa roçou o rosto dela. — Como você pagou pelo serviço dele depois? Só posso imaginar uma maneira de uma vagabunda Capuleto fazer um destemido Montecchio se voltar contra seus próprios parentes. Agradeceu-lhe de joelhos sobre o túmulo do primo dele?

Indignada, Rosalina tentou se soltar, mas ele a segurava com dolorida firmeza enquanto a girava pela pista de dança.

— Orlino, só você imaginaria que um ato de cortesia precisasse ser comprado por um preço tão alto — ela sibilou. — Agora, *solte-me*.

— Ah, mas os olhos de todos os Montecchio e Capuleto estão sobre nós, minha caríssima parente — disse ele. — Precisamos terminar nossa dança para que o mundo veja que família feliz somos agora. — Ela estava certa de que as unhas dele acabariam cortando a pele de sua mão. Mas era verdade, ela podia sentir os olhares duros das duas famílias sobre eles. Teria que esperar a dança terminar para escapar de Orlino. Qualquer que fosse o veneno que ele despejasse em seu ouvido.

— Permite-me?

Orlino parou. No caminho deles estava Benvólio.

— Minhas desculpas, querido primo — disse ele a Orlino, suficientemente alto para todos ouvirem. — Minha amiga Rosalina prometeu-me uma dança. Estou certo de que não se importa se eu cobrar a promessa agora. — Ele estendeu a mão, e Rosalina, depois de soltar os dedos das garras de Orlino, a segurou. — Obrigada, senhorita. Orlino, nosso tio Montecchio gostaria de falar com você. — Ele fez um gesto com a cabeça para o local onde o sr. Montecchio esperava, de braços cruzados. Antes que Orlino pudesse responder, Benvólio já a havia levado em seus braços.

Rosalina sentiu a tensão aliviar um pouco em seu pescoço. Benvólio era um dançarino muito melhor que seu primo, a mão leve em sua cintura conforme a guiava suavemente. Claro que qualquer um que não visse o ato de dançar como uma espécie de arma seria melhor que Orlino.

— Parece que eu a resgatei mais uma vez, senhorita — disse ele, os olhos escuros fixos nos dela. A crueldade de Orlino podia estar ausente do rosto de Benvólio, mas também não havia gentileza ali.

Rosalina lhe deu um sorriso desdenhoso.

— E por isso tem a minha gratidão, como de hábito, meu senhor — disse ela. — Mas é verdade que eu o salvei também. Não me deve um agradecimento?

Ele apertou os olhos.

— Salvou a mim? De quê?

Ela ergueu uma sobrancelha.

O entendimento apareceu no rosto dele.

— Refere-se a... — Ele se inclinou para mais perto, para poder lhe falar ao ouvido sem ser entendido pelas pessoas próximas. — Refere-se a nosso noivado?

— À tentativa de nosso noivado. O príncipe não nos perturbará mais.

Ele riu baixinho perto do ouvido dela.

— Se tiver conseguido me salvar dessa ameaça terrível, tem de fato minha gratidão, senhorita. — Rosalina resistiu à vontade indecorosa de pisar no pé dele. — Na verdade, não ter que casar com você seria o maior presente que qualquer pessoa já me deu...

Para o inferno o autocontrole. Ela lhe deu uma pisada vigorosa, e ele pulou.

— Mas tem tanta certeza assim de seu triunfo, Rosalina?

Ela afastou o rosto para franzir a testa para ele.

— Como assim? Estou aqui, não estou? Acha que eu teria saído de casa se houvesse alguma chance de que essa união forçada fosse levada adiante?

— Estou bastante preparado para acreditar que uma dama desagradável como você ficaria prazerosamente dentro de suas paredes até morrer como uma velha enrugada. Eu só quis dizer que, se acha que nosso príncipe foi derrotado tão facilmente, você o subestimou.

A dança chegou ao fim, e Benvólio se afastou para lhe fazer uma reverência. No momento em que o fazia, ouviu uma tosse em busca de atenção ao seu lado.

— Perdão, *signor* Benvólio — disse o chanceler Penlet. — Senhorita, o príncipe gostaria de lhe falar.

— Claro. — Benvólio levantou a mão de Rosalina para beijá-la em despedida e lhe lançou um olhar como se dissesse "Eu avisei" sobre seus dedos.

Homem insuportável. Rosalina puxou a mão e seguiu Penlet pelo salão, até onde o príncipe estava cercado por um aglomerado de nobres e aduladores. Quando a viu, afastou o grupo com um aceno da mão para permitir que ela chegasse até o seu lado.

— Ah, srta. Rosalina — disse ele. — Sua beleza honra nossa casa. Cavalheiros, se nos dão licença, a senhorita e eu temos um assunto para discutir. — Tendo dito isso, ele a tomou pelo braço e afastou-se do trono com ela.

Um súbito silêncio os acompanhou quando as pessoas viram o príncipe de braço dado com uma modesta Capuleto. O nervosismo de Rosalina aumentou quando percebeu que ele não a estava levando para algum canto tranquilo do salão de baile, mas para fora do Grande Salão, em direção a seu escritório particular.

— Alteza? — ela sussurrou. — Talvez não devêssemos...

Escalo apenas segurou seu braço com mais firmeza no dele.

— Calma, Rosalina. Não vamos provocar nenhum escândalo. Eu prometo.

Rosalina engoliu em seco. Na verdade, não era incomum o príncipe sair com este ou aquele nobre para uma conversa particular durante um baile. Mas esse nobre normalmente não era uma jovem solteira. Mesmo constrangida como estava, ela não poderia se recusar a seguir seu soberano na frente de toda a Verona. E, apesar de terem brigado, ela sabia que o príncipe Escalo era um homem honrado. Com certeza não faria nada que pudesse manchar sua honra. Não poderia haver problema em sair com ele por alguns minutos.

Além disso, o toque do braço dele acendera um calor tímido e palpitante em sua barriga. Mesmo que pudesse, ela não queria se afastar.

Quando se aproximavam do alto da escada, o silêncio dos convidados foi rompido por uma súbita agitação nos fundos. Um forte estrondo foi seguido de uma voz feminina que gritava: "Oh, sra. *Millamet*, a senhora *caiu*, pobrezinha, deixe-me *ajudá-la*..."

O príncipe esticou o pescoço para trás, na tentativa de ver o que estava acontecendo.

— O que terá sido isso?

Rosalina, por seu lado, não tinha necessidade de olhar.

— É a sra. Millamet sendo empurrada em um barril de vinho — disse ela. — Vamos? — Escapar do salão de baile de repente se tornara muito mais atraente.

O ar no escritório do príncipe Escalo era fresco e tranquilo depois do amontoado de gente no Grande Salão. Havia lamparinas penduradas pelas paredes, mas, quando o príncipe soltou o braço de Rosalina, ele acendeu apenas uma, deixando a sala cheia de luzes avermelhadas e sombras negras. Pegou uma garrafa de vinho no armário, serviu-se uma taça e, sem perguntar, serviu uma a Rosalina também. Ela tomou um gole educado, embora já tivesse tomado naquela noite todo o vinho que achava adequado.

Escalo a conduziu para que se sentasse em um sofazinho junto à janela. Ele se recostou com naturalidade no braço do móvel; ela se sentou tão reta que sua coluna doeu. Inspirou profundamente antes de falar.

— Meu senhor, espero que não interprete minha presença aqui esta noite como um sinal de que mudei de ideia. Eu lhe garanto, minha decisão continua tão inflexível quanto...

Ele riu.

— *Calma*, srta. Espinhenta, por favor. — Ele segurou sua mão quando ela tentou se levantar, puxando-a de volta. — Nunca imaginou que eu poderia ter convidado você aqui para pedir seu perdão? Que eu poderia realmente detestar a ideia de forçar uma amiga tão querida quanto você a se casar contra a vontade?

Ele não soltara sua mão. Entre isso e o vinho, ela estava tendo dificuldade para pensar.

— *Tentar* forçar-me a casar, alteza. Não teve sucesso na tentativa.

— Claro. — Ele se recostou, observando-a com um sorriso afetuoso e tranquilo que ela não vira mais em seu rosto desde que ele subira ao trono. Os olhos, no entanto, eram afiados como sempre. — A propósito, Isabella pediu-me para lhe enviar suas saudações. Ela lamenta não ter tido mais tempo de conversar com você esta noite, uma vez que teve de se retirar cedo porque vai partir ao amanhecer.

Rosalina sorriu. Ela e Isabella teriam muito tempo para conversar no caminho para Aragão. Escalo estava olhando para sua taça, então ela tomou mais um gole.

— Foi maravilhoso vê-la esta noite. Mesmo que tenha sido só porque vossa alteza teve que parar de me atormentar enquanto estávamos todos na mesma sala. Tenho certeza de que, se ela soubesse de seus planos, cortaria a crina de seu cavalo outra vez.

— Ah, então *foi* mesmo ela. Ela sempre negou.

Será que ela deveria admitir aquilo? A coragem de duas taças de vinho dizia que sim.

— Bem... ela não fez isso sozinha. Eu ajudei um pouco.

— Você também? — Escalo sacudiu a cabeça. — Já eram problema desde pequenas. E pareciam tão inocentes. Eu deveria saber.

— Você mereceu — disse ela. — Vivia puxando nosso cabelo.

Ele inclinou a cabeça para trás e riu.

— É verdade. E houve mais participantes nessa pequena conspiração? Ou só vocês duas?

— Ah, não, só eu e Isabella — respondeu ela. — As meninas menores estavam fascinadas demais com você.

Ele suspirou.

— Bem, Julieta, pelo menos, aprendeu a desrespeitar minha vontade.

— Sim. Gostaria que não tivesse feito isso, pobrezinha.

Eles ficaram em silêncio. Pela janela aberta, vinham risadas e música da festa no andar de baixo.

Rosalina tentou se levantar outra vez. Outra vez ele a puxou para baixo, segurando uma das mãos dela entre as suas. Seu sorriso tinha desaparecido agora; seu olhar se perdia em algum ponto na escuridão.

— Fique aqui comigo, Rosalina — disse ele. — Apenas... sente-se comigo um pouco. Não tenha medo de seu velho amigo.

Ela voltou ao seu lugar no sofá.

— Está bem, alteza — concordou. — Só por alguns minutos.

Ele não disse mais nada, mas tornou a encher a taça dela de vinho.

☦

Lívia cada vez mais se sentia entediada.

Agora que a grande festa estava quase encerrada, não sabia mais por que estivera tão ansiosa para vir. Com os pés doendo de tanto dançar, ela saiu disfarçadamente de dentro do palácio para esperar Rosalina reaparecer de onde quer que estivesse. Lívia estava pronta para ir para casa.

Ela abafou um bocejo, sorrindo e cumprimentando com a cabeça o fluxo de nobres que deixavam a festa. Sua tia já voltara para casa havia um bom tempo, deixando algumas moedas com Lívia para que ela alugasse uma carruagem. E com isso considerava cumprida sua obrigação financeira para com as sobrinhas naquele verão, supôs Lívia. *Ótimo,* Rosalina diria. *Não precisamos da ajuda dela. Quanto menos estivermos sob o domínio dos Capuleto, melhor.*

Lívia às vezes se perguntava se a desatenção dos Capuleto por elas era mesmo por desdém tanto quanto Rosalina acreditava, ou se era também uma resposta à independência feroz da própria Rosalina. Sua irmã podia não precisar dos Capuleto, mas Lívia não sabia bem do que precisava. Com certeza, a sra. Capuleto havia sido perfeitamente gentil nos últimos dois dias, enquanto ela a ajudara a cuidar do conde Páris.

Ficara surpresa naquela noite com a frequência com que seus pensamentos voltavam a ele. Lívia sempre adorara festas; as danças, os flertes, a moda, e a ideia de que poderia a qualquer momento conhecer seu único e verdadeiro amor e ser transportada para uma vida de riquezas e facilidades.

Agora, porém, tudo isso lhe parecia muito frívolo. Lívia costumava aprovar a frivolidade com entusiasmo, mas passar os últimos dias tentando salvar um homem moribundo roubara parte da alegria que antes encontrava nas roupas da moda. Não conseguia sentir o aroma dos perfumes das damas sem se lembrar dos cheiros do quarto do doente. E seus belos e jovens parceiros de dança só lhe traziam à mente o calor da face de Páris sob seus dedos enquanto seus olhos febris a encaravam.

Ela suspirou ao pensar na doçura do momento. O que era um baile em comparação com *aquilo*?

Rosalina a fizera prometer que a encontraria ali quando o relógio batesse meia-noite. Disse que teriam que acordar cedo na manhã seguinte, mas não explicou por quê. E agora já era quase uma hora, e Rosalina não estava em parte alguma. O fluxo de convidados que saíam do Grande Salão reduziu-se a um gotejamento antes de Lívia se dar conta de que

Rosalina não apareceria. Possivelmente tinha ido embora sem ela. Ah, que raiva.

— Outra vagabunda Capuleto — falou uma voz arrastada atrás dela. — Esperando pela vadia da sua irmã?

Lívia se virou e encontrou um jovem com um corte denteado atravessando uma das faces. Devia ter sido ele o rapaz que atacara Rosalina.

— Na verdade, não, Orlino — disse ela. — Estou esperando um médico para costurar esse buraco horrível no seu rosto. Mas receio que, se ele costurar o buraco mais feio, você não vai mais poder falar.

O rosto de Orlino se fechou em uma fúria embriagada.

— Sua peste! — Ele levantou um braço. Lívia deu um passo para trás, com o coração acelerado. Ele teria mesmo coragem de atacá-la nos degraus do palácio do príncipe?

— Deixe-a, Orlino!

Lívia olhou para a esquerda. Seu primo Gramio estava ali, com a mão na espada, olhando furioso para Orlino. À sua direita estavam Lúcio e Valentino, outros dois jovens Capuleto.

— Deixe-a em paz — repetiu Gramio. — Vá embora daqui. E, da próxima vez em que for grosseiro com uma de nossas parentes, vou arrancar a sua pele.

Orlino soltou uma risada rouca, mas estava claramente em desvantagem numérica. Com uma mordida obscena no polegar para Lívia, ele se virou e correu para o escuro da noite. O jovem Lúcio fez menção de persegui-lo, mas Gramio o segurou pelo braço.

— Não há nada a fazer tão perto do palácio do príncipe. Logo o veremos de novo. — E deu um sorriso para Lívia. — Precisamos acompanhar nossa doce prima até a casa dela.

Os primos de Lívia não lhe davam tanta atenção havia anos. Aparentemente, tudo que era necessário para ser valorizada como uma Capuleto era ser ameaçada por um Montecchio. Ela permitiu que Gramio a conduzisse para a carruagem dos primos, mas, assim que partiram, a ideia de voltar para sua casa escura lhe pareceu de repente assustadora.

— Podem me levar para a casa de nossa família, por favor? — pediu ela. — Vou passar a noite com minha tia. — Rosalina tinha ido embora sem ela, afinal. Pois agora que ficasse sentada em casa, morrendo de preocupação. Ela passaria a noite ao lado de Páris.

☦

Rosalina, o príncipe havia percebido, estava bêbada.

Essa não tinha sido, estritamente falando, a sua intenção. Ele apenas tivera que distraí-la de alguma forma, para que ela não insistisse em retornar ao baile. A jovem tinha um senso de honra muito apurado.

O perigo de que ela se fosse não existia mais. A mulher rígida e fria de duas horas atrás havia se derretido depois de ele despejar uma garrafa de vinho em sua taça. Ela agora estava à vontade em seu sofá, rindo no braço estofado, os pés enfiados sob o corpo. Seus cachos haviam se soltado e caíam sobre os ombros.

Uma batida à porta foi rapidamente seguida por uma tosse antes que ela se abrisse e revelasse Penlet. Os olhos dele se arregalaram quando focaram Rosalina, mas, se teve alguma opinião a respeito da cena à sua frente, seus anos de serviço o impediram de expressá-la.

— Alteza, todos os seus convidados já partiram — ele informou. — Sua irmã foi dormir. Devo arrumar uma carruagem para a... humm... — seus olhos pousaram em Rosalina — ... para a senhorita?

— Não será necessário. Obrigado e boa noite, meu bom Penlet. Pode se recolher. — Escalo o acompanhou até a saída, ignorando a desaprovação que estava evidente na expressão do homenzinho empertigado, e fechou a porta.

Quando ele se virou de volta, Rosalina havia se levantado do sofá. A maior parte dos músicos já tinha ido embora, mas um alaúde solitário ainda dedilhava uma ária melancólica. A melodia entrava pela janela aberta, e Rosalina postou-se diante dela, dançando ao luar.

Escalo prendeu a respiração. Ele sabia, é claro, que a amiguinha de Isabella crescera e agora era uma mulher. Mas foi só então, enquanto ela girava e cantarolava consigo mesma, que ele se deu conta, de fato, de como ela ficara bonita. Cachos soltos e rebeldes, pele prateada pela luz — uma criatura cativante.

Quando o pegou olhando, Rosalina sorriu e estendeu a mão e, antes que ele tivesse tempo para refletir, o puxou para dançar.

Seus pés seguiram os passos tão conhecidos, enquanto seus olhos se fixavam nos dela.

— Não pensei que fosse me conceder uma dança, senhorita.

Os olhos dela eram doces agora.

— Considere-se um homem de sorte por isso, sendo o canalha que é.

— Canalha, eu?

— Essa é a palavra mais gentil que posso encontrar, porque você partiu cruelmente o coração de uma jovem. — Ela se afastou girando, antes de voltar aos braços dele. — O meu, quando eu tinha sete anos. Nunca alguém chorou tanto por um amor perdido quanto eu, quando você foi embora para estudar em outra cidade.

Ele riu. O cabelo dela cheirava a algo doce e primaveril. Escalo desejou poder puxá-la para mais perto.

— Peço seu perdão, querida companheira de brincadeiras. Eu nem sabia que seu coração era meu para que eu o partisse.

— Ah, ele era — respondeu Rosalina, encarando-o enquanto murmurava: — Ainda é.

Escalo arregalou os olhos.

— Rosalina...

Ela o beijou.

Desde o momento em que Escalo assumiu o trono de Verona, praticamente todos os seus pensamentos haviam sido devotados aos problemas da cidade. Mesmo prazeres momentâneos, como cavalgar Venitio, ele só se permitia para que pudesse depois se dedicar a seu trabalho com mais vigor. Deus sabia como Verona exigia dele tudo o que tinha para dar. Mas aquele era o primeiro momento em sua lembrança em que percebia do que tivera que abrir mão.

As famílias em conflito, as cidades vizinhas se guerreando, os inúmeros problemas que Penlet lhe trazia diariamente — tudo isso se dissolveu sem deixar nada, além da pressão dos lábios de Rosalina nos seus, do calor do seu corpo no dele, de seus braços envolvendo-lhe o pescoço. Ele sabia que ela estava bêbada, sabia que não estava agindo como um homem honrado e, ah, sabia o que faria com ela na manhã seguinte. Mesmo assim, Escalo não resistiu a abraçá-la e, só por um momento, puxá-la para mais perto.

No entanto, tudo acabou tão depressa quanto começara, e Rosalina se afastou.

— Ah — ela gemeu. — Ah, acho que não consigo mais ficar em pé.

Escalo apoiou seu corpo oscilante.

— Isso é porque está embriagada, senhorita.

Ela fez uma careta.

— Ah...

Com um suspiro, ele a segurou junto de si e a ajudou a subir com cuidado as escadas até seu quarto. Rosalina dissera a verdade: ela realmente não conseguia se firmar sobre os pés, e Escalo teve de levantá-la e carregá-la.

Quando a colocou na cama, os olhos dela já estavam se fechando. Escalo afastou alguns cachos rebeldes do rosto de Rosalina antes de recuar. Passaria a noite no sofá, no escritório. Mas, primeiro, ficou alguns momentos observando enquanto ela mergulhava em um sono profundo e confiante.

Quando Rosalina acordasse, ele destruiria essa confiança para sempre.

✟

Lívia entrou no quarto sem fazer barulho.

Pelo adiantado da hora, tivera a esperança de poder passar alguns minutos sozinha com Páris, mas, como de hábito, sua tia estava lá. Inclinava a cabeça de cabelos escuros e brilhantes sobre ele, murmurando algo enquanto seus dedos pálidos traçavam linhas tranquilizadoras no braço do rapaz.

Ela levantou os olhos ao ouvir o rangido da porta.

— Sobrinha — disse ela, não parecendo muito satisfeita ao ver Lívia. — Por que está aqui tão tarde? Achei que estivesse no baile.

— Já terminou — respondeu Lívia, puxando uma cadeira para o lado da cama de Páris. — Já passa de meia-noite. A senhora deveria ir se deitar, minha tia. Quanto a mim, um Montecchio horrível me deu um susto tão grande que nem vou conseguir dormir.

Páris despertou ao som de sua voz e tentou se sentar.

— Montecchio? O que...

— Acalme-se, gentil Páris. — A mão da sra. Capuleto o pressionou de volta para a cama. — Lívia, o que os Montecchio fizeram esta noite?

Lívia ajudou a trocar as bandagens de Páris enquanto contava sobre a agressão de Orlino e a coragem de Gramio e seus primos. Reparou que o ferimento dele parecia muito melhor. A pele tinha perdido o calor febril, graças a seus cuidados. Logo ele estaria de pé novamente.

— Gramio é um covarde — disse sua tia. — Ele devia ter enfiado a espada naquele canalha.

Lívia franziu a testa, alisando a borda da bandagem no peito de Páris com o polegar.

— O príncipe o teria prendido.

— Devia ter feito mesmo assim — soou a voz rouca de Páris. — Não seria pior do que deixar Orlino impune. — Ele segurou a mão de Lívia, com os olhos fixos nos dela. — Quando eu estiver bem outra vez, srta. Lívia, sua honra será mais bem defendida. Eu prometo.

A sra. Capuleto fez um som de espanto.

— Ele sabe quem você é! — ela sussurrou. — Ah, doce Páris, sua consciência está finalmente voltando.

Lívia apertou a mão dele e sorriu. Pelo canto do olho, viu a tia sorrir também.

✟

Ela apertou os olhos contra a luz.

Com um gemido, ela rolou na cama. O sol matinal nunca ardera tanto em seus olhos fechados. Por que estava tão brilhante? E o que havia acontecido com seu cobertor? Não parecia ser o dela...

Rosalina se sentou de repente. Aquele não era o seu quarto. Aquela não era a sua *casa*.

Ainda estava no palácio.

Com um frio no estômago, ela afastou as cobertas. Foi com alívio que se viu ainda completamente vestida com seu traje de seda vermelho, agora bastante amarfanhado. O que tinha acontecido? Lembrava-se de ter saído do baile com o príncipe, e depois disso sua memória começava a falhar. Mas eles não tinham... certamente ele não teria...

— Bom dia, senhorita.

Ela se virou assustada. Ali, vestido para o dia e muito tranquilo comendo um pedaço de pão com manteiga, estava o príncipe.

— Fique tranquila — continuou ele. — Sua honra permanece intacta. Não que o restante da cidade tenha muita chance de acreditar nisso. — Ele levantou uma segunda fatia na direção dela. — Está servida para o café da manhã?

Rosalina ergueu a mão trêmula até os cabelos e os encontrou em total desarranjo.

— Esc... Alteza, o que aconteceu?

Ele olhou sobre a borda de uma xícara fumegante.

— O que aconteceu — respondeu ele — é que eu a trouxe vergonhosamente bêbada e a coloquei na cama com toda a castidade. Ah, eu fui um perfeito cavalheiro e você foi a própria imagem de uma donzela honrada... Mas Verona não sabe disso, sabe? Tudo que eles sabem é que você me acompanhou a meus aposentos privativos. E que ninguém a viu sair.

Rosalina engoliu em seco. Mulheres já haviam sido expulsas de suas famílias por muito menos. A castidade de uma nobre era sagrada. Mesmo a sugestão de uma indiscrição era suficiente para envergonhá-la para sempre.

E o pior era que sua vergonha não cairia apenas sobre ela. Nenhuma família permitiria que seu filho se casasse com Lívia.

— A propósito, minha irmã já partiu há muito tempo. São quase dez horas. Você foi muito esperta tentando escapar para a corte de Isabella, mas os criados dela contaram para os meus que ela levaria duas irmãs de Verona e não foi difícil adivinhar quem seriam. Quando fui me despedir de Isabella, disse a ela que você havia me contado tudo ontem à noite e que havia mudado de ideia sobre deixar Verona. Ela pediu que eu lhe dissesse que sentirá sua falta e que lhe envia seus cumprimentos, mas que está feliz por você ter encontrado uma maneira de permanecer em Verona.

— Ah, meu Deus, meu Deus. — Rosalina levou as mãos ao rosto. — Estamos arruinadas. A menos que... — Ela olhou para Escalo. — Você pode nos salvar. Por favor, alteza. Você pode, pode... — Ela tentou ficar de pé, mas uma onda de náusea a jogou de volta para a cama.

— Diga à cidade... — O quê? Que ela havia passado a noite na cama dele, bêbada?

— Posso dizer que você passou a noite com minha irmã — disse Escalo. — Todos sabem que vocês são amigas. Acreditarão nisso.

Ele estava certo. Funcionaria. Rosalina detestava mentir, mas faria isso por Lívia.

— Obrigada, Altez...

— Ou — disse ele — talvez eu não diga nada. E deixe Verona pensar o que quiser de você.

Um punho gelado pareceu apertar o coração de Rosalina. Lentamente, ela se sentou mais para trás na cama. De repente, aquela manhã estranha começava a fazer um sentido terrível.

— Você planejou isso.

— Sim.

— O que você quer?

— Você sabe o que eu quero.

Rosalina cruzou as mãos. Ficou olhando para os nós pálidos dos dedos sem dizer nada.

— Vou dizer a seu tio esta tarde que você aceitou se casar com Benvólio — informou seu soberano. — Dentro de duas semanas, anunciarei formalmente o noivado para a cidade. Pouco depois, vocês se casarão. Se fizer isso, eu salvarei você e sua irmã de serem desonradas por sua causa.

Rosalina fechou os olhos com força. Em sua mente, viu a menininha de cabelos escuros que havia amado seu príncipe com todas as forças... e que nunca deixara de amá-lo.

Quando abriu os olhos de novo, a menininha tinha desaparecido para sempre.

Será que Escalo percebeu alguma coisa disso em seu rosto? Será que se importava? Ela achou que ele hesitara quando seus olhares se encontraram, mas, antes que pudesse ter certeza, ele já havia vestido novamente sua máscara sóbria de realeza.

— Como meu soberano ordenar — disse ela, com uma profunda reverência. *Cachorro hipócrita.*

Parte 3

†

A face nítida da perfídia
jamais é vista até que seja usada.
— *Otelo*

𝓑ENVÓLIO DE MONTECCHIO. NOIVO. ELE MAL PODIA ACREDITAR. Tinha tentado se preparar para isso. Sabia que a teimosia de Rosalina acabaria dando em nada, pois que cidadão de Verona, por mais bravo e rabugento que fosse, poderia esnobar a vontade do príncipe? Mesmo assim, o brilho obstinado nos olhos de Rosalina, quando eles dançaram no baile do príncipe, dera-lhe esperança de que ela teria sucesso em desfazer o arranjo.

Agora, duas semanas depois, eles estavam na praça da cidade, diante de uma multidão de mercadores, nobres e camponeses. Benvólio usava seu melhor gibão; a seu lado, imóvel como uma estátua, Rosalina trajava um vestido verde-claro, com flores brancas no cabelo. E, ao lado dela, não parecendo nem um pouco mais feliz, estava sua tia-avó. A duquesa de Vitrúvio postava-se ereta e altiva, com o olhar examinando o horizonte, como se, ao ignorar todos os que se reuniam ali, diante da plataforma para o noivado, pudesse impedir que ele acontecesse. Junto deles também estavam seus tios, talvez para fins de aparência, talvez para assegurar que eles não tentassem fugir. Benvólio não podia falar pela moça, mas ele certamente havia tentado calcular a velocidade com que conseguiria correr até o lado de fora dos portões da cidade. Mas, ao contrário da megerinha Capuleto, ele conhecia suas obrigações. Se o príncipe e seu tio diziam que ele devia se casar, ele se casaria.

— ... E, portanto, Rosalina, sobrinha do sr. Capuleto, casará com o herdeiro dos Montecchio, Benvólio — dizia o príncipe para as pessoas aglomeradas abaixo deles. — E seu amor matará o ódio entre suas famílias. O dia do casamento, daqui a duas semanas, será um momento de festa para toda a Verona.

Uma grande aclamação emanou do povo diante dessas palavras. Benvólio olhou para sua noiva. Rosalina estava mais bonita do que nunca, mas seus olhos eram como duas pedras de ágata. *Seu amor*. Rá. Se nenhum deles matasse o outro durante o sono, Benvólio já poderia considerar aquele casamento um grande sucesso.

O olhar de Rosalina encontrou o seu por um momento, depois se afastou. Ao lado dela, sua tia-avó mantinha uma expressão mal-humorada, mas de repente seus olhos se apertaram, fixando-se no canto mais distante da praça do mercado. Intrigado, Benvólio seguiu-lhe o olhar. A princípio, não conseguiu ver o que chamara a atenção dela, mas então notou algo se agitando. Alguma coisa acontecia no fundo da multidão. As aclamações davam lugar a gritos de confusão. Conforme a agitação foi se aproximando, Benvólio pôde enxergar a razão do tumulto.

Uma carroça com três ocupantes passava entre a multidão. O condutor, que usava uma máscara negra, batia impiedosamente nas pessoas em volta com um chicote para abrir caminho pelo meio da praça. Quando a carroça chegou perto, Benvólio prendeu a respiração. Os outros dois passageiros eram, na verdade, bonecos feitos de trapos sujos de alcatrão, um deles em um traje branco de noiva: representações cruéis, percebeu, dele mesmo e de Rosalina.

— Um presente de casamento para abençoar essa união suja! — o condutor mascarado gritou. Então jogou uma tocha na carroça, que explodiu em chamas, e pulou para o meio da multidão. A praça se encheu de gritos de terror enquanto as chamas estalavam na madeira, engolindo os dois bonecos. As figuras incendiadas derreteram uma de encontro à outra, em um abraço sinistro.

— Montecchio, traidores! Peguem! — uma voz gritou.

— Mentiroso! Às armas, família Capuleto!

O príncipe ergueu os braços.

— Povo de Verona...

Mas a multidão, tomada de pânico e fúria, estava além da capacidade de controle, até mesmo do príncipe. O cheiro de fogo misturou-se ao odor do medo enquanto o público se lançava em atropelo em direção à plataforma. Benvólio percebeu um relance de verde e virou-se a tempo de ver Rosalina cair sob os pés em fuga do que se estava tornando rapidamente um tumulto generalizado. Espremendo-se entre a multidão compacta, ele conseguiu puxá-la do chão, mas só por alguns segundos antes que ela fosse arrancada de seu lado outra vez.

Quando Benvólio se virou para procurá-la, notou uma pessoa vestida de preto desaparecendo sobre um telhado.

Praguejando, ele abriu caminho até a extremidade da praça. Como será que... Ele olhou para cima. Ah. As bancas dos mercadores que se alinhavam em seu entorno eram protegidas do sol por toldos de tecido. Apoiando-se em um canto do toldo sobre uma banca de frutas, Benvólio ergueu o corpo e usou o apoio para subir no telhado. Várias casas adiante, o homem de preto corria.

Benvólio apressou-se atrás dele. Suas mãos e joelhos logo ficaram cobertos de pó alaranjado pelo contato com as inclinações íngremes dos telhados contíguos de Verona. O homem que ele perseguia era ágil, mas não era páreo para sua determinação. Quando o homem tropeçou, Benvólio atravessou uma viela de um pulo e já estava em cima dele.

— Agora — ele ofegou, ignorando os palavrões abafados do homem que tentava escapar —, vamos ver que desgraçado...

Ele arrancou a máscara. Era Orlino.

Benvólio resmungou.

— Você não se cansa de ser traiçoeiro, primo?

Orlino lutava como uma fera selvagem sob ele e fez uma pausa apenas para cuspir em seu rosto.

— Você não é meu primo. Você suja o nome dos Montecchio, seu lambe-botas covarde! — Um sorriso alucinado apareceu no rosto de Orlino. — Foi por isso que eu concordei em dar minha ajuda.

Benvólio o sacudiu.

— Dar sua ajuda para quem? Quem o orientou a fazer essa canalhice, Orlino?

Os esforços de Orlino para escapar provocaram a quebra das telhas abaixo dele e, subitamente, os dois começaram a escorregar até a borda do telhado. Eles estavam no alto de uma igreja, e o telhado íngreme não oferecia obstáculo algum que interrompesse a queda. Os pés de Benvólio moviam-se em uma busca desesperada por apoio. Ouviram um estalo, depois outro, e então os pedaços de telhas quebradas despencaram no chão, muito abaixo deles. Orlino aproveitou-se do desequilíbrio de Benvólio para empurrá-lo e pegar a espada. Benvólio, agarrado ao telhado com as duas mãos, não tinha como alcançar a sua. Orlino levantou-se, cambaleante, e apontou a lâmina para Benvólio.

Um relance de verde na rua lá embaixo foi tudo o que ele viu antes que algo voasse no ar e acertasse Orlino com força na lateral da cabeça. Benvólio não parou para ver o que era. No momento em que o golpe distraiu seu primo, ele conseguiu apoiar um pé no beiral e se erguer de volta para o telhado. Orlino tentou escapar de seu alcance, mas se esquecera de que estava muito perto da borda. Por um momento, pareceu ficar suspenso no ar, com os olhos arregalados e presos aos de Benvólio. Depois mergulhou, saindo fora do alcance da visão, e Benvólio estremeceu ao ouvi-lo atingir o chão na viela abaixo.

— B-Benvólio?

Benvólio arrastou-se até a beira do telhado. Abaixo dele, na rua, pálida, com olhos assustados e suja de terra, estava Rosalina. Usava um só sapato. Isso explicava o que havia acertado Orlino.

Quando o viu, ela acenou, depois desapareceu. Meio minuto depois, reapareceu abrindo as venezianas de uma janela no andar superior.

— Benvólio, venha para cá. Acha que consegue chegar aqui em segurança?

— Sim, eu lhe agradeço, senhorita.

Ele se aproximou da janela com cuidado e rastejou para dentro, vendo-se em um pequeno sótão com ervas secas penduradas. Rosalina deu um suspiro trêmulo quando os pés dele aterrissaram solidamente no chão.

— Você está bem? — ela ofegou. — Oh, Deus, senhor, eu pensei...

Ele sacudiu a cabeça.

— Não me machuquei, graças a você.

Ela se inclinou para fora da janela, tentando ver onde Orlino havia caído.

— Ele está...

— Não olhe. — Benvólio estendeu o braço e segurou a cabeça de cachos castanhos de Rosalina, virando seu rosto do corpo imóvel lá embaixo.

— Que os céus nos ajudem — Rosalina murmurou. — Começou outra vez.

Benvólio concordou com a cabeça.

— Como antes. — Mortes, intrigas, ódio sem fim. Era difícil respirar ao pensar nisso.

Rosalina virou os olhos assustados para ele.

— Não — disse ela. — Não como antes. Não notou como Orlino insultou a nós dois sem se identificar como um Montecchio, para que cada família acreditasse que estava sendo atacada pela outra? Alguém fez isso de propósito. Talvez a mesma pessoa que profanou o túmulo de Julieta.

— Orlino...

— Não, Orlino não. Ele é esquentado, só isso. Alguma outra pessoa está reacendendo nossa guerra familiar.

Ela estava certa. Orlino não era esperto o bastante para planejar algo assim. Benvólio parou ao lado de Rosalina, junto à janela, enquanto ela olhava para a cidade que se estendia sob eles. Uma brisa fresca soprou-lhe os cabelos. Em algum lugar ali embaixo havia alguém que planejava destruí-los — não, alguém que já havia começado novamente aquela guerra.

— Eu não vou permitir isso — disse Rosalina.

— O quê?

Rosalina virou-se para ele, de queixo erguido.

— Nossas famílias juraram paz. Quer esses encrenqueiros sejam do nosso lado ou do seu, eles não falam por nós. Essa guerra só poderá terminar de fato se conseguirmos revelar esse truque traiçoeiro.

Benvólio sacudiu a cabeça.

— E como você acha que vamos descobrir quem eles são? E, supondo que os encontremos, por que eles dariam atenção às argumentações de um rapaz inexperiente e de uma virgem de gênio ruim? Isso é tolice, moça.

— Acha mesmo? Não estou pensando em argumentar nada. Eu os entregarei à justiça do príncipe, sejam eles quem forem.

Ele riu.

— Claro que sim, doce e gentil Rosalina. Mas, por favor, não presuma que seu desdém gelado por seus parentes seja o mesmo que eu sinto em relação aos Montecchio. Não tenho nenhum interesse em mandar pessoas do meu sangue para a prisão do príncipe como criminosos comuns.

— Sua devoção à Casa Montecchio não serve para nada se permitir deliberadamente que o veneno se instale dentro de suas paredes. Ou será que você é covarde demais para expulsá-lo, Montecchio?

Senhor, aquela mulher podia convencer um homem a acreditar que o dia era noite. Ele se virou de costas para ela e massageou a nuca.

— Não sou covarde. E, se você fosse um homem, eu a enfrentaria com minha espada por dizer isso.

Ela o ignorou.

— Se sua obrigação para com sua tão amada família não é suficiente para convencê-lo, então pense nisso — continuou ela. — Se conseguirmos promover uma paz natural entre nossas duas casas, que necessidade haverá de forçar uma paz não natural?

Ele a fitou, intrigado. Uma paz não natural? O que ela... Ah.

— Não teríamos que nos casar.

Rosalina estava de braços cruzados, com uma delicada sobrancelha levantada.

— Por esse presente — disse ela, secamente —, acredito que você enviaria uma dúzia dos Montecchio para a forca.

— Eu preferiria que fossem Capuleto. — Ele sorriu. O plano de repente ficara mais atraente. — Está bem, minha doce noiva não amada, o que vamos fazer?

— Bem, detestável marido. Em primeiro lugar, vamos sair deste sótão.

Ele concordou com a cabeça e dirigiu-se à porta. Mas Rosalina gemeu antes de dar três passos e caiu. Ele correu para o lado dela.

— O que foi?

Ela sacudiu a cabeça e tentou se levantar.

— Torci o tornozelo enquanto corria. Não é nada. — Mas, quando tentou apoiar o peso no pé descalço, fez uma careta de dor.

Benvólio passou o braço em sua cintura.

— Apoie-se em mim.

A descida pela escada tornou-se um esforço lento para os dois. Benvólio sentia a respiração curta de Rosalina em arfadas irregulares contra a sua mão sempre que o pé esquerdo tocava o chão, mas ela não emitiu nenhum som de queixa.

Então ele sentiu uma pontada de vergonha pelo que aquela rivalidade havia feito dele. Quem era ele para rejeitar com desprezo alguém como ela? O ódio de sua família era ciumento. Exigia tanta devoção quanto uma amante. Benvólio não era cego; sabia que não era uma beleza qualquer que ele trazia apoiada em seu braço. Na verdade, a maioria dos rapazes de Verona invejaria sua sorte.

Mas a maioria dos rapazes não teve seus amigos mais queridos assassinados por causa do orgulho de uma predadora Capuleto, sua mente sussurrou na voz de Mercúcio. *Você não é nenhum amante inexperiente de mulheres, Benvólio. Vá arrumar uma que nunca tenha matado seu primo. Melhor ainda, vá encontrar uma dúzia delas.*

No entanto, lá estava ele, tentando ignorar a sensação do corpo dela contra o seu, enquanto a deslizava para o chão. Sim, Rosalina era esperta e bela, mas se não fosse por ela Romeu ainda estaria vivo. Ele se aliaria a ela por algum tempo, apenas para assegurar que logo pudessem desfazer aquele noivado e seguir seus próprios caminhos, separados para sempre.

Enquanto desciam as escadas, ele achou ter ouvido a risada de Romeu.

Rosalina aproveitou a primeira oportunidade para se desvencilhar dos braços dele. Assim que chegaram à base da escada, ela o empurrou para o lado e deu um passo para a frente sozinha, mas seu tornozelo cedeu sob seu peso no mesmo instante. Benvólio suspirou e a segurou de novo.

Tinham acabado de passar pela porta da capela quando uma voz gritou lá de dentro:

— Alto lá, moleques!

Eles se viraram e viram um monge com uma túnica marrom aproximando-se a passos rápidos. O rosto normalmente gentil estava fechado em uma carranca.

— O que você e seus parentes estão aprontando desta vez, Benvólio? — Ele deu uma olhada para Rosalina. — E que pobre donzela está envolvida nisso agora?

Benvólio deu um sorriso tenso para seu velho professor.

— Srta. Rosalina — disse —, permita-me que lhe apresente frei Lourenço.

Rosalina apertou os olhos em desagrado, mas inclinou-se em uma reverência da melhor forma que pôde.

— Bom dia, padre. Ouvi falar do senhor.

— E eu de você, minha filha.

Benvólio pôde perceber naquele instante que cada um deles tinha conhecimento do papel do outro na violência do verão. Frei Lourenço havia sido mestre dos meninos Montecchio e um confidente especial de Romeu. Fora ele quem casara em segredo Romeu e Julieta — e, Benvólio desconfiava, quem escutara os primeiros devaneios de Romeu a respeito de Rosalina, provavelmente com mais paciência do que o próprio Benvólio.

— Padre — disse ele —, não estamos aprontando nada. Foi meu parente Orlino que causou a confusão na praça esta manhã, mas ele, pobre coitado, não perturbará mais o mundo.

— Não mesmo? — O frei o encarou com um olhar furioso. — Então não foi ele quem acabou de me derrubar não faz nem cinco minutos?

Benvólio ficou paralisado.

— Orlino está vivo?

— Sim, embora tenha corrido daqui como se todos os cães do inferno o estivessem perseguindo.

Provavelmente Orlino ficara apenas atordoado quando caíra do telhado. Benvólio não sabia se devia ou não ficar feliz por seu parente perverso não ter perdido a vida.

— Eu lhe prometo, padre, que essa descortesia será acrescentada à longa lista de seus crimes quando eu o pegar. — Ele começou a se afastar a passos largos, totalmente esquecido da lesão de Rosalina. Ela não conseguiu acompanhá-lo e tropeçou, agarrando-se ao gibão dele enquanto soltava um suspiro de dor.

— Desculpe, senhorita — disse ele, ajudando-a a se endireitar.

Frei Lourenço aproximou-se depressa e acudiu Rosalina.

— Venham para dentro. É melhor vocês me contarem tudo.

☦

A dor no tornozelo melhorou.

Quando terminaram de contar ao frade o que sabiam sobre a intriga armada por Orlino, o cataplasma frio que ele havia aplicado no pé de Rosalina aliviara o latejamento. Ela bem que gostaria que a ama tivesse algumas aulas com ele.

— E assim a flor venenosa do ódio de suas famílias desabrocha mais uma vez — disse baixinho frei Lourenço, inclinando-se sobre ela e enrolando seu pé em bandagens, com mãos gentis. — Não é de surpreender, com os jardineiros diligentes que sempre teve. — Um de seus ajudantes havia recuperado o sapato de Rosalina no telhado e agora ele o colocava de volta no pé dela.

Benvólio não parara de andar de um lado para o outro desde que chegaram à cela do frade.

— Ela está bem, padre? Se estiver, por favor, acompanhe-a até em casa para que eu possa ir embora. Quanto mais o tempo passa, mais distância Orlino põe entre ele e a justiça.

O frade sacudiu a cabeça.

— Não posso, meu filho. Você mesmo terá que acompanhar sua noiva. — Aos sons de desgosto de Benvólio e Rosalina ao ouvir a palavra *noiva*, ele riu. — Que casal vocês são. Há poucas semanas, no auge de julho, um jovem Montecchio e uma menina Capuleto estavam diante de mim, loucos para se casar. E agora agosto vai terminando e a Providência me envia outro casal, igualmente louco para não se casar.

— Sim — disse Benvólio, ajudando Rosalina uma vez mais a se levantar. — Nós somos tão diferentes de Julieta e Romeu quanto a noite do dia. Para começar, ouvi dizer que Julieta tinha uma língua educada.

Rosalina inclinou a cabeça.

— É verdade, eu não tenho nada da fraqueza fatal de minha prima pelos Montecchio, e agradeço a Deus por isso.

— Nem por nenhum outro homem. Pois que homem de Verona poderia aquecê-la tanto quanto o seu prezado orgulho?

— Nenhum, porque os homens de Verona têm bem mais talento para deixar moças geladas em seus túmulos. — Ela olhou para o frade, que lhes dirigia um sorriso misterioso. — O que foi?

— Tão diferentes quanto a noite da noite — ele murmurou.

Benvólio franziu a testa.

— O que quer dizer com isso, padre?

Ele sacudiu a cabeça.

— Nada. Sinto muito, jovem Benvólio, mas preciso ir. Em dois dias partirei de Verona. — Ele se levantou, limpando o remédio das mãos com um pano. — O príncipe deixou claro que, por minha participação nos tristes acontecimentos desse verão, não sou mais bem-vindo aqui, então vou juntar-me a meus irmãos de um mosteiro no campo, a algumas léguas de distância.

— Padre — disse Benvólio —, de todos nós, o senhor é quem tem menos culpa.

Frei Lourenço lhe deu um sorriso fraco e apertou-lhe o ombro.

— Obrigado, meu filho. — Ele suspirou. — Mas o príncipe me culpa muito menos do que eu culpo a mim mesmo. Foi meu orgulho que me levou a acreditar que poderia acabar com a briga simplesmente casando Romeu com Julieta. A juventude deles, que fez ambos se jogarem em uma união tão imprudente e apressada, deveria ter sido equilibrada por minha sabedoria; em vez disso, eu os incentivei. O exílio é o mínimo que mereço.

— Se o senhor merece o exílio, então nós todos também merecemos — disse Benvólio.

Mas frei Lourenço apenas sacudiu a cabeça. Ele os acompanhou até a porta da igreja, segurando ambos pelo ombro.

— Que Deus esteja com vocês — disse ele. — Se, por casamento ou por outro desígnio, conseguirem curar essa ferida dentro de suas famílias, as almas dos Montecchio, dos Capuleto e do jovem Mercúcio agradecerão.

— E a de Páris também — lembrou Rosalina.

A mão em seu ombro se enrijeceu.

— Sim — disse o frade depois de um momento. — A de Páris também. Adeus, e estejam atentos ao que aconteceu hoje. Se ela pôde pôr fogo em seus bonecos, provavelmente não hesitaria em causar danos reais. Não se sabe onde a víbora esconde sua presa.

Benvólio e Rosalina saíram para a rua e subiram a colina em direção à casa dela. Benvólio olhou para trás e viu o frade parado à porta, observando-os. Havia algo estranho nos modos de seu velho mestre. Provavelmente era apenas a dor que afligia todos eles — mas ocorreu a Benvólio que o frade poderia estar escondendo alguma coisa.

✞

Dentro da noite lúgubre, Orlino riu.

Verona ainda estava um caos depois dos acontecimentos do dia. Os guardas do príncipe tinham conseguido acalmar o pior da agitação, mas era apenas uma pausa temporária. Por toda a cidade, mãos apoiavam-se em espadas, e *Montecchio* e *Capuleto* estavam na boca de todos. Era só uma questão de tempo até que as duas famílias jogassem para o ar aquela paz afeminada que lhes havia sido imposta pelo príncipe e partissem para a guerra. E, então, ele e seus irmãos esmagariam os traiçoeiros Capuleto de uma vez por todas.

Orlino não podia ir para casa, porque tinha certeza de que seu primo estaria à sua espera. Benvólio, que sujou o nome dos Montecchio. Orlino adoraria abatê-lo com sua espada, tanto quanto a um Capuleto.

Então continuou a vagar pelas ruas, mantendo-se nas sombras. Sem máscara, ele era apenas mais um nobre vestido de preto. Os cidadãos de Verona nem reparavam nele, a não ser para evitá-lo.

Quando o relógio bateu meia-noite, as ruas finalmente ficaram vazias. Orlino pensou em procurar sua benfeitora — ela certamente poderia abrigá-lo em sua casa, onde quer que fosse. Mas não, ela lhe dissera para não a contatar naquela noite. E, de qualquer forma, o sangue de Orlino ainda estava muito quente para que ele conseguisse dormir.

Ele se perguntou mais uma vez quem ela poderia ser. Alguma grande e nobre dama, disso não havia dúvida. Haviam se encontrado apenas uma vez, e ele não tinha visto seu rosto. *Venha à cela de frei Lourenço enquanto ele estiver na missa,* dizia o bilhete, enfiado sob a porta dele por mãos invisíveis. Quando chegou, ela já estava no confessionário, no banco do sacerdote, de modo que ele não pôde ver seu rosto.

Eu sou alguém que sabe muito bem como a causa dos Montecchio é certa, disse ela. *E o quanto você é uma jovem alma honrada, Orlino. Acredito que podemos ajudar um ao outro.*

— Orlino.

Orlino se assustou e sua mão voou para a espada. Suas perambulações o haviam levado de volta ao cemitério onde ele encontrara aquela vadia Capuleto, Rosalina. Apertando os olhos para a escuridão onde a luz das tochas mal alcançava, ele viu outra pessoa vestida de preto, mascarada como ele tinha estado antes.

— Quem é? — Orlino perguntou. — É um dos...

— Puxe sua espada.

— O quê?

Um deslizar de metal, depois um brilho no escuro.

— Puxe sua espada, Montecchio.

Orlino mal havia desembainhado a espada quando o aço do estranho retiniu contra o seu. Cambaleando para trás e tentando recuperar o equilíbrio, Orlino logo percebeu que estava em desvantagem. Ele próprio era um espadachim habilidoso, mas seu oponente parecia nem ser humano, mão, braço e espada, todos parte de uma única criatura nascida da noite.

— Quem é você? — Orlino arfou, aparando desesperadamente os golpes do estranho. — Mostre-se, demônio.

O homem mascarado não respondeu, exceto com sua lâmina. Orlino gritou quando a espada lhe perfurou a barriga. A última imagem que seus olhos embaçados viram neste mundo foi seu assassino desconhecido, desaparecendo uma vez mais nas sombras.

☦

— Meu senhor, precisa ficar parado — disse Lívia, pondo a mão no peito dele e empurrando para fazê-lo voltar aos travesseiros com um gemido. Ela tirou os lençóis, livrando-o da roupa de cama molhada de suor que lhe grudava no corpo. — A febre pode ter cedido, mas ainda não está de forma alguma fora de perigo. Fique deitado ou vou ter que amarrá-lo.

— Perdoe-me, senhorita. — Páris sorriu para ela. — Mas pode me culpar? Estas quatro paredes ficam cada vez mais tediosas. Não é natural um homem ser tão dependente dos cuidados de mulheres, quando sou eu quem deveria protegê-las.

— Mais uma razão para descansar, assim poderá sair destas quatro paredes sem desmaiar depois de meia dúzia de passos.

Ele lhe lançou um olhar suplicante, mas aceitou.

— Vou atender à sabedoria. Agora me diga, senhorita, quais são as novidades de Verona?

Os olhos dele eram claros e brilhantes, e seu olhar, firme. Nas duas semanas desde o baile do príncipe, seu estado de saúde progredia continuamente. Sua consciência retornara e o ferimento estava cicatrizando bem, embora ainda estivesse fraco como uma criança. Acomodando-se ao lado da cama, Lívia lhe contou da confusão na praça do mercado durante o noivado de Rosalina mais cedo naquele dia.

— Por Deus — disse Páris —, que espetáculo impróprio para os olhos e ouvidos de uma dama. Você e sua irmã se feriram?

Lívia suspirou.

— Na verdade, o vestido de noivado de Rosalina nunca mais poderá ser usado, o que eu considero uma perda, porque pretendia reformá-lo para mim. E algum imbecil pisou no tornozelo dela, mas frei Lourenço já cuidou disso com um cataplasma. Ele disse que foi uma contusão leve e que ela poderá andar de novo amanhã. Quanto a mim, eu nem estava lá. Ela me disse que não desejava que eu a visse unindo-se a um Montecchio e me pediu para ficar em casa. — Fez beicinho. — E por isso perdi toda a diversão.

Páris recostou-se no travesseiro limpo que ela colocou para ele, com um leve sorriso nos lábios.

— Sua honrada irmã está certa em mantê-la o mais longe possível dos Montecchio. Eu não gostaria que você se machucasse.

Ela sentiu as faces esquentarem, mas respondeu apenas:

— Rosalina diz que nossa querida família tem uma participação igualmente grande nessa podridão.

Ele suspirou.

— Talvez ela tenha razão. Essa briga de vocês é um nó difícil de desatar. E aqueles que ela envolve têm muita dificuldade para escapar. — Ele passou a mão por suas bandagens. — Como eu bem sei.

— Você vai embora, então? — Lívia engoliu em seco. — Quando estiver bem... pretende deixar Verona, como minha tia Capuleto sugere?

Páris pousou seus dedos gentis sobre a mão dela.

— Não vamos mais falar dessas coisas tristes. — Ele alcançou o tabuleiro de xadrez ao lado da cama e escondeu duas peças dentro dos punhos fechados. — Preto ou branco?

☦

— Por onde começamos, Rosalina?

Rosalina inclinou-se para fora da janela do chalé e encontrou seu noivo a esperando embaixo. Quando ele levantou a cabeça e a viu, sorriu e acenou, protegendo os olhos do sol com a outra mão. Rosalina não pôde deixar de sorrir em resposta. Desceu rapidamente as escadas até a porta da frente e a abriu.

— Bom dia, Benvólio. Por que está tão satisfeito?

— Não estou satisfeito, senhorita, mas ansioso. — Ele entrou no saguão com passos animados. — Gosto cada vez mais desse seu plano. É a primeira vez que tive alguma ocupação proveitosa em semanas. — Se ele achava estranho fazer uma visita social a um chalé enfiado nos fundos da propriedade da duquesa de Vitrúvio, não demonstrou. Pelo contrário, olhou para o saguão quase vazio com admiração. — Gosto de sua casa. Ela não é tão abarrotada de quinquilharias quanto a de minha mãe. — Ele desembainhou a espada e fez alguns movimentos exuberantes contra um oponente invisível.

Um grito soou no alto da escada. Benvólio abaixou-se quando uma cadeira veio voando em direção à sua cabeça. Rosalina virou-se e encontrou Lívia olhando para ele com uma expressão raivosa e as mãos nos quadris.

— Para trás, canalha! — ela gritou.

Rosalina soltou um suspiro.

— Benvólio, quero lhe apresentar minha irmã, Lívia. — Ela olhou para a cadeira destroçada. — Como pode ver, ela é a razão de nossa casa ter essa agradável escassez de móveis.

Benvólio virou-se para Lívia, que havia pegado outra cadeira e parecia pronta para jogá-la por cima do corrimão. O jovem embainhou cuidadosamente a espada.

— Perdão, senhorita. Eu não pretendia fazer nenhum mal.

— Humm. — Lívia apertou os olhos, mas largou a cadeira, murmurando algo em que Rosalina pôde discernir a palavra "Montecchio".

Enquanto recolhia alguns destroços, Rosalina olhou para Benvólio.

— Vamos começar por Orlino. Ele foi encontrado? Se conseguirmos falar com ele...

— Orlino está morto.

— O quê?

Lívia estava descendo as escadas, com os olhos apertados ainda fixos em Benvólio.

— Orlino está morto — ela repetiu. — Não ficou sabendo, Montecchio? Seu corpo foi encontrado na noite passada no cemitério, atravessado por uma espada. Ouvi a notícia esta manhã no mercado.

Toda a alegria desapareceu de Benvólio. Ele se recostou na parede.

— Morto — repetiu ele. — Orlino morto. Assassinado.

— Eu não vou chorar por ele — falou Lívia, de braços cruzados. — Mais um Montecchio que não vai fazer falta à cidade.

— Lívia! — Rosalina a repreendeu. — Não fale assim do parente dele.

— Falo como quiser de uma pessoa que a desonrou tanto, Rosalina. Ele era um canalha, e eu o odiava. Quem não admite o mau-caráter de Orlino, parente ou não, não merece nada melhor do que ele. — Com um último olhar furioso para Benvólio, ela se virou e tornou a subir as escadas.

Rosalina apertou o alto do nariz.

— Meu senhor, minha irmã não teve intenção...

Benvólio levantou a mão para interrompê-la.

— Ela está certa. Era muito evidente que meu primo não acabaria bem. — Ele respirou fundo. — E isso não muda nada. Ainda precisamos começar por Orlino, não é?

— Sim — concordou Rosalina. — Por sua morte.

Ambos estando de acordo, dirigiram-se ao cemitério. Rosalina sentiu um calafrio quando passaram pelos portões. Não estivera mais ali desde que Orlino a atacara; de dia, o lugar era bem diferente do que naquela noite assustadora, mas mesmo assim quase podia sentir as mãos de Orlino sobre ela quando viu a cripta para trás da qual ele a arrastara. Benvólio a observou de lado. Não disse nada, mas passou o braço dela pelo seu.

— Onde acha que aconteceu? — perguntou ele.

Rosalina olhou em volta. O cemitério parecia calmo e sereno, sem nenhum sinal de ter sido perturbado por uma luta na noite anterior. Os mortos da cidade dormiam silenciosos em um local deserto. Ou... não, não tão deserto, nem totalmente silencioso.

"Na mocidade eu amava e amava;
Como era doce passar assim o dia
Encurtando (ô!) o tempo (ah!) que voava
E eu não via a vida que fugia."*

— Ouça — disse Rosalina. — Está ouvindo essa canção?

— Sim. — Eles caminharam em direção à voz, subindo uma pequena elevação que levava ao setor Montecchio do cemitério.

"E a velhice chega bem furtiva
Na lentidão que tarda, mas não erra
E nos atira aqui dentro da cova
Como se o homem também não fosse terra."**

---

* William Shakespeare. *Hamlet*. Tradução de Millôr Fernandes. Porto Alegre: L&PM, 1984. (N. da T.)

** Idem, op. cit.

Ninguém apareceu nem mesmo quando a voz ficou mais alta e, por um tolo e assustado momento, Rosalina pensou que talvez pertencesse a um fantasma. Então, quando chegaram ao topo da elevação, ela entendeu por que não via ninguém: a voz vinha de um túmulo aberto, cantando no ritmo das pazadas de terra que voavam para cima.

"Uma picareta e uma pá, uma pá
E também uma mortalha
Cova de argila cavada
Pra enterrar a gentalha."*

— Bom dia, mestre coveiro — cumprimentou Benvólio. — Gostaríamos de ter algumas palavras com o senhor. Poderia interromper seu canto por um momento?

Metade de um rosto sujo espiou pela borda da cova.

— É uma canção alegre, não é, senhores? Aprendi com um primo meu que morava com alguns dinamarqueses. Ah! Ele subiu na vida e enterrou príncipes e rainhas, enquanto minha humilde pessoa nunca enterrou nada melhor que um conde. E ainda assim, quando fiz isso, o caixão foi entregue fechado e eu não fui considerado digno de ver o nobre corpo. — Ele fez uma expressão ofendida.

Benvólio pareceu se surpreender com essas palavras, mas Rosalina riu.

— Mas todos os homens são iguais no céu — disse ela. — Aquele que sepultou nosso Salvador não enterrou um rei.

— Não, mas também não fez o trabalho direito — resmungou o coveiro, enquanto subia de dentro do buraco —, porque não durou nem um mês. Ah! — Seus olhos se acenderam quando identificou Benvólio e Rosalina. — Meus patronos! Perdão, senhor e senhora, eu não sabia que estava falando com meus benfeitores. — Ele fez uma reverência e cumprimentou com o chapéu, fazendo voar dele fragmentos de terra.

Benvólio o olhou intrigado.

---

* Idem, op. cit.

— Patronos? O que quer dizer com isso, meu senhor?

O homem se abriu em um sorriso.

— Ora, o poeta não vive do patrocínio de grandes nobres, que o contratam para escrever sonetos em honra de sua beleza e sabedoria? O pintor não ganha seu pão com retratos elogiosos de damas e cavalheiros? Bem, aqui em Verona, aqueles que praticam as artes dos túmulos não têm patronos maiores ou mais generosos que as Casas Montecchio e Capuleto.

Benvólio estava de cara feia e braços cruzados sobre o peito, mas Rosalina achou divertido. Pelo menos alguém encontrara alguma pequena parcela de alegria em meio ao sofrimento que suas famílias haviam causado.

— Imagino que tenhamos lhe dado bons negócios nesta estação — disse ela. — O senhor deveria contar ao príncipe sobre seu amor pela briga de nossas casas. Ele está certo de que isso não beneficia ninguém em Verona. É evidente que se esqueceu dos coveiros.

— Ah, senhora — o homem disse solenemente —, quando eu tiver a oportunidade de me encontrar com alguém tão grande assim, ele já não vai servir para conversar com ninguém além de são Pedro. — Suspirou. — E, para falar a verdade, acho que nem essa chance eu vou ter, porque o príncipe é um homem jovem. Se bem que estamos em Verona. Os nobres morrem cedo por aqui.

— Mestre coveiro — Benvólio interrompeu —, viemos lhe perguntar...

— Jovem mestre Benvólio, que prazer! — O coveiro apertou-lhe a mão. — Lembro do senhor carregando o caixão de seu amigo para o túmulo. Um belo funeral aquele. Às vezes suas casas usam estas criptas, que deixam minhas mãos sem nada para fazer a não ser limpar um espaço para os ossos novos. Mas o jovem Mercúcio teve um buraco decente no chão. Quanto choro houve por ele! Mas o senhor permaneceu sempre forte, mesmo enquanto os outros gemiam e choramingavam em volta. Se eu encontrar alguma família que precise de alguém firme para carregar um caixão, vou dizer para procurarem o jovem Benvólio. Ele os deixará orgulhosos.

Benvólio podia ser firme, mas Rosalina percebeu que o sangue do Montecchio começava a esquentar. Ela pousou a mão em seu braço para acalmá-lo.

— Bom mestre coveiro, nós agradecemos por suas palavras gentis. Pelo amor que dedica a nossas famílias, o senhor pode nos ajudar agora?

— Sim, minha senhora. Qualquer coisa para enlutados tão frequentes. O que deseja?

— Soubemos que o primo de Benvólio foi morto aqui na noite passada.

— Ah, sim — o coveiro disse, apontando para o alto da colina. — Foi a luta mais violenta que já vi.

Benvólio segurou o braço de Rosalina.

— O senhor estava aqui? — ele perguntou. — Por favor, conte o que aconteceu.

O coveiro lançou um olhar duvidoso para a cova inacabada. Rosalina pegou a bolsinha de dinheiro de Benvólio e ofereceu algumas moedas ao homem.

— Isso é pelo seu tempo, senhor. Não vamos segurá-lo muito.

— Bem — disse o coveiro, enfiando as moedas no bolso —, se tem uma coisa que os mortos são é pacientes.

Ele os conduziu para o alto da colina.

— Aqui — disse ele, quando chegaram ao topo, onde um pequeno grupamento de árvores abrigava o local do restante do cemitério. — Depois de cavar um túmulo para uma jovem dama que morreu recentemente de tuberculose, eu tinha parado para comer, quando o jovem Montecchio chegou dali — ele apontou para o lado de onde eles tinham vindo, na direção da cidade — com uma cara assustada. Eu pensei em chamar e cumprimentá-lo, como fiz com vocês agora, meu senhor e minha senhora, mas ele passou sem me ver. Antes de ele dar dez passos, o outro homem já estava lá, balançando a espada.

— Então o senhor o viu — disse Rosalina. — Quem era ele?

O coveiro deu de ombros.

— Quem pode dizer? Ele estava mascarado, e todo vestido de preto. Podia ser qualquer um, até este aqui. — Ele indicou Benvólio com a cabeça. — Mas acho que o senhor nunca matou ninguém, não é, mestre Benvólio? — E fez uma cara de desaprovação pela falta de assassinatos em nome de Benvólio.

— Ele falou alguma coisa? — perguntou Rosalina.

— Só disse: "Puxe sua espada, Montecchio".

— Mais nada?

— Nada. Meu senhor Orlino fez o que ele mandou, eles lutaram, e o mascarado matou Orlino com a rapidez de uma cuspida. Depois voltou por onde tinha vindo.

— Para que lado?

O coveiro indicou a entrada principal do cemitério.

— E isso foi tudo que vi, meu senhor e minha senhora.

Rosalina assentiu com a cabeça.

— Nós lhe agradecemos.

O coveiro saldou com o chapéu outra vez antes de voltar ao trabalho. Rosalina e Benvólio tomaram o rumo dos portões do cemitério, que estavam abertos e sem nenhum vigia, como de costume.

— E por ali nosso atacante desapareceu. — Benvólio suspirou enquanto olhavam para os portões do alto da colina. — Sem deixar nenhuma pista de sua identidade.

Rosalina sacudiu a cabeça.

— Ele nos deixou um ou dois rastros. Orlino era um bom espadachim, não era?

— Sim, era firme com sua lâmina, embora não tivesse a inteligência de saber quando usá-la.

— Mesmo assim o estranho o matou. Portanto podemos supor que o assassino fosse supremamente habilidoso com a espada. Quantos homens em Verona você acha que poderiam vencer Orlino?

Benvólio encolheu os ombros.

— Talvez uma ou duas dúzias, senhorita. Andreus de Millamet, o visconde Matteo... o sr. Valentino em um bom dia.

Ela franziu a testa.

— Acho que menos do que isso. Veja, você mesmo foi ferido ao enfrentar Orlino. Se Orlino pôde ferir o melhor espadachim de Verona, não deve haver muitos que conseguiriam vencê-lo. — Ela percebeu que Benvólio havia parado de andar. Virou-se e o encontrou olhando para ela de um jeito estranho. — O que foi?

Ele tentou conter um sorriso.

— O melhor espadachim de Verona, senhorita?

Rosalina sentiu um leve calor lhe subir às faces. Estava tão concentrada em suas reflexões que nem percebeu que havia feito um elogio involuntário ao Montecchio.

— Eu o vi derrotar quatro homens de uma só vez — ela respondeu, rígida. — Não falo isso para lisonjeá-lo, senhor.

— Sei bem disso. E me sinto ainda mais lisonjeado por um elogio vindo de alguém que preferiria arrancar a própria língua a me atribuir alguma virtude.

Ela apertou os olhos para o sorriso impertinente de Benvólio e já ia revidar quando algo sobre o ombro dele lhe chamou atenção. Ela o segurou pelo braço e o virou.

— Benvólio...

— Estou vendo. — Todo o bom humor o deixou abruptamente.

Estavam de pé no alto da colina, de frente para os portões do cemitério, emoldurados pelas estátuas de Romeu e Julieta. A palavra "vagabunda" cortava uma vez mais o rosto de Julieta.

De repente, aquilo foi demais para Rosalina. A raiva borbulhou dentro dela como uma panela transbordando. Soltando-se do braço de Benvólio, que a segurava, ela correu colina abaixo. Ao chegar aos portões, subiu na base da estátua de Julieta, tirou o lenço da cabeça e começou a esfregar com ele o rosto da prima.

— Rosalina — disse Benvólio atrás dela. Sua voz gentil só a deixou mais furiosa. Ela esfregou com mais força até que ele a puxou para baixo com firmeza. — Rosalina, isso não adianta, a tinta já está seca.

Sua parte sensata sabia que ele tinha razão. Seu esforço não servia de nada. Mas, como ela começava a perceber, sempre que Benvólio estava por perto, sua parte sensata era afogada por algo mais intenso. Ela se virou para ele e empurrou inutilmente seu peito enquanto ele a baixava até o chão.

— Quem fez isso? — ela gritou, ainda tentando se livrar dele.

— Eu não sei...

— Mentira! Você me trouxe a este lugar de propósito para zombar de mim com mais esse ultraje? Vai levar a história de minha aflição para que os Montecchio possam rir dela durante o jantar?

— Você sabe muito bem que eu não farei isso...

— Eu não sei a que grau a hipocrisia dos Montecchio pode chegar...

— Rosalina!

A voz ríspida de Benvólio congelou sua histeria por um instante, mas foram as mãos dele segurando as suas que lhe silenciaram a voz.

— Sou inocente dessa difamação — ele falou docemente, com os olhos fixos nos dela. — E você sabe muito bem disso.

— Eles não vão deixá-la descansar — ela murmurou. — O fim da pequena Juli foi tão terrível, e eles não vão deixá-la descansar.

— Eu sei. E você tem a minha palavra de que os farei pagar por isso.

Ela sacudiu a cabeça devagar.

— Quem faria isso com a pobre Juli?

Sua fúria se dissipou tão depressa quanto havia começado. Ele dizia a verdade. Apesar de sua raiva momentânea, ela sabia que não havia sido Benvólio quem fizera aquilo com sua prima.

Quando será que havia começado a confiar nele? Benvólio, que, no dia em que se conheceram, a chamara de assassina... Quando ele se tornara quase um amigo?

Confusa, ela desviou os olhos e, nesse gesto, algo chamou sua atenção. Ela se ajoelhou na base da estátua de Julieta e fez sinal para Benvólio abaixar-se também.

— Não, você não fez isso — disse ela. — E nem qualquer outro homem. — Ela apontou para um canto, onde respingos da tinta que danificara o rosto de Julieta haviam caído, manchando o mármore branco. Impresso na tinta havia um padrão borrado de protuberâncias e depressões, como uma pegada. Mas não era uma pegada.

Benvólio ajoelhou-se ao lado dela e passou os dedos pelas marcas.

— O que é isto? — perguntou ele. — Nunca vi nada parecido.

— Eu vi — disse Rosalina. — Em minha própria cozinha, quando derrubei uma jarra de vinho no chão. Essa marca é deixada pela cauda bordada de contas dos vestidos que as damas de Verona estão usando nesta estação. A pessoa que profanou a estátua é uma mulher. E, se é assim, eu sei para onde devemos ir agora.

☦

Ele não conseguia relaxar.

Rosalina lançou a Benvólio um olhar autoritário enquanto esperavam no portão.

— Pare de se agitar — ela sibilou.

— Para você é fácil — ele sussurrou ao seu ouvido. — Ela é sua tia-avó. Você mora aqui.

Rosalina sacudiu a cabeça, apertando as mãos à frente do corpo.

— Como você viu, o chalé em que moro com Lívia está bem distante, nos fundos das terras de minha tia. Eu raramente venho à casa dela, e nunca sem ser convidada.

— Mesmo assim, você tem sangue Capuleto. Talvez eu seja o primeiro Montecchio em uma geração a pedir uma audiência nesta casa.

A duquesa de Vitrúvio dominava os círculos da elite social de Verona havia décadas. Boatos, segredos, fofocas — tudo chegava até ela. Se alguém poderia ter alguma ideia de qual dama de Verona teria desrespeitado a estátua de sua neta, seria ela. Rosalina afirmara que ela era sua melhor aposta e Benvólio fora forçado a concordar. Mas não com muita satisfação.

— Então é melhor você causar uma boa impressão, não é? — Ela segurou a mão dele para conter o tilintar nervoso das moedas na bolsa que ele trazia junto ao corpo. — Fique *quieto*, estou mandando.

Ele a olhou com irritação, mas cedeu.

— Harpia.

— Cabeça-dura.

Ele cruzou os braços com ar de birra só para irritá-la. Rosalina lhe deu uma cotovelada forte nos quadris. Ele se endireitou no momento exato em que o portão se abriu. O criado corpulento anunciou:

— A duquesa Francesca a receberá agora, srta. Rosalina. — E, lançando a Benvólio um olhar de advertência, acrescentou a contragosto: — E a seu acompanhante.

Enquanto seguiam atrás dele para dentro da casa, Benvólio a olhou e se surpreendeu ao ver que ela estava sorrindo.

— Achou divertida a recepção fria que recebi? — ele sussurrou.

— Não a recepção, mas o olhar ofendido em seu rosto. Ah, o pobrezinho.

— Eu sou um Montecchio sanguinário, afinal — ele murmurou de volta. — Talvez não esteja acostumado a ser insultado por alguém que eu não possa corrigir com minha espada.

O criado olhou sobre o ombro em desaprovação, enquanto Rosalina conseguia converter sua risada em uma tosse, depois lançou um olhar de repreensão para Benvólio. Ele sorriu. Quando se aproximaram do fim do corredor, ela sussurrou ao ouvido dele:

— Se sentir uma vontade muito grande de matar a duquesa Francesca, eu não vou segurar sua mão.

Ele a olhou surpreso e a viu com uma sobrancelha levantada e um sorrisinho divertido nos lábios.

— Entrem de uma vez. Não fiquem cochichando do lado de fora da porta.

Benvólio deu uma última ajeitada no gibão e passou a mão com algum constrangimento sobre o brasão dos Montecchio que exibia em sua faixa. Em seguida obedeceu à ordem da voz autoritária e seguiu Rosalina para uma das maiores salas de visitas que já tinha visto fora do palácio do príncipe. A duquesa havia sido ela própria uma Capuleto antes de se casar com o duque de Vitrúvio, agora morto havia muitos anos. Seu ramo da família não era tão rico quanto aquele em que sua filha entrara pelo casamento, e a riqueza de seu marido era o título, e não as terras. Mas a linhagem dele era antiga e respeitada, e a maior parte da glória que lhes restava parecia estar reunida naquela sala: almofadas de seda e veludo empilhadas em assentos de mogno, um mosaico dourado no chão e paredes adornadas com enormes retratos de ancestrais da duquesa, cada um com o rosto mais sisudo que o anterior.

O rosto mais altivo de todos pertencia à duquesa Francesca, acomodada em uma enorme poltrona de brocados no centro da sala. Ela os observou sem se mover, enquanto Rosalina e Benvólio se inclinavam em uma reverência à sua frente.

— E então, sobrinha? — disse ela. — Por que trouxe essa criatura à minha presença?

Rosalina sorriu. Benvólio começava a admirar sua habilidade de fazer isso quando seu desejo tão evidente era de estrangular alguém.

— Como a senhora sabe, alteza, "esta criatura" vai ser meu marido.

A duquesa apertou os olhos.

— Isso o tempo vai dizer.

A expressão de Rosalina era só inocência.

— A senhora sabe de alguma razão pela qual não devamos nos casar?

— Quando uma comemoração de noivado termina em chamas e tumulto, é natural imaginar se o dia do casamento de fato chegará. Mas vamos, menina, não desperdice meu tempo. Eu sei muito bem que você não ama esse Montecchio. Na verdade, eu a apreciava mais quando desafiava essa ordem. Por que acabou concordando em se casar com ele? Como o príncipe a convenceu? Não foi pelo seu senso de dever, ou por sua família, mocinha ardilosa. — Seus olhos percorreram Benvólio de cima a baixo. — Ele é bonito o bastante, imagino. Mas, se você fosse uma moça que se influenciasse por um rosto bonito ou por belas palavras de amor, teria se casado com Romeu. Ele era o mais bonito, e o mais rico também.

Rosalina e Benvólio se entreolharam. Como esperavam, a duquesa sabia de tudo que acontecia.

— Minhas razões são apenas minhas — respondeu Rosalina.

— Sim, você age sempre por sua própria conta. É por isso que permiti que morassem aqui por tanto tempo, sob a minha caridade. Você e sua irmã precisam de menos cuidados que meus cachorros.

— A senhora é muito generosa. — Rosalina lhe dirigiu o mais doce dos sorrisos. Benvólio admirou-se daquela paciência. — Mas, minha tia, viemos procurá-la para pedir ajuda com outro assunto. A senhora sabe de alguma dama que poderia ter motivos para prejudicar os Capuleto?

A duquesa Francesca fez um gesto com o queixo na direção de Benvólio.

— Qualquer mulher da família dele poderia. Por quê?

Rosalina descreveu resumidamente a mais recente mutilação que ela e Benvólio haviam descoberto na estátua de Julieta.

— Assim, nós acreditamos que alguma mulher de Verona pode estar por trás de todas essas afrontas — ela concluiu. — Achamos que talvez a senhora pudesse ter ouvido alguma coisa a respeito.

— Imaginemos que eu tivesse — a duquesa respondeu com rudeza. — O que você faria? Você é pouco mais que uma criança, Rosalina, e pouco considerada, mesmo dentro de sua própria família. Por que se intrometer nos problemas de pessoas acima de sua posição?

— Por menos importantes que possamos ser, ainda podemos expor esses malfeitores à justiça do príncipe.

O olhar inquisidor da duquesa voou para Benvólio.

— A marca da justiça do príncipe se mostrou quando ele deixou o assassino de seu primo Tebaldo ficar livre — ela disse para Rosalina.

O rosto de Benvólio se enrijeceu.

— Romeu não era um assassino. Ele só fez o que era preciso para vingar a morte de Mercúcio.

— Assassinato é assassinato. Ele deveria ter sido enforcado pelo que fez. Os culpados devem ser punidos pela lei.

— Então nos ajude a fazer com que eles sejam punidos! — pediu Rosalina. — Ajude-nos a expor os canalhas que desrespeitam o túmulo de sua neta! Diga-nos quem está por trás de tudo isso.

— Dizer a vocês? A vocês? O príncipe já fez vocês dois de marionetes. Como ele a convenceu a se casar, Rosalina? Suponho que tenha lhe contado a verdade sobre a Casa Tirimo, mesmo tendo jurado que nunca deixaria escapar uma só palavra. Os juramentos dos homens são quebrados com facilidade, mesmo os de príncipes.

Benvólio nem imaginava do que ela estava falando, e um desviar de olhos para Rosalina mostrou que ela estava igualmente confusa.

— O que...? — Benvólio começou a perguntar

Rosalina lhe deu uma cotovelada, e ele ficou quieto.

— A verdade sobre a Casa Tirimo — disse ela. — Sim, minha tia, a senhora acertou. Ele me contou a verdade.

A velha senhora fez um som de desdém.

— Eu sabia. Quando sua mãe morreu e o príncipe me chamou ao palácio para me dizer que forneceria ouro suficiente para manter você e

Lívia em uma situação honrada até que vocês se casassem, ele me fez jurar manter isso em segredo até o fim de meus dias. Ele até disfarçou os recursos que lhe mandava como um aluguel da Casa Tirimo. Inventou um mercador de Messina para ser o inquilino, afirmando que a honra dele não lhe permitiria aceitar os seus agradecimentos. — Ela sacudiu a cabeça. — Como se aquela casa pudesse render o suficiente para sustentar duas damas. Ela fica do lado pouco elegante do rio e seus estábulos são terrivelmente pequenos.

Rosalina perdeu a cor. Como nunca soubera disso? Sua tia continuou com o mesmo ar plácido, apesar da notícia que acabara de dar. Como podia ter mantido tal situação em segredo, mesmo que por ordem do príncipe? Pelos céus, as coisas que esses Capuleto armavam uns para os outros eram quase piores do que seus ultrajes à casa de Benvólio.

— Claro, a senhora está certa, minha tia — disse Rosalina. — Depois de me contar sobre sua grande generosidade, ele poderia me pedir qualquer favor.

— Muita generosidade — a velha senhora disse. — Eu poderia apostar que ele tramou isso o tempo todo para poder prender você a esse imprestável.

Rosalina sacudiu a cabeça, como se quisesse clarear as ideias.

— Essa questão com o príncipe não é nosso assunto aqui hoje — disse ela. — Se não quer me ver presa dessa maneira, eu lhe peço uma vez mais, conte-nos quem desrespeitou a estátua de Julieta.

— Pelos céus, menina, eu não tenho ideia — disse a duquesa. — Se eu tivesse, acha que manteria em segredo? Como eu lhe falei, sou uma grande amante da justiça. Sim, o que é, Lúculo?

O criado da duquesa havia entrado em silêncio e chegara ao lado dela sem que Benvólio notasse sua presença. Para um homem grande, ele era terrivelmente discreto. Benvólio imaginou que alguém naquela casa teria que ser. Ele se inclinou para sua senhora e murmurou-lhe algo. A duquesa se levantou.

— A criada de minha filha está aqui para me transmitir um recado. Por que ela ainda mantém consigo a ama de sua filha morta é algo que não consigo imaginar. Vá agora, Rosalina, e leve esse meliante junto. Você ficou atrevida e impertinente. Não faça mais perguntas sobre esta casa ou qualquer outra. Eu a trancaria aqui dentro, mas é evidente que a juventude impulsiva de Verona não tem escrúpulos em pular os portões trancados pelos mais velhos.

Benvólio levantou-se irritado e bloqueou a passagem dela. Rosalina pôs a mão em seu braço para contê-lo, mas ele o puxou.

— A senhora menospreza o príncipe, proíbe Rosalina de agir e, é claro, considera que eu e toda a minha família somos canalhas — disse ele. — Diga-me, por favor, senhora, quem então porá um fim nessa briga?

A duquesa olhou para ele — com mais apreciação do que os olhares desdenhosos que havia lhe dirigido até então.

— Você é novo nesta vida, jovem Montecchio. Acha realmente que seus parentes mais velhos não têm experiência em como proteger nossas famílias? Os Capuleto são antigos. Nós sabemos como sobreviver.

Benvólio tinha muitas respostas a dar para isso, mas Rosalina lançou-lhe um olhar de advertência e, com esforço, ele se conteve. Ela segurou seu braço e o conduziu para o corredor.

Ela manteve a cabeça erguida, os dedos leves no braço dele, os passos controlados, um modelo de decoro virginal como se ele a estivesse escoltando de uma audiência com a realeza. Mas, no momento em que as portas se fecharam atrás deles, seu passo se acelerou quase para uma corrida. A bainha de seu vestido adquiriu uma camada de poeira vermelha enquanto ela se apressava pelo longo caminho até o portão de entrada da propriedade da duquesa. Ele a alcançou logo passando o portão, onde ela parou, olhando sobre o muro para o alto da colina. Ele seguiu seu olhar até a pequena casa que ela dividia com a irmã, que a generosidade do príncipe tornara possível.

— Você realmente não sabia que o príncipe... — ele começou.

— Isso não importa — respondeu sua noiva, sem olhar para ele.

— Mas como...

— Eu lhe agradeço, mas não precisa se preocupar com isso, *signor*.

Benvólio tinha várias preocupações, e uma delas era que Rosalina parecia nem se dar conta de que suas mãos estavam fechadas em punhos tão apertados que o nó dos dedos tinha ficado branco. Mas entendeu a deixa de sua súbita formalidade tensa e não insistiu no assunto. Provavelmente era mais sábio que um Montecchio não se intrometesse nas finanças dos Capuleto. Em vez disso, ele se encostou na parede, tentando não parecer nervoso com o estranho estado de humor que se apossara dela.

De repente, ela se virou para ele com um sorriso excessivamente alegre no rosto.

— O dia está ficando quente — disse ela. — Vamos almoçar antes de continuarmos nossa busca.

Ele encolheu os ombros.

— Como quiser. Gostaria de vir à minha casa? Minha mãe tem ótimos queijos.

— Não, vou para a minha. Podemos nos encontrar na praça às duas horas? — Sem esperar uma resposta, ela se virou e seguiu pela rua sem ele.

Benvólio suspirou e se perguntou se deveria ignorar o fato de que ela estava andando na direção oposta ao seu pequeno chalé.

✠

A casa parecia tão menor agora.

Era muito grande em suas lembranças, mas claro que ela era pequena quando morara ali. Estivera dentro da Casa Tirimo poucas vezes depois que sua mãe morrera. Embora seu inquilino parecesse nunca ocupar a casa, o imóvel era dele por direito, e ela não podia cruzar a porta sem autorização. Agora, porém, que sabia que o mercador de Messina era imaginário, não sentia nenhum escrúpulo em entrar.

A casa estava vazia, mas não empoeirada. Ela havia tratado com os criados de sua tia para mantê-la limpa. Rosalina sacudiu a cabeça para si mesma. Achava que era tão adulta e sábia, cuidando da casa e dos recursos de sua família, quando, na verdade, durante todo o tempo, ela e Lívia estiveram vivendo da caridade do príncipe. Isso fazia seu rosto arder.

Caminhou de um aposento a outro, sufocada pelas memórias. Aqui estava a pequena sala de estar ensolarada onde sua mãe a ensinara a costurar. Ali estava o armário para onde ela correu para se esconder quando seu pai raspou a barba e ela achou que ele fosse um estranho, até ele convencê-la a sair, cantando sua canção favorita. Ali a sala de brinquedos, de onde, segundo histórias da família, Rosalina, aos quatro anos, ensinara a Lívia, de dois, a abrir o trinco e escapar. Mesmo quando Lívia era pouco mais que um bebê de covinhas e cachos dourados, Rosalina considerava a irmã sua responsabilidade particular.

Tudo isso poderia ter sido perdido. Se o príncipe não tivesse decidido presenteá-las com uma pequena fortuna, a casa já teria sido vendida, e ela e Lívia talvez tivessem sido obrigadas a ir para um convento. Em vez disso, elas tinham um lar, uma renda mensal e uma propriedade para vender como dote de Lívia quando chegasse o momento. A magnitude desse presente lhe tirou o fôlego. Não tinha nem como começar a pagar de volta.

Que homem estranho era Escalo. Havia duas versões dele que conviviam em sua mente: o príncipe bonito e corajoso que ela havia tido como ídolo e adorado com todo o seu coração infantil, e o cafajeste desalmado que a chantageara tão cruelmente para que fizesse a sua vontade. Agora, tinha que admitir que nenhuma das duas imagens era precisamente correta. Por que ele escolhera manipulá-la de forma tão brutal? Com certeza sabia que, se tivesse simplesmente revelado como a havia ajudado todo aquele tempo, a honra a forçaria a pagar a generosidade com qualquer favor que ele lhe pedisse, incluindo o casamento com Benvólio.

Mas, afinal, por que ele teria feito aquilo? Rosalina imaginara que ele nem se lembrava de suas antigas companhias de brincadeiras. Por que ajudá-las? E por que esconder isso? Será que ele sentia vergonha de admitir alguma relação com elas?

Suas perambulações a levaram de volta ao saguão de entrada. Embora não fosse tão grandioso quanto o da casa de seu tio ou da mansão da duquesa, Rosalina sempre o considerara uma das salas mais elegantes de Verona. Uma larga escada se abria em um piso de mármore branco-neve. O sol entrava pelas janelas amplas. Havia um tapete no centro do piso. Rosalina sorriu. Aquilo provavelmente era coisa de sua tia. Com o pé, ela levantou um canto do tapete e viu um pedaço do mosaico azul e dourado embaixo. Sua mãe ficara inconformada por seu pai ter instalado um grande mosaico com o brasão da família Tirimo no chão, mas Rosalina o achava bonito.

Ela enrolou o tapete e o chutou para junto da parede. O brasão brilhava e reluzia novamente ao sol, dando as boas-vindas a quem quer que entrasse na Casa Tirimo. Ela deu um passo para trás e cruzou os braços enquanto o admirava.

Nunca perdoaria Escalo pelo que fizera, mas ele lhe dera aquilo, e por isso ela o abençoava.

— Rosalina?

Por um momento, ela achou que o alvo de suas reflexões estivesse atrás dela. Mas, quando se virou, não encontrou seu soberano, mas seu noivo parado à porta.

— Benvólio, achei que íamos nos encontrar na praça.

— Sim, às duas horas. São quase três agora. — Ele não disse nada sobre como soubera que ela estaria ali, mas ela supôs que era vergonhosamente óbvio, depois do modo como ela o deixara de repente.

— Desculpe. Eu perdi a noção do tempo.

Ele deu de ombros.

— Eu achei que isso poderia acontecer. Você almoçou? — Ela abriu a boca para mentir e dizer que sim, mas sua barriga emitiu um ronco muito pouco apropriado para uma dama. Benvólio riu. — Como pensei. Por isso pedi que nossa cozinheira me preparasse isto. — Ele carregava um cesto. Antes que ela pudesse dizer alguma coisa, ele estendeu um pequeno cobertor no chão e espalhou um banquete. Pão, queijo, salsichas, até um saquinho de cerejas. — Sirva-se — disse, convidando-a com um gesto.

Mais caridade. Por que todos os homens à sua volta pareciam pensar que ela precisava ser cuidada como um bebê? Mas Benvólio já havia se acomodado no chão e começado a comer com um apetite juvenil. Parecia mesmo bom. Ela imaginou que seria indelicado recusar, então se sentou na frente dele e começou a comer também.

Benvólio olhou em volta com sincero interesse enquanto almoçavam. Ficou especialmente impressionado com o brasão no piso.

— Pela minha espada! Isto é uma serpente do mar?

Ela sorriu.

— Sim. Meu pai vem da costa Oeste e suas terras eram junto ao mar.

Ele examinou o brasão, fazendo perguntas sobre o significado de cada elemento, sua história, se a família tinha lutado em alguma guerra interessante. Ela respondeu da melhor forma que pôde e, pela primeira vez, descobriu que falar de sua família não lhe causava sofrimento.

A dor confusa em seu peito foi substituída por uma sensação de companheirismo. Depois que ele a fez rir com uma imitação da voz arrogante da duquesa, ela percebeu que aquelas eram as primeiras horas de alegria simples que ela passava desde a morte de Julieta. Imaginou se acontecia o mesmo com ele.

— Obrigada. — Ela fez um gesto indicando a comida. — Isso foi gentil.

— Nós, os Montecchio, sabemos o que é estar sujeito aos caprichos do príncipe. Esquecer as refeições é o mínimo. — Ele jogou uma cereja para cima, pegou-a na boca e sorriu para Rosalina. — Claro que eu ainda a odeio mortalmente.

Ela mostrou a língua.

— Claro.

Quando terminaram de comer, a conversa voltou mais uma vez para os negócios e para as partes da conversa com a duquesa que não se referiam à casa de Rosalina.

— Você notou? — perguntou ela. — Eu apostaria que a duquesa está escondendo alguma coisa.

— Acha mesmo? Para mim pareceu que ela só queria fazer de tudo para não ajudar.

— Talvez — Rosalina disse devagar. — Mas ela realmente odeia os Montecchio. Para ela me mandar deixá-los em paz... — Ela franziu a testa. — Só acho estranho.

— Acha que sua velha tia saiu escondida à noite com sua espada e matou Orlino? — perguntou ele, enquanto guardava os pratos no cesto.

Ela riu.

— Claro, ela é uma mestre espadachim. É por isso que usa aquelas saias pretas tão largas. Para esconder a espada embaixo.

Benvólio estremeceu.

— Um pensamento bem assustador. Venha, vamos procurar esse espadachim. — Ele lhe ofereceu galantemente o braço. — Vou protegê-la de todas as velhas senhoras assassinas que encontrarmos.

Ela levou o braço ao dele, mas se deteve no meio do movimento, segurou-o pelos ombros e o virou de costas. Ele olhou para trás.

— O que foi?

Ela estava de testa franzida para suas costas, os dedos passando pelo seu gibão.

— Depois que saímos da casa da duquesa, você se encostou no muro.

— Sim. Por quê?

Rosalina esfregou os dedos no alto das costas de Benvólio, depois estendeu a mão para mostrar a ele o que havia encontrado. Tinta. Tinta preta quase seca.

✠

— Não pode ser.

— Só pode ser.

— *Não pode.*

Rosalina cerrou os dentes com irritação. Haviam se passado horas desde que tinham saído da Casa Tirimo. O sol já estava se pondo, seus pés doíam, a bainha do vestido estava grossa de sujeira e eles continuavam mantendo essa discussão enquanto andavam para cima e para baixo, por toda a Verona.

— Por que minha tia sujaria a estátua da própria neta? — ela insistiu. — Use a cabeça.

— Aquela velha megera faria qualquer coisa para ser desagradável — Benvólio disse, com ar sombrio. — E o que você diz da tinta preta?

— Eu digo que ela mandou pintar os muros — Rosalina respondeu.

— Um crime de que dezenas de pessoas são culpadas em Verona.

— Foi você que disse que ela estava escondendo alguma coisa.

— Sim, *alguma coisa*. Não estou pronta para acusá-la de assassinato.

Benvólio sacudiu a cabeça.

— Você se orgulha tanto de se manter altivamente acima de nossas brigas de família, mas é tão rápida em pular em defesa de um parente quanto qualquer um de seus primos, loucos pela espada.

— O que você sugere que façamos, então?

— Vamos procurar o príncipe — ele respondeu prontamente. — Contar a ele o que encontramos.

— Contar a ele o quê? — Rosalina riu. — Alteza, por favor, prenda a matriarca dos Capuleto, porque ela tem um jeito impaciente e um muro preto?

Benvólio baixou a cabeça, admitindo que ela estava certa.

— Vamos procurar meu tio, então. Podemos reunir homens de minha casa, voltar à duquesa e encontrar a prova de que precisamos, quer ela queira colaborar ou não.

Rosalina fez cara de impaciência.

— Se um bando de Montecchio invadir a casa dela, nenhuma prova será suficientemente forte para acalmar a fúria que isso vai despertar. A cidade estará em chamas no mesmo dia.

— O que, então? — Ele levantou as mãos.

— Vamos continuar como estamos fazendo. Mesmo que a duquesa esteja envolvida de alguma forma, ela não pode ter matado Orlino. Se conseguirmos encontrar o espadachim, talvez descubramos os segredos dela também.

— Visitamos metade dos espadachins aceitáveis da cidade hoje. Nenhum deles poderia ter sido o autor.

— Então amanhã vamos visitar a outra metade.

Ele sacudiu a cabeça.

— Você tem mais paciência do que eu, moça.

— Não tanto quanto você imagina — ela revidou.

Ele a encarou, surpreso com seu tom ríspido. Ambos começaram, relutantemente, a rir.

— Tem razão — ele admitiu. — Eu só queria que pudéssemos acabar logo com isso. Há um assassino à solta, e detesto a ideia de perder um momento que seja.

— Eu sei.

Ele lhe ofereceu o braço em um pedido de desculpas e ela o aceitou. Caminharam em silêncio pelas sombras cada vez mais alongadas de Verona. Rosalina apoiou-se nele de bom grado. Não estava acostumada a andar tanto, mas não quis deixá-lo pensar que não conseguiria acompanhá-lo.

A lua surgia sobre a muralha leste, enorme e quase cheia. Enquanto andavam, Rosalina ficou admirando o astro, perdida em seu brilho.

— Romeu me comparou com a lua — ela disse de repente.

O braço sob o dela ficou tenso, mas Benvólio disse apenas:

— Ah, é?

— Sim. — Rosalina sorriu. — Eu disse que pelo jeito ele queria me insultar, comparando-me com algo tão redondo e bexiguento.

Benvólio riu.

— Ele nunca ouviu um soneto sem depois reescrevê-lo dez vezes pior. Mas parece que essa poesia execrável agradou Julieta o bastante.

— Não — disse ela. — Duvido. Romeu tinha inteligência de sobra. Mas não era eu que estava destinada a despertá-la. Tenho certeza de que ele dizia coisas bonitas para Julieta.

— Ele nunca falou dela — Benvólio disse baixinho. — Nunca fez confidências sobre ela para mim.

Rosalina olhou-o de lado. Ele estava perdido em pensamentos. Ela esfregou o tecido da manga da blusa dele entre o indicador e o polegar.

— Eu realmente acho que foi melhor assim — disse ela, hesitante. — Eu sabia que ele não me amava, apesar de toda a sua torrente de presentes, sonetos e declarações. Acho que rejeitá-lo foi um favor.

Ele não disse nada, mas deu um leve apertão no braço de Rosalina, que se sentiu quase envergonhada da onda de satisfação que aquele gesto lhe provocou. Estaria esperando tão pateticamente assim pelo perdão dele?

Benvólio se afastou e Rosalina olhou em volta, surpresa ao descobrir que já haviam chegado à porta de seu chalé. O sol já havia se posto, e ela sentiu um arrepio, estranhamente fria sem o calor dele a seu lado.

O braço de Benvólio ainda estava semiestendido em direção a ela.

— Bem — disse ele —, até amanhã, então. — Ele começou a dizer mais alguma coisa, mas parou. Olhou para ela e engoliu em seco.

— Sim, até amanhã. — Tomada por um súbito impulso, ela se levantou na ponta dos pés e beijou-lhe o rosto. Sentiu a pequena falha de surpresa na respiração dele. Com as faces em fogo, incapaz de encontrar o olhar dele, Rosalina murmurou:

— Boa noite — e entrou depressa.

✢

— Eu juro que não sei quem foi, alteza.

Escalo passou a mão sobre os olhos. A escuridão escondia seu cansaço do olhar sincero do jovem Truchio.

A Guarda do Palácio não ficou muito satisfeita com sua decisão de pegar Venitio e cavalgar pelas ruas da cidade. Mas ele não sabia mais o que fazer. A cerimônia de noivado da véspera, que pretendia abafar as chamas da inimizade, terminara de forma mais desastrosa do que ele poderia ter imaginado. Depois, o jovem Orlino fora assassinado à noite. Os humores estavam mais exaltados do que nunca. Sua cidade estava prestes a explodir e, se a visão do rosto sério de seu soberano fosse suficiente para dissuadir mesmo que um único jovem impetuoso de sacar a espada, isso já compensaria qualquer risco que ele estivesse correndo.

Escalo vinha fazendo todo o possível para manter Verona em pé, mas não sabia por quanto tempo seu controle poderia impedi-la de desmoronar.

— Tenho certeza de que você sabe quem rabiscou insultos no muro dos Capuleto hoje — disse ele. — E tenho certeza de que não foi coincidência eu tê-lo encontrado se esgueirando tão perto da casa da duquesa de Vitrúvio. Vamos, Truchio, estou cansado da falsa ignorância de seus parentes. Quem, a não ser um dos jovens Montecchio, faria tal coisa? Foi você? O jovem Mário? Marcelo? Conte-me.

Truchio ergueu o queixo e permaneceu em silêncio. Escalo suspirou. Na verdade, não esperava nada diferente.

— Jovem imbecil, você não ajuda nem a si mesmo nem à sua família escondendo más ações em seu meio — disse ele.

— Eu não escondo más ações, juro pela minha vida — Truchio reclamou. — Pergunte a Benvólio. Ele vai lhe dizer.

O príncipe seguiu o olhar do rapaz e parou o cavalo. Sim, Benvólio estava ali.

Não era a primeira vez naquele dia que a cavalgada do príncipe pela cidade o levava até a casa de Rosalina. A propriedade da duquesa ficava perto dos limites da cidade, mas os passos de Venitio pareciam apontar naquele caminho sem que Escalo o dirigisse. Não tinha visto ninguém ali antes. Agora, Benvólio estava diante do portão, olhando para o chalé. Após um momento, a luz se acendeu do lado de dentro. Benvólio, o príncipe compreendeu, havia trazido sua noiva para casa.

Devia ser motivo de satisfação para ele que os sentimentos de Benvólio por Rosalina estivessem ficando mais amistosos. Afinal, ele os estava obrigando a se casar. Mas dizer isso a si mesmo não ajudava em nada a amenizar sua vontade de pegar Benvólio e arrastá-lo para longe dela.

Rosalina estava dentro da casa. Rosalina, que o amava. Ela lhe dissera isso. Escalo só precisava entrar, dizer a ela que não precisava se casar com o jovem Montecchio parado em seu portão, e ela poderia ser dele.

Por Deus, era exatamente isso que ele queria fazer.

Escalo respirou fundo enquanto aquela sensação o invadia. Finalmente admitia para si mesmo o que Isabella tinha tentado lhe dizer. Alugar a casa de Rosalina, arranjar seu casamento, até mesmo a noite de bebedeira que passara com ela — ela absorvia suas atenções não porque era uma Capuleto útil para a Coroa, mas porque ele a desejava.

E isso não importava absolutamente nada. Aquele casamento era mais importante do que nunca. Ele não poderia desfazê-lo por causa dos anseios de seu próprio coração tolo. Que malditas essas duas casas! Nunca saberiam o que haviam roubado dele.

Venitio resfolegou e bateu as patas, chamando a atenção de Benvólio. Ele se surpreendeu ao ver seu soberano, observando-o em silêncio. Fez uma reverência. Escalo o cumprimentou com a cabeça, mas não disse nada, nem se aproximou.

Virou Venitio, apontando-o de volta para o palácio.

— Vá logo para casa, Truchio — ele murmurou. — Volte para as ruas onde os Montecchio vivem. Aqui não é lugar para você. — Mas não esperou para ver se o jovem o obedecia antes de ele mesmo tomar o rumo de casa.

No dia seguinte pensaria no destino que daria ao rapaz.

✠

Mais uma vez, seus passos seguiam com a luz das tochas.

Aquilo estava se tornando um hábito, Benvólio reconheceu ironicamente para si mesmo. Dessa vez, pelo menos, suas perambulações insones pelas ruas de Verona tinham menos a ver com sofrimento e mais com confusão. Os espertos olhos verdes de Rosalina assombravam seus pensamentos.

A ideia de se casar com ela ficara menos absurda. Se Benvólio se casasse com uma dama Capuleto, não teria um momento de paz, nem dela nem de todos os outros. O príncipe e seu tio eram tolos de pensar que poderia ser diferente. Mas e se eles tivessem sucesso em desfazer o noivado? A perspectiva de que ela desaparecesse de sua vida lhe causava uma dor estranha no peito.

Benvólio nunca havia se apaixonado e tinha certeza de que não era isso que lhe acontecia agora. Quando comparava a agitação que Rosalina provocava nele com os suspiros e o ardor poético que testemunhara em Romeu, via muito pouco em comum. Não se sentia inspirado a escrever sonetos, nem a gemer e chorar murmurando o nome dela. *Aquilo* era amor. Isto era... irritante.

Ainda mais porque parecia desagradar ao seu soberano também. Qual teria sido o significado daquele encontro na porta de Rosalina? Por que o príncipe o olhara com tanta frieza? Por que ele estaria insatisfeito, se conseguira uni-los? Ele os tornara noivos, afinal. Será que tinha receio de que ele pretendesse desonrar Rosalina de alguma maneira? Talvez devesse ir ao palácio se explicar, mas como, se não sabia explicar seus sentimentos nem para si próprio?

E assim ele caminhava, hora após hora, enquanto a noite avançava e as ruas ficavam vazias. Esperava que o sono de Rosalina fosse tranquilo, porque ele mesmo seria de pouca utilidade no dia seguinte se, como imaginava, ficasse andando até o nascer do sol.

— Iaah! Alto lá, Montecchio! A derrota de sua casa está próxima!

Benvólio parou bruscamente ao encontrar de repente a ponta de uma espada balançando diante de seu nariz. Seguindo-a até seu dono, viu um rapaz com as roupas de um Capuleto, agitando-se com excitação à sua frente, a expressão dura e feroz como a de um cão.

Benvólio suspirou.

— Você estava no cemitério três semanas atrás quando Rosalina foi atacada. Olá, colega.

— Sim. Meu nome é Gramio e eu serei o seu fim!

— É mesmo? — perguntou Benvólio, saindo do alcance da lâmina errática. — Eu derrotei ao mesmo tempo você e dois de seus companheiros naquela noite. Melhorou na esgrima desde então?

— A sorte dos Capuleto mudou desde então — o rapaz gabou-se. — Seu primo Truchio era arrogante como você, até que encontrou a lâmina de nosso espírito guardião. Puxe a espada e vingue-o!

Benvólio estava tentando não rir daquele moleque furioso. Mas, de repente, ficou sério e sua mão desceu até a espada. Ao contrário de Orlino, Truchio era um rapaz de bom coração e tinha se mantido fora de encrencas desde aquela noite no cemitério.

— O que você está dizendo? Onde está Truchio?

— Morto. — Gramio riu. — O espírito vestido de preto, o guardião dos Capuleto, atravessou-o com a espada na estrada leste duas horas depois do pôr do sol. É o fantasma de Tebaldo que voltou para restaurar a honra de nossa casa. — Ele balançou alguma coisa, um pedaço de pano, e Benvólio gelou. Era uma faixa dos Montecchio.

A espada estava em sua mão antes que ele se desse conta.

— Dê-me isso — ele disse em voz baixa.

Gramio sorriu ferozmente.

— Ah, então você não é um covarde, afinal. Venha pegar.

— O quê? — Benvólio grunhiu. — Você é algum selvagem, tomando troféus dos mortos? Eu mandei você me dar isso!

O primeiro sinal de medo apareceu no rosto de Gramio.

— Montecchio...

Benvólio investiu violentamente contra Gramio. Havia um zunido agudo em seus ouvidos que abafava todo o resto. A rua, as tochas, o ar noturno, tudo deixara de existir. Não se importaria nem se lutasse sobre o altar da igreja em um domingo. Pegaria de volta a faixa de Truchio de qualquer jeito, ou os dois morreriam na tentativa.

Slash. Ele abriu um corte no ombro esquerdo do Capuleto. *Slash*. Acertou o braço dele que segurava a espada. *Clang*. Interceptou a tentativa de ataque de Gramio com tanta força que o canalha gritou de dor e segurou o pulso. Gramio desviava para a esquerda e para a direita, usando cada frágil truque que conhecia para ficar fora do alcance de Benvólio, mas nada disso era suficiente. Benvólio estava cansado de contemporizar diante dos insultos dos Capuleto, enquanto sua família morria à sua volta. Isso terminou naquela noite.

Avaliou com frieza a série de manobras que Gramio havia começado, repelindo-as quase indiferentemente enquanto esperava pelo erro que sabia que aconteceria. Gramio estava distraído e com medo; era questão de segundos até que se desequilibrasse e tivesse que dar um passo para trás, deixando o lado esquerdo desguarnecido... assim... agora.

E então a falta de habilidade de Gramio na esgrima lhe salvou a vida. Se ele tivesse se recuperado do desequilíbrio com um pouco mais de graça, teria acontecido como Benvólio previra, e sua espada teria se enterrado no coração de Gramio antes que ele tivesse tempo para pensar. Mas, em vez disso, Gramio caiu para trás, esparramando-se no chão e perdendo a espada.

Isso só o deixou fora do alcance por um instante. Mas foi o suficiente para penetrar a névoa vermelha que descera sobre os olhos de Benvólio. Embora a raiva ainda gritasse em suas veias, a razão começava a se fazer ouvir. Os cachos curtos e escuros que balançavam diante do rosto de Gramio a cada respiração apavorada eram quase os mesmos que ele se esforçara para não tomar entre seus dedos algumas horas atrás. Ele estava diante do primo de Rosalina.

Benvólio apoiou um pé no peito de Gramio e apontou a lâmina para sua garganta.

— A faixa. Agora.

Os olhos de Gramio procuraram sua espada, no chão, perto de seus dedos. Benvólio cerrou os dentes, apertando a mão no punho de sua arma. *Isso. Tente alcançá-la. Por favor.*

Mas, mesmo com toda a sua sede de sangue, Gramio valorizava a própria vida. Com um olhar ressentido, ele levantou a faixa para Benvólio, que estava prestes a segurá-la quando algo bateu violentamente em sua lateral e o fez voar sobre as pedras do chão. Ele fez o que pôde para rolar e controlar a queda, o que provavelmente o salvou de maiores ferimentos. Mesmo assim, bateu a cabeça na parede com tanta força que viu estrelas. Virando-se rapidamente, encontrou outro espadachim de pé sobre ele. Estava mascarado e todo vestido de preto.

A seu lado, Gramio deu um grito selvagem.

— Rá! A vingança o encontrou, Montecchio sujo! Veja o nosso espírito guardião!

Quem quer que fosse o homem mascarado, não tinha nenhum interesse pela honra de um espadachim. Ele não deu a Benvólio nenhuma chance de se reorientar ou mesmo de levantar a espada antes que a dele descesse rasgando, em um arco mortal. Benvólio rastejou para trás, tentando evitar a lâmina do homem, mas não foi suficientemente rápido. Gemeu quando sentiu a espada fazer um corte violento em seu peito.

— Quem é você? — ele ofegou. — Qual é a sua desavença comigo e com os meus?

— Vingança — murmurou o estranho e bateu sua lâmina contra a de Benvólio. Enfraquecido pelo ferimento, Benvólio não pôde evitar que o homem arrancasse a espada de sua mão. Ele se encolheu, esperando pelo golpe final.

Mas, em vez disso, o espadachim mascarado pegou a espada de Benvólio e a enfiou no peito de Gramio. O grito de Gramio transformou-se em um gorgolejo. Ele morreu com uma expressão de choque congelada no rosto. O homem de preto recuperou sua própria espada, fez uma reverência para Benvólio e voltou caminhando pela direção de onde tinha vindo, sendo logo engolido pelas sombras.

Recuperando-se do choque, Benvólio levantou e tentou ir atrás dele.

— Pare, bandido! Covarde! — ele gritou. — Assassina um homem que nunca levantou uma espada contra você e foge sob a escuridão da noite? Venha me enfrentar como um homem!

Chegou a um cruzamento e virou em um círculo, procurando algum sinal do assassino. Mas ele havia desaparecido.

Com passos instáveis, Benvólio voltou para junto do corpo de Gramio. Os olhos do rapaz ainda estavam fixos no ponto onde seu matador fantasma havia estado. Benvólio se ajoelhou. Que tipo de demônio era esse que matava tanto os Montecchio como os Capuleto? Atordoado, ele estendeu a mão para o punho de sua espada.

Um grito cortou o ar. Levantando os olhos, ele viu uma lavadeira que havia derrubado seu cesto e apontava para ele com um dedo trêmulo.

— Assassino! — ela gritou.

— Eu... não, eu... — Enquanto se levantava, com a mão ainda apoiada no punho da espada, Benvólio se deu conta de como a cena devia parecer. — Não fui eu, nós dois fomos atacados...

Mas agora uma multidão de mercadores e transeuntes madrugadores já havia se juntado à luz cinzenta que antecede o alvorecer.

— Assassino!

— Bandido!

— Pare, em nome do príncipe!

Bem mais tarde, Benvólio percebeu que, se tivesse ficado, se tivesse ido até o príncipe e explicado sua inocência na morte de Gramio, talvez tivesse evitado boa parte do que se seguiu. Mas, depois da noite que havia tido, só podia pensar em *correr*.

E, enquanto o sol se levantava sobre mais um dia sangrento em Verona, ele fez exatamente isso, deixando sua espada onde estava, espetada em um brasão Montecchio, no peito do pobre Gramio.

Parte 4

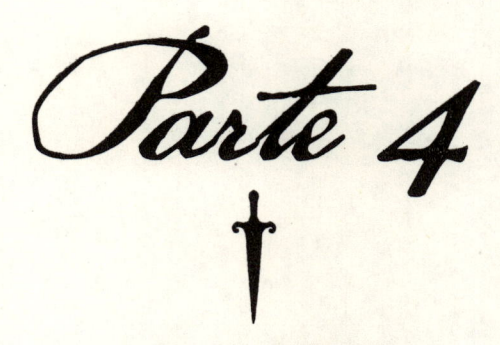

†

Ah, um beijo
Longo como meu exílio, doce como minha vingança!
— *Coriolano*

— *A*cordem, Rosalina! Lívia! Vamos!

Rosalina arfou e sentou-se na cama. Alguém estava socando sua porta e gritando tão alto que poderia acordar toda a propriedade da duquesa. Ela vestiu um robe e se inclinou para fora da janela. O que viu lá embaixo a fez exclamar de surpresa.

— Tio? Pelos céus, o que...

— Não há tempo, criança! — gritou o sr. Capuleto. — Acorde sua irmã, juntem seus vestidos e corram as duas para a Casa Capuleto, se dão valor à sua vida e à sua virgindade!

Rosalina se apressou escada abaixo e abriu a porta para o tio.

— Acalme-se, meu senhor. O que aconteceu?

Ele entrou, passando a mão na testa suada. Parecia ter corrido até Pádua e voltado.

— São os Montecchio — respondeu ele. — Estão em guerra aberta contra nós. Todas as damas e crianças da nossa família devem ser levadas para a segurança dos muros da Casa Capuleto, para que eu possa protegê-las.

— Rosalina? — Lívia vinha descendo as escadas, descabelada do sono e bocejando. — O que é esse barulho?

— Tio — Rosalina disse com firmeza —, agradeço sua preocupação, mas, se foi mais uma briga de rua, tenho certeza de que não há necessidade de sua proteção.

— Gramio foi morto ontem à noite — disse o sr. Capuleto.

Ao lado dela, Lívia puxou o ar. Rosalina segurou a mão dela enquanto o tio contava as circunstâncias em que o corpo havia sido encontrado.

Rosalina pressionou a mão contra a boca, tentando conter a náusea. Lívia a amparou e a conduziu até o sofá.

— Eu peço seu perdão, Rosalina — seu tio declarou, com ar sóbrio, enquanto ela se agarrava à trêmula Lívia. — Você viu o mal no coração desse Benvólio muito antes de mim. Eu nunca deveria ter concordado com o plano absurdo do príncipe de casá-la com ele.

Rosalina sentiu como se seu estômago tivesse desabado para o fundo da terra.

— Benvólio? — ela murmurou.

— Sim — o tio confirmou, com desgosto. — Foi ele quem matou Gramio.

Rosalina sacudiu a cabeça e se segurou com ainda mais força a Lívia.

— Ah! Não, não pode ser, tio. Talvez algum parente dele, mas ele não...

— Esta faixa não era dele? — disse o sr. Capuleto, mostrando um pedaço rasgado de tecido escarlate.

Rosalina fechou os olhos. Benvólio estava usando uma faixa daquelas na noite anterior. Será que algum outro de seus parentes também a usava? Ela imaginava que sim, mas não podia ter certeza.

— Não sei — murmurou.

— Bom, talvez você não saiba, mas a espada que perfurou a faixa e o peito de Gramio é bem conhecida como a de Benvólio.

Será que Benvólio poderia realmente ter matado um parente dela na rua?

Ela se lembrou da fúria nos olhos dele quando cortara o rosto de Orlino com sua espada e estremeceu. Sim, ele poderia. Se fosse provocado, ele poderia.

— Está bem, tio — disse Rosalina, encarando-o sem vacilar. — Nós vamos para a Casa Capuleto.

Ele concordou com a cabeça.

— Ótimo. Há alguém lá que quer falar com você.

☦

— Sua teimosa, fale ou terá castigo!

O príncipe fez uma careta quando o sr. Capuleto explodiu com a sobrinha. Era uma cena conhecida, mesmo com alguns atores faltando: Rosalina sentada com as mãos cruzadas, olhando para o vazio; seu tio Capuleto sentado atrás da mesa, ficando cada vez mais vermelho. E ele, Escalo, só observando. Como havia sido na noite em que ele dissera a Rosalina que ela devia se casar com Benvólio.

As circunstâncias tinham mudado, mas não a elevação obstinada do queixo dela.

— Eu já lhe disse, tio — ela respondeu calmamente. — Não sei onde encontrar Benvólio e também não sei nada do assassinato de ontem à noite, a não ser o que o senhor mesmo me contou.

Era o que ela vinha dizendo nos últimos dez minutos e, embora o príncipe percebesse sua crescente irritação, ela mantinha a voz baixa e equilibrada. Seus cachos estavam educadamente presos para trás, e seu vestido verde, estendido com cuidado sobre os joelhos. Como uma estátua em um furacão, açoitada, mas imóvel. Era impossível enfurecer Rosalina, a menos que ela quisesse, provavelmente a única Capuleto nascida com esse autocontrole. Era isso, talvez, que a tornava tão fascinante para ele e que o deixara tão determinado a usá-la em seu plano. Tinha certeza de que era exatamente dessa mistura cativante de sabedoria e beleza que Verona precisava.

Mas agora ele se perguntava se era realmente em Verona que estivera pensando.

— Não quero acusá-la, Rosalina — disse Escalo. — Só quero manter você e sua família a salvo da sede de sangue de Benvólio. Eu sei que você tem andado na companhia dele recentemente...

Os olhos verdes de Rosalina fuzilaram os dele.

— Como sabe disso?

— Eu o vi do lado de fora de sua casa ontem à noite.

— Por que você passou seus dias com o assassino de seu primo? — vociferou o sr. Capuleto. — Conte tudo aos seus superiores, ou sentirá as consequências.

— Isso não é da sua conta, tio.

— Nós julgaremos se é ou não é.

— Seu julgamento, senhores, nos tornou noivos. Prefiro contar com meu próprio discernimento, obrigada.

— Menina insolente! — O sr. Capuleto se levantou e a encarou, furioso.

Escalo pôs a mão no ombro dele.

— *Signor*, posso falar a sós com sua sobrinha por um momento?

Capuleto o olhou com desconfiança.

— Por quê?

Escalo apenas lhe ofereceu um sorriso educado. Capuleto ergueu as mãos.

— Ela está à disposição de vossa alteza. Se conseguir pôr algum juízo nessa cabeça, eu lhe agradeço.

Ele saiu e bateu a porta. Rosalina virou-se para Escalo e endireitou os ombros, preparando-se para uma batalha. O príncipe ergueu uma das mãos.

— Eu já disse, não pretendo lhe causar mal algum. Só quero capturar o assassino de seu primo.

— E eu já lhe disse que não sei nada que possa ajudar — respondeu ela. — Dois dos Montecchio estão mortos também. Por que não procura o assassino deles?

— Ninguém viu quem matou Orlino ou Truchio, mas a culpa de Benvólio está provada.

O olhar dela era glacial. Rosalina podia não ser rápida para se enfurecer, mas também não era rápida para perdoar.

— Nada está provado.

Escalo suspirou. Por que insistia em levá-la pelo mesmo caminho de sempre?

— Peço seu perdão, senhorita — disse ele.

Isso abalou a compostura gélida de Rosalina.

— O quê?

Ele se ajoelhou e segurou a mão dela.

— Eu peço seu perdão pelo noivado indesejado que a forcei a aceitar. Se tivesse alguma ideia da verdadeira natureza de Benvólio, eu mesmo teria acabado com ele antes de permitir que chegasse a um quilômetro de você. — Ele engoliu em seco. — Diga-me que ele não a machucou.

Rosalina estava boquiaberta e com os olhos arregalados de surpresa enquanto via seu soberano humilhando-se diante dela.

— Eu... eu... — Ela sacudiu a cabeça levemente. — Ele sempre foi um cavalheiro.

— Graças aos céus. — Escalo apertou as mãos dela nas suas.

Mas ela recuou lentamente, com os olhos enevoados de confusão.

— Se pretende usar mais uma vez nossa amizade do passado para me forçar...

Ele sacudiu a cabeça, impaciente.

— Você tem a minha palavra, nunca mais farei isso. Foi a pior escolha que já fiz na vida. Não, a escolha é sua se quer falar ou não.

— Eu agradeço. — Ela hesitou. — E... já que estamos nisso... parece que Lívia e eu temos muito mais para lhe agradecer.

Rosalina ficou muito vermelha. Ah, ela havia descoberto. Ele recuou um pouco, tentando manter a expressão inocente.

— Não sei do que você está falando.

— Sabe, sim. Foi graças a você que pudemos continuar vivendo em uma situação honrada. Por que não me contou?

Em sua mente, Escalo viu a menina solene e vestida de preto que ela era quando ele voltou para Verona. Aos treze anos, já era linda, mas parecia não se importar com o modo como os olhos dos jovens da corte a seguiam. Os pais dele também haviam morrido por volta daquela época, e ele pensou em conversar com ela, em compartilhar a dor da perda que sentiam. Mas príncipes podiam demonstrar amizade por donzelas pobres? Ele não tinha certeza e não havia ninguém para quem perguntar. Seus pais estavam mortos, sua irmã morava longe. A nova coroa era pesada sobre sua cabeça. Se procurasse, será que ela pensaria que ele a estava cortejando? Não, ela seria mais sensata do que isso. Será que Verona pensaria que ele a havia tomado como amante? Os Montecchio certamente diriam isso, se o vissem dando atenção especial a uma jovem Capuleto. Isso não seria bom para Verona. Ele precisava pensar em Verona.

Escalo tinha apenas dezesseis anos na época e ainda perdia roupas a cada dois meses. Fora mais fácil lhe dar algum dinheiro e não dizer nada.

— Nunca pretendi que soubesse do ouro que dou à sua tia para você — disse ele. — Não fiz isso para forçá-la a atender às minhas vontades.

— E nunca lhe passou pela cabeça que talvez eu preferisse ser forçada por esse ato de gentileza a ter que me submeter àquele jogo sujo na noite da festa?

— Não — admitiu ele. Como sempre quando pensava naquela noite, foi tomado por uma grande onda de vergonha e confusão. — Não pode me perdoar pelo que aconteceu?

Ela se levantou e se afastou dele.

— Eu me lembro muito pouco do que aconteceu. Como posso saber se devo lhe perdoar?

Ele respirou fundo.

— Eu a trouxe para minha sala. Nós bebemos um pouco de vinho.

— Um pouco de vinho. — Ela cruzou os braços.

— Muito vinho — ele reconheceu. — Virtuosa como você é, tive que lhe dar o suficiente para mantê-la quieta. — Os olhos dela se arregalaram. — Quer dizer, para convencê-la a não voltar para o baile.

— E depois?

— Falamos da época em que passamos juntos — disse ele, dando um passo na direção dela. — Da nossa infância, antes de existirem tantos problemas no mundo.

— Eu achava que você tinha se esquecido de tudo.

— Nunca, srta. Espinhenta. — Ele deu mais um passo.

Ela repetiu baixinho seu apelido de infância.

— E depois? — Os olhos dela estavam presos aos dele, grandes e verdes como o oceano.

— Eu dancei com você. Dançamos ao luar, e eu desejei que não parássemos nunca. — Ele estava perto dela agora, e os lábios de Rosalina se separaram, como se ela fosse repetir a pergunta, mas deles não saiu nenhum som. — Então paramos, e você me contou... — E aqui ele não pôde continuar.

Mas não havia necessidade, porque Rosalina soube e cobriu o rosto com as mãos.

— Ah, meu Deus.

— Não, não, não importa...

— Não importa? Confessar, bêbada, a minha maior vergonha? Ah, meu Deus! Para o meu *soberano*. Alteza, eu imploro, se ainda tem alguma amizade por mim, deixe-me sair, não me faça mais mostrar meu rosto na sua frente. Com certeza não quer ser lembrado dessa paixão tola que eu permiti que crescesse por alguém de uma posição mais elevada que a minha.

Ele sentia o coração doer enquanto ouvia as palavras desesperadas de Rosalina.

— Se é o que você quer, eu a deixo ir, mas... — ele baixou gentilmente as mãos que ela usava para esconder o rosto. — ... não é o que eu desejo.

Esperança e medo se digladiavam nos olhos de Rosalina.

— Alteza?

Ele afastou um cacho de cabelos do rosto dela.

— Uma paixão não pode ser vergonhosa se seu objeto corresponde a ela.

Ela pareceu se abrandar por um instante, mas depois seu rosto endureceu e ela fugiu dele outra vez e foi se recostar ao peitoril da janela.

— Isso é um truque.

— Você é cautelosa demais, moça. Seu coração orgulhoso nunca vai amolecer?

— Não, nunca, e certamente não por você, pois você não o usará com dignidade. Você não pensa em nada além de *Verona*. — Ela cuspiu o nome da cidade como se fosse uma praga.

— Não hoje — disse ele. — Sinceramente, embora essa vilania de Benvólio doa em mim, não consigo não me alegrar por você não poder mais se casar com ele. Juro, meu amor, que eu largaria a coroa e arrasaria Verona pedra por pedra se isso pudesse ganhar seu coração.

Por fim, sua flecha acertou o alvo. Ela se virou para ele e a raiva que estivera em seus olhos desde o baile foi agora substituída por espanto. Ele estava prestes a atravessar a sala e tomá-la nos braços, quando...

— Alteza, os guardas estão aqui. — O sr. Capuleto surgiu à porta, parecendo não ter a mínima ideia do que havia interrompido.

Escalo lutou contra a vontade de pôr o homem para fora e trancar a porta.

— Quais são as novidades?

— Nenhum sinal do jovem Benvólio, mas cavalos desapareceram de seus estábulos. Acham que ele fugiu da cidade.

Que droga. Será que a cidade não podia parar de desmoronar por cinco minutos?

— Então é melhor eles procurarem pelos arredores. Traga o capitão. Eu lhe darei as ordens.

Rosalina, que se mantivera paralisada desde que seu tio entrara, baixou a cabeça e se apressou até a porta.

— Srta. Rosalina! — ele chamou.

Ela se virou.

— Sim, alteza?

Ele estava plenamente consciente do olhar curioso do tio dela.

— Tenho mais para lhe falar depois.

Ela fez uma reverência.

— Estou sempre às suas ordens, alteza. — Os olhos dela, embora cheios de confusão, estavam muito mais amistosos.

— Certo. Amanhã, então. — Ele beijou a mão de Rosalina e a deixou partir.

⁕

Lívia sentia como se pudesse enlouquecer.

Tinha chegado à casa de seu tio havia poucas horas e já sentia vontade de gritar. Morar sozinha com Rosalina a acostumara ao silêncio e à solidão, coisas que agora lhe eram escassas. Todas as sobrinhas, sobrinhos, tias e primos tinham desembarcado na Casa Capuleto, trancando-se entre suas paredes. A casa de seu tio era grande, mas ainda assim não era fácil acomodar tanta gente. Nas salas de estar, as mulheres reuniam-se em grupos de duas ou três, chorando por Gramio. No pátio, os rapazes não paravam de agitar suas espadas, fazendo sombrias juras de morte aos Montecchio. A ama corria de um aposento a outro, esforçando-se para atender aos pedidos de comida, bebida e lenços.

Em suma, a casa estava tão cheia que Lívia não tinha como escapar em segurança para ver Páris. Morria de vontade de contar a ele tudo que havia acontecido, mas, para onde quer que se virasse, havia sempre um primo infernal por perto. Tentou procurar a companhia de Rosalina, mas sua irmã estava abalada com a morte de Gramio. Imaginou que ela pelo menos estaria satisfeita por ter se livrado do casamento de uma vez por todas. Lívia certamente estava. Mas, quando comentou sobre isso, Rosalina fez apenas um movimento distraído com a cabeça. Depois se encolheu junto a uma janela e deu respostas mal-humoradas quando Lívia tentou conversar com ela, preferindo, em vez disso, ficar olhando, indecisa, para a faixa dos Montecchio que seu tio a deixara pegar.

E, assim, Lívia perambulava pela casa, carrancuda e irritada, enquanto o dia se escoava. A mãe de Gramio estava quase enlouquecida de dor; meia dúzia de esposas e mães mais velhas a haviam conduzido para um quarto reservado, de onde saíam de tempos em tempos lamentos de cortar o coração. Lívia estremeceu no fim da tarde quando mais um grito sofrido cortou o ar. Quantos destes teriam reverberado pelas paredes da Casa Capuleto ao longo dos anos? Os choros de viúvas da discórdia e de mães repentinamente sem seus filhos devem ter inundado as fundações daquele lugar. Estava em um patamar no alto da escada dos fundos e se debruçou na janela, olhando para o pátio lá embaixo. Seus tios carregavam algo para fora, algo longo e escuro, que colocaram sobre o piso de pedras. O caixão de Gramio, para seu enterro no dia seguinte.

Chega. Precisava falar com Páris. Abaixo, ouvia os criados chamando todos para o jantar. Isso deveria lhe dar tempo suficiente para se esgueirar até o quarto dele.

Ela continuou a subir as escadas. Um grupo de primas passou por ela.

— Não vem jantar, Lívia? — perguntou a pequena Jessica.

— Daqui a pouco — respondeu ela. — Vão indo vocês.

Elas concordaram e foram embora. O ruído dos passos sumiu ao longe, deixando-a sozinha. Lívia seguiu sorrateira pelo corredor e deu a volta em uma esquina, até a pequena porta que levava à ala onde Páris estava escondido.

— Para onde você vai?

Lívia se virou e deu de cara com a duquesa Francesca parada atrás dela.

— Alteza — ela se sobressaltou. — Eu... eu... — Disfarçou a confusão com uma reverência.

Sua tia-avó ignorou o gesto.

— Ora, é a jovem Lívia — disse ela. — Por que está aqui, minha tutelada? Atrás desta porta estão apenas quartos que não são usados há anos.

— É mesmo? — Lívia perguntou, no que esperava ter sido um tom inocente. — A ama me pediu para chamar o primo Giacentio e seus filhos para o jantar. Não é aqui o quarto dele?

Sua tia-avó a observou com olhos apertados.

— Não. Eles vão dormir no quarto norte, no segundo andar. — Ela levou a mão à maçaneta e o coração de Lívia subiu até a garganta. — Vê? Está trancada.

Abençoada ama.

— Estive tão pouco nesta casa nos últimos anos que acabei me perdendo. Com licença, minha tia. — Com outra reverência, ela voltou pelo caminho de onde viera. Uma olhada sobre o ombro revelou que a duquesa ainda olhava para a porta fechada.

Tudo indicava que Lívia não conseguiria ver Páris tão cedo.

☦

Rosalina estava inquieta aquela noite, deitada no quarto que fora de Julieta.

Ao seu lado, a respiração lenta e regular de Lívia acompanhava o escoar dos minutos. Lívia não tinha gostado da ideia de dormir na cama de Julieta, com medo de que o fantasma dela ainda pudesse assombrar o quarto que ela ocupara em vida — o quarto onde, diziam, ela havia consumado seu amor por Romeu. Mas, apesar de seus receios, Lívia adormecera depressa, sem ser incomodada pela sombra da prima. Rosalina estava contente porque Lívia, pelo menos a irmã conseguia descansar, pois notara que ela estivera inquieta o dia todo. Ela ficara muito abalada pela morte de Gramio, o que fazia sentido, já que vinha passando muito tempo ultimamente na casa dos Capuleto, cuidando de sua tia.

Uma ocupação estranha, pois elas nunca haviam sido muito próximas antes. Mas Lívia às vezes cismava com ideias estranhas. Talvez estivesse tentando insinuar-se no círculo mais íntimo dos Capuleto. O que não era uma ideia ruim, se pretendia encontrar um marido. Nos últimos tempos, Rosalina andava tão ocupada com seus próprios problemas que nem conversava muito com Lívia; prometeu a si mesma que corrigiria isso no dia seguinte.

Ela se virou na cama, protegendo os olhos da luz do luar que passava por baixo das portas-balcão. Como Julieta podia dormir com tanta luz entrando no quarto?

Pensamentos sobre os vivos, e não sobre os que já não estavam mais ali, mantinham Rosalina acordada. Poderia Benvólio realmente ter feito aquilo de que o acusavam? Ele de fato não nutria nenhum amor pelos Capuleto, mas Rosalina tinha certeza de que era um homem honrado. A ideia de que pudesse ter se enganado tanto a respeito dele a fazia se sentir sem chão.

Mas como explicar sua faixa e sua espada no corpo de Gramio? Isso já era suficiente para qualquer homem ser considerado suspeito. Quem teria matado Gramio, então? E, se ele realmente fosse inocente, como era o desejo de seu coração aflito, por que teria fugido dos guardas do príncipe?

E o que havia naquela faixa que produzia uma incômoda e persistente sensação em sua mente?

Ela suspirou contra o travesseiro. Os pensamentos em Benvólio e Lívia eram uma ótima distração do que mais pesava sobre ela: o que havia acontecido naquela tarde, em seu encontro com Escalo.

Ela desejara esse dia desde criança. Que seu amado príncipe a olhasse e lhe dissesse que ela não estava sozinha, que ele correspondia à sua paixão. Não podia nem contar o número de vezes que havia fantasiado esse momento. Quando era pequena, e mesmo durante os longos e solitários anos desde que seus pais morreram, ela costumava ficar na cama imaginando a cena até dormir. Nunca pensara que fosse de fato acontecer.

Seria o choque que explicava sua inquietude? Seria ainda a irritação pelo modo como ele a enganara na noite do baile? Sua raiva em relação a isso tinha amenizado desde que soubera como ele salvara a ela e a Lívia. No entanto, a declaração dele não a enchera da mesma felicidade que encontrava no sonho agradável com que se embalava para dormir.

Ela se repreendeu por sua tolice. Sua família estava no meio de uma crise. Seu amigo era acusado de assassinato. Sua cidade estava à beira de uma guerra civil. É claro que a declaração de amor de Escalo não podia ser exatamente como nos sonhos românticos. Além disso, ele estava certo: ela era mesmo cautelosa. Era difícil para ela se entregar aos momentos felizes.

Roselina fechou os olhos. Esqueça os Capuleto. Esqueça o comportamento estranho de Lívia. Esqueça os problemas de Benvólio. Escalo a amava. O que ela podia dizer disso?

Só havia uma coisa que podia dizer. Ele era seu príncipe. Seu salvador. O amor dele era um sonho que se tornava realidade e, quando pensava na súplica doce e angustiada em seus olhos, todo o seu corpo estremecia com uma emoção tão forte que ela não podia definir. Oh, meu Deus, Escalo. Seu Escalo, finalmente. Se, quando voltasse amanhã, ele pedisse sua mão, ela aceitaria.

— Rosalina!

Rosalina se sentou de um pulo na cama, com o coração aos saltos. Tinha certeza de ter ouvido uma voz sussurrando o seu nome, mas não havia ninguém ali. Será que o quarto era mesmo assombrado, afinal?

— Rosalina!

A voz soou de novo e, dessa vez, ela percebeu que vinha do lado de fora. Deslizando silenciosamente das cobertas para não acordar Lívia, ela correu até o balcão.

Ali, agarrado à hera que subia pela grade, estava Benvólio.

— Benvólio! — ela sussurrou. — O que está fazendo aqui, Montecchio? Se o encontrarem, vão matá-lo!

— Vim procurá-la, Rosalina.

Ela deu um passo para trás.

— Como assim, senhor?

— Preciso de sua ajuda. Não sei mais a quem recorrer. A Casa Montecchio está com a entrada bloqueada, nossos jovens estão se armando, os guardas do príncipe estão me procurando pelas ruas...

Ele se ergueu sobre a grade e entrou no balcão. Rosalina recuou mais.

— Por que está se afastando de mim, senhorita? — Ele chegou mais perto, tentando olhar nos olhos dela, mas Rosalina baixou o rosto, com o coração batendo tão forte que pensou que fosse explodir dentro do peito.

— Dizem que você assassinou Gramio — ela respondeu baixinho.

— Que os Montecchio farão guerra contra nossa casa.

Benvólio pareceu triste.

— Receio que seja verdade que os Montecchio estão prontos para vingar as mortes de Orlino e Truchio, pelas quais eles colocam a culpa na porta dos Capuleto. Não sei se meus parentes acreditam que matei Gramio, mas, se for assim, muitos deles provavelmente estão me louvando por isso. Eu poderia me esconder com eles, mas não vou dar aos Capuleto mais nenhum motivo para culpar minha família por meus supostos crimes. Rosalina, eu sou inocente do sangue de seu primo, juro pela minha vida.

— Mas sua espada... sua faixa...

A faixa.

De repente, ela se deu conta do que a vinha perturbando o dia inteiro sobre a faixa encontrada no corpo de Gramio.

— Espere aqui. — Com pés silenciosos, ela voltou para o quarto e pegou a faixa em sua mesinha de cabeceira. Quando voltou para o balcão, ela a examinou sob a luz da lua. — Não há tinta. Não pode ser a sua faixa.

— Não, essa faixa é de Truchio. Gramio tirou do corpo dele.

— E a espada?

— Foi roubada pelo homem que me deu isto. — Ele abriu o gibão e a bandagem improvisada que tinha feito, mostrando a ela um corte irregular que lhe cruzava o peito.

Rosalina arregalou os olhos.

— Vá embora, Montecchio — disse ela. — Fuja daqui antes que o descubram.

Benvólio segurou a mão dela, puxando-a de volta para o seu lado.

— Sim, eu vou, mas não sem você.

— Sem mim?

Ele prendeu as duas mãos de Rosalina nas suas.

— Precisamos procurar frei Lourenço. Tenho certeza de que ele sabe algo sobre essa conspiração.

— Frei Lourenço? Por quê?

— Procure se lembrar do dia em que contamos a ele sobre Orlino — disse Benvólio. — Ele falou...

Rosalina apertou as mãos dele de volta.

— Ele falou: "Se *ela* pôde pôr fogo em seus bonecos". Ele sabia que havia uma mulher envolvida nesse conflito! E nós ainda não sabíamos. Ele deve saber mais coisa sobre isso.

— Sim. — O sorriso de Benvólio era de alívio. — O mosteiro de frei Lourenço fica a algumas léguas da cidade. Pretendo ir direto para lá esta noite. Você vem comigo?

Rosalina hesitou. Uma fria brisa noturna arrepiou seus braços expostos, e só então ela percebeu que estava de pé na frente de um homem, vestida apenas de camisola.

Ela se afastou e fechou os braços à frente do corpo. Se partisse com Benvólio, não havia nada para impedi-lo de fazer o que quisesse com ela quando estivessem sozinhos na estrada. Sim, a faixa não era dele, mas talvez ele tivesse lutado com Gramio para recuperar o brasão de Truchio. Por esse tipo de pretexto faziam-se duelos. Estaria pondo sua vida nas mãos dele. Mas ela já havia feito isso, não havia?

O que Escalo iria pensar?

Ele deu um passo em direção a ela.

— Rosalina — ele sussurrou, segurando o rosto dela em suas mãos —, você precisa confiar em mim, querida amiga. Você precisa. Eu lhe imploro.

Rosalina não conseguia respirar. O olhar suplicante dele era tão desesperado que ela não podia desviar o seu. Aquele devia ser exatamente o mesmo balcão onde Julieta se encontrara com o primo de Benvólio. Será que os olhos de Romeu tinham tanta intensidade quanto os de Benvólio agora?

Um barulho no pátio a assustou. Não havia tempo para pensar. Tinha que decidir. Quando tivesse provado a inocência de Benvólio e descoberto o verdadeiro culpado, Escalo compreenderia. E agradeceria a ela por isso.

— Vou me vestir — disse ela. — É melhor partirmos antes do amanhecer.

O sorriso aliviado de Benvólio era como o sol rompendo entre as nuvens.

— Tenho cavalos esperando lá embaixo. Espero que saiba cavalgar bem, senhorita.

Ela inclinou a cabeça.

— Suficientemente bem para deixar você e sua montaria comendo poeira, senhor.

Rosalina pôs depressa um vestido limpo e um manto antes de voltar para Benvólio. Ele a ajudou a subir pela grade do balcão, apoiando o corpo dela com o seu, para que ela não caísse enquanto desciam até o chão.

O que nenhum dos dois notou foi que um par de olhos brilhava ao luar, enquanto assistia àquela fuga.

✢

— Aconteceu alguma coisa, doce Lívia? Por que tem medo?

Lívia tentou acalmar a respiração o suficiente para contar a Páris o que tinha acontecido. Correra pela casa e escada acima sem uma pausa sequer para tomar fôlego — a duquesa parara de espreitar pelos corredores, graças aos céus —, e agora seu coração batia ensurdecedoramente nos ouvidos. Páris olhava para ela, preocupado, e segurou seu ombro quando ela levou a mão à boca para conter um soluço. Lívia disse a si mesma com firmeza que *não* ia chorar. Já havia exibido covardia suficiente para uma noite. Rosalina seria corajosa. E ela também.

— Ele a levou — Lívia conseguiu falar. — Ele roubou minha irmã!

— O quê? Quem?

— Benvólio — ela respondeu, em meio ao nó que se formara em sua garganta.

Páris arregalou os olhos.

— O quê? Não pode ser.

— Eu vi com meus próprios olhos. — Lívia respirou fundo enquanto Páris a fazia se sentar em sua cama, segurando-lhe gentilmente a mão enquanto ela continuava a falar. — Rosalina e eu estávamos dormindo no quarto de Julieta. Acordei com um barulho do lado de fora da janela. Olhei e vi Benvólio conversando com ela no balcão. Ah, meu Deus, o que ele vai fazer com ela? — Ela sacudiu a cabeça com força. — Como fui burra. Devia ter gritado, devia...

— Não, você agiu bem. O canalha teria matado vocês duas. — Ternamente, ele enxugou uma lágrima do rosto dela e o coração de Lívia deu um pulo, apesar de todo o medo.

— Que canalha?

Páris assustou-se e puxou a mão. Lívia levantou os olhos e viu a tia parada à porta em uma longa camisola branca, segurando uma vela.

Páris apertou a mão de Lívia.

— Benvólio roubou a irmã dela — ele respondeu.

— O quê? Ah, Lívia! — Sua tia correu para o lado dela e a abraçou. — Minha pobre sobrinha!

Lívia apoiou o rosto no ombro perfumado da tia por um momento.

— O que eu faço? Há alguma esperança para ela?

— Não tenha medo, senhorita — disse Páris. — Eu vou fazer com que sua irmã lhe seja devolvida. — Ele se virou para a sra. Capuleto. — Vá acordar a casa. Todos os homens devem vasculhar a cidade de cima a baixo em busca da irmã de minha senhorita e desse bandido. E, por favor, mande seus estábulos selarem um cavalo.

A sra. Capuleto se enrijeceu.

— Você quer dizer... Páris...

— Sim — disse ele. — Chegou a hora.

‡

Rosalina sabia cavalgar.

Ela dissera mesmo a verdade. Benvólio ficara na dúvida de que cavalo trazer para ela quando entrou nos estábulos disfarçado de criado para pegar sua própria montaria, Silvius, e uma nova espada. Algumas moças tinham medo de cavalos que não fossem muito pequenos e mansos, mas esses animais delicados não eram adequados para o tipo de viagem que tinham pela frente.

Não precisava ter se preocupado. A égua baia que trouxera havia sido rapidamente cativada por ela, e Rosalina tinha uma postura correta e autoconfiante na sela. Tinham percorrido devagar o trajeto escuro, esperando não chamar atenção, mas, assim que passaram pelos portões da cidade, Rosalina inclinou-se para a frente, levantou o rosto para o vento leste e pôs seu cavalo em um galope.

Com uma risada de surpresa, Benvólio cutucou a montaria com os calcanhares e fez o fogoso Silvius seguir atrás. Encontrou-a esperando por ele na colina seguinte, com o vento batendo nos cabelos, as faces rosadas e parecendo mais leve do que ele jamais a vira.

— Finalmente, livre de Verona — disse ela.

— Pelos céus, moça — falou ele, puxando as rédeas de Silvius, que preferiria ter continuado correndo até o horizonte. — Quem a ensinou a cavalgar tão bem?

— Meu pai. Nós saíamos a cavalo com frequência. Os Tirimo são cavaleiros renomados e, como ele não teve um filho, ensinou a mim. — Ela olhou para o campo. As colinas suaves estavam tingidas de rosa pelo sol nascente. — Desde que ele morreu, cuidar da casa me deixa pouco tempo para isto, e também não temos dinheiro para manter um estábulo adequado, mas, ah! Isso é lindo, não é?

— Acho que me lembro de seu pai. Todos invejavam aquela égua branca dele. Como ele morreu?

Os olhos de Rosalina encontraram os dele rapidamente, antes que ela pusesse sua égua Hécate em um movimento lento.

— Você não sabe? Não é uma história que nos tornará mais amigos. Ah.

— Um Montecchio o matou.

— Vários Montecchio. — Um sorriso amargo entortou-lhe os lábios. — Ninguém jamais achou que a história completa seria adequada para os meus ouvidos, mas, pelo que pude entender, foi o seu tio, *signor* Valêncio, e o *signor* Martino. Bem, não foi uma luta injusta. Havia pelo menos três outros Capuleto nela também.

Ele repreendeu a si mesmo por ter perguntado.

— Sinto muito.

— Ah, não é preciso — ela suspirou. Uma vez mais, aquele sorriso triste. — Meus parentes garantiram que vários Montecchio também ficassem órfãos, então do que posso reclamar?

Não era de admirar que ela quisesse tanto escapar de Verona. Benvólio começava a pensar que ela estava certa nisso.

— Parece que foi muita desconsideração de meu pai morrer de malária quando eu tinha dois anos — ele lhe disse. — Não houve ninguém para matarmos em seu nome.

Ele foi recompensado com uma risada. Continuaram cavalgando e, enquanto o amanhecer se transformava em dia, Benvólio lhe contou o que sabia sobre a morte de Gramio pelas mãos do homem mascarado.

— E você não tem nenhuma ideia de quem poderia ser? — perguntou Rosalina.

— Ele estava mascarado. A voz parecia conhecida, mas... ah, pela minha espada, eu não sei. Mas era um espadachim temível. O que não é surpresa, se foi ele quem venceu o jovem Truchio, e mesmo Orlino. Uns centímetros mais perto de meu coração, e ele teria me matado também.

Rosalina parou de repente.

— Sim, eu me esqueci de seu ferimento. Como está?

— Está bem. — Ele bateu a mão no peito e não conseguiu conter um gemido.

Rosalina sacudiu a cabeça.

— Sinceramente, Benvólio, eu não sei como você ainda consegue cavalgar. Venha, desmonte.

Eles deixaram os cavalos pastando enquanto ela molhava seu lenço no riacho. Benvólio tirou o gibão e ela limpou o corte raso que o assassino havia deixado em seu peito. Sua expressão era de dor quando ela passava o lenço para remover o sangue seco.

— Ai!

— Fique quieto — ela ordenou —, se não quiser pegar uma doença no sangue.

— Espero que você seja boa médica como é boa amazona.

— Sou sim, embora minha irmã Lívia seja melhor. Ela cuidou de nossa mãe que estava morrendo de febre, e os médicos lhe ensinaram muitas coisas — disse Rosalina, distraída, enquanto refazia a bandagem dele. Benvólio se perguntou quantos lenços daquela jovem ele estaria destinado a arruinar com seu sangue Montecchio. — A propósito, como você arrumou nossas montarias e sua nova espada?

Ele se esforçava para ser valente sob os dedos habilidosos, mas não especialmente gentis, de Rosalina.

— Roubei o manto de um tratador e entrei nos estábulos dos Montecchio. Os criados podem ter me visto, mas não me entregariam.

— Pelo menos a lealdade aos Montecchio serve para alguma coisa. — Ela baixou a camisa dele de volta sobre a bandagem. — Pronto. Espero que os monges façam um trabalho melhor, quando chegarmos ao mosteiro.

— Eu estou bem. Se frei Lourenço puder nos guiar até a pessoa que procuramos, não pedirei mais nada a ele. — Rosalina começou a levantar, mas Benvólio segurou seu braço. — Queria falar mais uma palavra com você antes de irmos.

— Sim?

— Orlino era um canalha — disse Benvólio. — Por sua morte, eu lamento apenas que ele tenha morrido antes que eu mesmo pudesse castigá-lo. Mas Truchio... ele era pouco mais que uma criança.

Rosalina desviou o olhar.

— Homem o bastante para sacar a espada contra uma mulher desarmada.

— Eu sei e o repreendi muito por isso. Mas ele estava sendo influenciado por Orlino quando atacou você. Ele nunca teria lhe dito uma palavra indelicada se não fosse por isso. — Ele se levantou. — E, senhorita, já estou lhe avisando: quando encontrarmos o culpado, seja ele Montecchio ou Capuleto, a morte de meus parentes vai custar caro a ele.

— Você não vai entregar o culpado à justiça do príncipe? — perguntou Rosalina. — Eu sei que ele matou seus parentes, mas, se um Montecchio passar por cima da lei mais uma vez para matar um inimigo, isso não vai colaborar para a paz que estamos procurando. E o príncipe pode voltar o peso de sua lei contra você. Eu achei que você quisesse acabar com esse ciclo de mortes, Benvólio.

Benvólio apertou os olhos.

— Por que defende tanto a justiça do príncipe? Você não era uma grande admiradora dele antes. Ele comprou sua lealdade junto com sua casa?

Ela lhe lançou um olhar que parecia mais furioso do que a pergunta justificava.

— Não fale assim de nosso soberano.

Benvólio suspirou.

— Para atender à sua vontade, senhorita — disse ele —, vou entregar o bandido, ou os bandidos, ao príncipe. Mas, se ele não os condenar à morte, eu mesmo cuidarei disso.

Essa concessão não pareceu fazê-lo ganhar de novo a consideração de Rosalina. De cara amarrada, ela voltou para Hécate e a montou.

— Suponho que esse seja o mínimo de violência que posso esperar de alguém de nossas famílias sedentas de sangue. O tempo está passando, vamos embora. — E, sem esperar por ele, ela retomou a viagem.

— Rosalina, espere. Rosalina!

Mas ela não olhou para trás.

⁑

O príncipe estava sim diante de um fantasma.

Tinha visto o corpo coberto de sangue do conde Páris com seus próprios olhos. No entanto, agora seu primo estava de pé à sua frente, no tapete de sua sala, mais magro e pálido do que antes, mas muito vivo. Trajava um gibão de veludo cinza-escuro, de uma elegância discreta, mas indiscutível. Sua postura era tranquila, sem nenhum sinal de ter sido ferido quase mortalmente algumas semanas antes.

— Você estava na *Casa Capuleto*? — Escalo perguntou outra vez. — Por quê? Por que não me avisou? Todos os médicos do palácio o teriam atendido.

Páris lhe deu um leve sorriso.

— Eu não estava apenas ferido, mas com o coração doente também. Se sua amada tivesse se matado por amor a outro, você teria vontade de se expor à sociedade de Verona?

— Imagino que não, mesmo assim... — Escalo se interrompeu com uma risada. — Mas por que estou falando tanto? Páris, você está vivo! — Ele saiu de trás da mesa para segurar os braços do primo. — Ah! Essa é a única boa notícia que tive nesses últimos meses!

Páris afastou-o gentilmente com a mão.

— Fico contente por lhe dar essa satisfação, mas não são só notícias felizes que lhe trago. Benvólio raptou a srta. Rosalina, da Casa Capuleto.

Um calafrio percorreu a espinha de Escalo. Ele sabia que não devia tê-la deixado sozinha naquele ninho de víboras.

— O quê? Como isso aconteceu?

— Ele subiu até a janela do quarto em que ela dormia e a levou antes do amanhecer.

Ah, meu Deus, Rosalina. Se aquela maldita briga de famílias a tirasse dele, as duas casas iriam pagar caro por isso.

— Por que ele faria uma coisa dessas?

— Não sei. Mas Lívia o viu levá-la, não faz nem três horas. Seus primos já vasculharam as ruas, e nem sinal deles. Não estão em parte alguma. Ele poderia tê-la levado para a Casa Montecchio?

Escalo sacudiu a cabeça.

— Meus homens fizeram uma revista na casa ao amanhecer.

Páris ficou muito sério.

— Então acredito que ele a tenha levado para fora das muralhas da cidade. Alteza, peço sua permissão para sair e procurá-los.

— Você, Páris? Por quê? — Ele sacudiu a cabeça. Suas mãos tremiam de raiva. — Não, eu mesmo vou atrás deles.

— O quê? Alteza, sabe que não pode.

— Não vou deixá-lo escapar com ela.

— Deixe isso comigo. — Páris bateu a mão no ombro do primo para tranquilizá-lo. — Estamos passando por um momento difícil em Verona. A cidade precisa de sua presença aqui, alteza.

Com esforço, Escalo afastou da cabeça a imagem de suas mãos apertando a garganta de Benvólio.

— Por que você quer ir?

— A tia de Rosalina, sra. Capuleto, me abrigou durante essas semanas. Espero que, salvando sua parente, eu possa lhe pagar o favor. —

Ele hesitou antes de continuar. — A irmã de Rosalina também cuidou muito bem de mim. A pobre Lívia está muito aflita. Eu... eu não quero que ela sofra.

Pelo jeito, a bela Lívia havia curado sua doença do coração também. Pelo menos algo bom havia resultado desse terrível episódio.

— Está bem, primo. Vou enviá-lo em companhia de meus melhores homens.

Mas Páris sacudiu a cabeça.

— Você certamente sabe que há um traidor circulando por Verona — disse ele. — Benvólio pode não ter agido sozinho. Não posso correr o risco de ter um bandido escondido entre meu grupo. Levarei alguns homens de minha casa, guardas leais que conheço desde a infância.

— Certo, acho que é melhor assim. Não sei mais em quem confiar nos últimos tempos. Muito bem, diga a Penlet para equipá-lo com todos os suprimentos de que você e sua companhia precisarem. E, por favor, apresse-se.

Páris fez uma reverência curta e rápida.

— Perfeitamente. Vou partir na próxima hora. A vantagem do canalha já é bem grande.

— Bom rapaz. Traga Rosalina para casa, por favor. E, primo...

— Sim?

— Eu gostaria de ter Benvólio vivo, para que ele enfrente a justiça da Coroa. Mas a segurança da jovem está em primeiro lugar. Aquele que a trouxer de volta em segurança será digno de minha mais alta consideração.

Páris observou o primo com um olhar curioso, mas não disse nada. Apenas fez outra curta reverência, virou-se e saiu.

☦

Lívia quase não foi se despedir.

Quando Páris saiu da Casa Capuleto para procurar o príncipe, ela quis ir junto, mas a sra. Capuleto a proibiu.

— Não é seguro fora de nossos muros para uma jovem de nossa casa — disse ela.

— Nem dentro deles — Lívia a lembrou, mas a tia ergueu uma sobrancelha delicada e Lívia cedeu, mesmo de má vontade.

Só até sua tia virar as costas, é claro. Elas haviam se aproximado muito nas últimas semanas, mas isso não fazia com que a tia se tornasse sua mãe.

Quando chegou a notícia à Casa Capuleto de que o conde partiria imediatamente à procura de Rosalina e Benvólio, Lívia vestiu um manto escuro e escapou da casa pela entrada dos criados. Ninguém a viu sair, e ela correu pelas ruas sem enfrentar obstáculos até o portão leste da cidade. Páris estava semiescondido nas sombras do arco de pedra da muralha. As paredes tinham quase cinco metros de espessura, mas, como de costume, o portão ficava aberto durante o dia, guardado pelos homens do príncipe. Páris estava com uma das mãos nas rédeas de seu cavalo, diante da sra. Capuleto. Os dois conversavam com ar sério e voz baixa.

— É bom vê-lo à luz do dia — disse Lívia.

Páris e sua tia se espantaram e afastaram-se um do outro.

— Eu lhe disse para ficar em casa — a sra. Capuleto respondeu, com irritação.

Os olhos de Lívia encontraram os de Páris.

— Eu não poderia deixar o salvador de minha irmã partir sem lhe agradecer.

— Criança desmiolada...

— Minha senhora — Páris a interrompeu, sem tirar os olhos de Lívia —, eu poderia ficar a sós com sua sobrinha por um instante?

A sra. Capuleto apertou os olhos, mas moveu a cabeça em consentimento. Páris tomou Lívia pela mão e a conduziu para o lado de fora da muralha da cidade. A estrada leste estendia-se diante deles, uma faixa de terra entre as suaves colinas verdes. Páris olhou para o caminho, com ar pensativo.

— Sinceramente, a luz das tochas não lhe fazia justiça — disse ela. — Você é duas vezes mais bonito ao sol.

Normalmente, os flertes dela o faziam rir ou corar. Agora, ele a fitou com uma expressão solene.

— Lívia, farei tudo que estiver em meu poder para tirar sua pobre irmã das garras de Benvólio. O que quer que tenha acontecido a ela, sua honra será vingada. Mas você precisa estar preparada para o que posso encontrar.

— Você a encontrará sã e salva quando a tirar das mãos daquele homem — Lívia disse com firmeza.

Ele baixou a cabeça, com um sorriso triste.

— Sua fé inocente em mim talvez seja equivocada.

— Inocência não tem nada a ver com isso. — Lívia levantou a cabeça, inclinou-se para a frente e roçou os lábios dele com um beijo suave e rápido. — Vá em frente, meu defensor, e leve esse estímulo consigo.

Páris olhou para ela com surpresa e levou a mão aos lábios. Por um instante, Lívia se arrependeu de sua ousadia. Quase podia ouvir a reprovação de Rosalina.

Mas Rosalina não estava ali. Aqueles eram tempos estranhos, o futuro era incerto, e Lívia estava cansada de segredos.

Ela pôs as mãos nos ombros de Páris e lhe deu um empurrãozinho.

— Vá — disse ela. — Encontre minha irmã, por favor. Ela é tudo que eu tenho.

Páris afagou seus cabelos.

— Não tudo.

Lívia segurou a mão dele contra seu rosto por um momento antes de ele se afastar, montar no cavalo e partir pela estrada. Sua tia acercou-se dela e, juntas, as duas ficaram olhando até que ele sumisse de vista.

☦

Rosalina só foi conversar quando a noite chegou.

Quando Silvius galopava, Hécate mudava para um passo; quando Benvólio reduzia a velocidade para voltar para o lado dela, Rosalina decidia que Hécate estava ansiosa e a fazia correr. Sabia que estava sendo infantil, mas ele fizera surgir um medo em seu peito que a deixara sem saber o que dizer.

O príncipe não via com bons olhos aqueles que tomavam a justiça em suas próprias mãos. Ele havia exilado Romeu por matar Tebaldo, embora a rua inteira tivesse visto Tebaldo matar Mercúcio. Mesmo que eles voltassem a Verona com provas irrefutáveis da inocência de Benvólio,

Escalo ainda poderia puni-lo se ele não entregasse o verdadeiro assassino à justiça.

E como ela ficaria aos olhos de Escalo?

E, de novo e de novo, sua mente voltava para aqueles momentos inesperados no escritório de seu tio, e ela sentiu como se o chão estivesse desaparecendo sob seus pés.

Por fim, resolveu não pensar mais nisso. Seu príncipe estava a quilômetros de distância, e mais longe a cada minuto. Provar a inocência de Benvólio. Encontrar o verdadeiro assassino. Todo o resto podia esperar.

O sol estava se pondo quando ela subiu uma colina e encontrou Benvólio à sua espera.

— Vamos acampar aqui — declarou ele.

— Por quê? Imagino que não faltem muitas horas para chegarmos.

— Há bandidos nestas estradas. E, como a senhorita se opõe a que eu saque minha espada contra qualquer homem, por mais perverso que seja, prefiro evitá-los.

Rosalina fez uma expressão de impaciência diante de seu tom irônico.

— Está bem, já que está com medo de bandidos... ficaremos por aqui, se isso acalma o seu coração assustado.

— Está me chamando de covarde, senhorita? — Com um olhar irritado, ele abriu o cinto da espada e o jogou aos pés dela. — Se é tão valente assim, talvez seja você quem deva nos defender.

— Não seja tolo. Você parece uma criança birrenta decidida a usar cada palavra que lhe dizem como uma desculpa para choramingar. — Ela tentou erguer a espada para atirá-la de volta, mas o peso a fez cambalear. Benvólio deu uma risada cruel.

Os dois montaram acampamento em um silêncio zangado, com Rosalina cuidando dos cavalos enquanto Benvólio acendia uma fogueira. Como não tinham cobertores, Benvólio estendeu os mantos no chão para servirem de cama. Rosalina suspirou quando se virou e viu que ele tinha ajeitado os dois mantos ao lado da sacola dela, para que ela usasse ambos.

— Pegue um para você — ela insistiu.

Ele deixou seu manto onde estava.

— As noites são frias nestas colinas, senhorita.

— E você vai ficar de peito aberto nesse tempo? Pegue um manto ou acabará colhendo sua morte.

Ele se afastou de cara feia e sentou-se em um tronco perto do fogo.

— Posso ser um Montecchio assassino, mas não vou deixar uma mulher passando necessidade.

Sacudindo a cabeça, Rosalina pegou o manto de Benvólio e o colocou sobre os ombros dele. Quando sentiu como ele tremia, soube que o ferimento o havia enfraquecido mais do que ele admitiria. Mesmo assim, ele pretendia passar a noite sobre o chão úmido por ela.

Idiota.

— Você pode ser um Montecchio — disse ela, ainda ajeitando a bainha do manto enquanto o arrumava sobre os ombros dele —, mas não é um assassino.

Benvólio levantou os olhos para ela. O sol havia se posto e a luz do fogo brincava no rosto dele, encobrindo seus olhos escuros e formando sombras de contornos nítidos em suas faces.

— Tem certeza? — ele perguntou. — Porque todos os outros em Verona, com exceção apenas de você, acreditam que eu sou um matador sanguinário.

E ela agira o dia todo como se compartilhasse dessa opinião. Rosalina não acreditava que os Montecchio o condenariam com tanta rapidez, mas, depois do jeito como a cidade se voltara contra ele, era justificável um pouco de autopiedade.

— Perdão — murmurou ela. — Sempre me dizem que eu me excedo em minha ironia.

Ele sorriu.

— Ora, quem caluniou dessa maneira a língua doce e gentil de minha senhorita?

Rosalina riu.

— Alguém que falava apenas a verdade. Mas, Benvólio, se eu fui dura com você esta manhã, foi porque suas palavras encheram meu peito de medo.

Benvólio franziu a testa.

— Medo? De quê?

Ela se sentou no chão ao lado dele, olhando para o fogo.

— Depois que meu pai morreu, os Capuleto praticamente nos renegaram — disse ela. — Lívia e eu não tínhamos mais dinheiro, então eles passaram a nos ignorar. Aquele pequeno chalé foi tudo que nos concederam e não teríamos nem isso se o príncipe não tivesse oferecido sua ajuda. Lívia chorou, mas eu fiquei feliz. Não queria ter mais nada a ver com eles. Não queria nunca mais ver alguém querido perder a vida sangrando nas ruas. — Rosalina sentia os olhos dele, mas continuou virada para o fogo, recusando-se a encontrar seu olhar. — Essa briga de nossas famílias... é como uma besta selvagem. Sua sede de sangue não sacia nunca. E, se você a alimentar, receio que sua própria vida seja o próximo sacrifício que ela vai exigir.

A mão hesitante de Benvólio pousou nas costas dela.

— Eu jamais desejaria lhe causar sofrimento, minha doce amiga — ele disse com suavidade.

Rosalina esfregou os olhos com raiva.

— Mas o luto de esposas, irmãs e filhas é sempre esquecido quando chega a hora dessas brigas, não é?

— Talvez.

Ela se virou para ele. Os olhos de Benvólio estavam sérios, seu rosto bonito, menos juvenil à luz avermelhada.

— Você é o melhor deles, Benvólio. Inteligente, forte e menos estourado. Rezo a Deus para mantê-lo assim.

Benvólio baixou a cabeça e Rosalina se surpreendeu ao notar que as orelhas dele estavam muito vermelhas.

— É melhor dormirmos — disse ele.

Rosalina concordou e voltou ao manto que ele havia estendido no chão para ela. Benvólio deitou-se do outro lado da fogueira, aparentemente muito à vontade com a ideia de dormir ao relento.

Rosalina, por outro lado, nunca havia dormido fora de uma casa. Quando um graveto estalou, ela se sentou de repente.

— São bandoleiros? — ela murmurou.

A risada sonolenta de Benvólio soou acima do fogo.

— É só um coelho.

— Ah. — Ela voltou a se deitar. — Tem certeza?

Benvólio se levantou, pegou seu manto e reinstalou-se um pouco atrás dela.

— Pronto. Agora, qualquer bandoleiro ou coelho malvado terá que passar pela minha lâmina antes de chegar até você.

Ela deveria protestar por ele estar deitado tão perto, mas ele já havia começado a ressonar. Rosalina também sentia os olhos pesados. Com o calor seguro de Benvólio às suas costas, o sono não tardou a vir.

⁂

Benvólio não queria acordá-la.

Durante a noite, Rosalina tinha chegado mais perto — ou, talvez, admitia, tivesse sido ele que a puxara para junto de si —, e Benvólio acordara com o corpo quente dela pressionado contra o seu, os cabelos fazendo cócegas em seu nariz. Afastou-se delicadamente alguns centímetros e, enquanto o sol subia no horizonte, ficou deitado observando-a, sonolentamente distraído pelo modo como a luz rósea brincava nos cabelos castanhos, sorrindo ao vê-la fazer uma careta e fungar quando a fumaça do fogo quase apagado alcançou seu nariz. Mas, como ele havia lhe prometido que partiriam cedo, apertou de leve seu ombro.

— Me deixe, Lívia, o dia ainda está longe.

Ele riu.

— O dia já chegou, senhorita. Não ouve a cotovia?

Ela rolou, pondo o braço na frente dos olhos.

— Não — ela balbuciou. — Não é a...

Rosalina ficou imóvel, talvez percebendo que não estava em sua cama e que Benvólio não era sua irmã. Abriu um canto do olho.

— Talvez seja a cotovia — ela admitiu.

Benvólio sorriu.

— Estou pronto para declarar que é qualquer passarinho que você queira, senhorita.

Ela apertou os olhos para ele e se sentou.

— A que distância estamos do mosteiro?

— Umas oito léguas, acredito. — Ele levantou e se alongou, fazendo uma careta para os protestos de seu corpo dolorido da sela. Depois de comerem pão e queijo da sacola de Benvólio, desmontaram acampamento e partiram, cavalgando juntos dessa vez. Pouco depois do meio-dia, contornaram uma curva na estrada e uma grande construção de pedras surgiu à frente, cercada por terras cultivadas. Havia um prédio cinza menor ao seu lado.

— Mosteiro de Montenova — disse Benvólio. — E o Convento de Santa Cecília ao lado. Vou avisar que estamos aqui. Fique e ponha os cavalos para pastar, por favor.

— Está bem.

Benvólio caminhou até a entrada e levantou a pesada aldraba de ferro. O som da batida foi tão abafado pela grande porta de carvalho que ele se perguntou se poderia mesmo ser ouvido de dentro. Mas, um momento depois, uma voz respondeu:

— Quem está aí?

— Sou o *signor* Benvólio, de Verona — disse ele. — Procuro uma audiência com frei Lourenço, antes de nossa bela cidade, agora residindo entre os irmãos.

Houve uma pausa, depois a porta se abriu com um rangido e um pequeno monge de cabelos brancos saiu alvoroçado.

— Irmão Lourenço, o senhor disse? Para quê?

Benvólio não estava disposto a contar toda a sórdida história para um estranho, mesmo sendo um santo frade.

— Ele foi meu professor. Busco seus conselhos — respondeu Benvólio.

— Sinto muito, meu bom senhor. O irmão Lourenço não recebe ninguém. Ele ainda é recém-chegado, tem estado em profundas orações e fala pouco. Não deseja companhia.

Benvólio ocultou um suspiro de frustração sob um sorriso educado. O monge à porta o retribuiu gentilmente.

— Diga-lhe apenas que estou aqui — Benvólio pediu. — Tenho certeza de que ele mudará de ideia. Peço-lhe, por favor, que diga a ele que é uma questão urgente, referente à Casa Montecchio.

— Como quiser — disse o monge com ar duvidoso e se retirou.

Voltou alguns minutos depois.

— Como eu lhe disse — informou, com o mesmo sorriso angelical —, meu irmão Lourenço renuncia às companhias terrenas. Tenha um bom-dia, meu filho.

— Espere! É urgente. Por favor...

Mas a porta fechou-se em sua cara. Suspirando, ele voltou e acercou-se de Rosalina.

— O que eles disseram? — ela perguntou.

— A porta está barrada para nós. — Benvólio falou um palavrão. — Desculpe.

Ela encolheu os ombros.

— Se fosse permitido às mulheres dizer palavrões...

— Viemos até aqui! Eu tinha certeza de que ele nos ajudaria. — Benvólio olhou de novo para a porta. — O que vamos fazer? — A mão dele deslizou até a espada.

— Benvólio! — Rosalina segurou o braço dele. — Você não vai puxar a espada contra homens de Deus. Deve haver outra maneira. — Ela franziu a testa, enquanto enrolava o dedo em um cacho de cabelo. — Refúgio — falou por fim. — Volte lá e peça refúgio. Pelo menos você estará dentro do prédio. Frei Lourenço não poderá escapar de você para sempre. Ele terá que aparecer para comer. Não vai poder fingir que não o conhece.

Benvólio sacudiu a cabeça.

— Refúgio é para as pessoas que estão correndo risco de vida — disse ele.

— E qual você acha que é a *sua* situação? — Rosalina o lembrou.

— É, tem razão. Mas e você?

— Vou para o Convento de Santa Cecília. As freiras deixarão uma donzela passar a noite lá, com certeza.

Benvólio fez uma expressão de descontentamento.

— Não gosto da ideia de você estar tão longe. Mas imagino que esteja segura entre suas futuras irmãs.

Ela pareceu surpresa.

— O quê?

— Quando você se tornar freira, eu quis dizer.

— Ah... claro. — Ela fez um gesto com a cabeça, indicando o mosteiro. — É melhor você ir.

Que estranho, ele pensou. Por um momento, ela pareceu ter se esquecido totalmente dos planos de se tornar freira. Não teria mudado de ideia, teria? Esse pensamento foi surpreendentemente bem-vindo... por causa dela, é claro, não por causa dele. Como uma jovem tão bonita e esperta poderia se esconder do mundo, deixando que seu frescor de juventude se perdesse sem que ela fosse admirada e amada?

Entretanto, como ele sabia que qualquer palpite que ele desse sobre o assunto não seria bem recebido, não comentou nada.

— Está bem.

Retornando ao mosteiro, Benvólio bateu novamente à porta. Quando esta se abriu, o monge suspirou.

— Meu filho...

Benvólio jamais havia empurrado um homem de Deus em sua vida, e procurou fazer isso agora da maneira mais gentil possível. O monge deu um pequeno grito assustado quando Benvólio passou por ele e entrou no saguão.

— Mas o que é isso?

Benvólio levantou a mão para acalmá-lo.

— Eu peço refúgio entre estas paredes.

O monge apertou os olhos.

— Refúgio não é para crianças que não conseguiram o que queriam. É um abrigo para almas desesperadas em perigo mortal no lado de fora.

Benvólio lhe ofereceu um sorriso triste.

— Santo padre, é evidente que o senhor sabe pouco do que se passou em Verona nos últimos tempos. Perigo mortal é uma descrição adequada para minhas circunstâncias.

O monge levantou as mãos e apressou-se para dentro. Voltou alguns minutos depois e conduziu Benvólio para a sala do abade, onde lhe foi dito uma vez mais que não poderia falar com frei Lourenço.

— Então eu simplesmente vou ficar até que ele esteja disponível para me receber — Benvólio disse com firmeza. — Há alguma tarefa que um homem capaz possa fazer pela sua santa ordem, padre? Terei muito prazer em ajudar pelo tempo que permanecer aqui.

O abade suspirou.

— Bem, filho, parece que não terei como convencê-lo. Sr. Montecchio, pode passar a noite aqui, se concordar em partir ao nascer do sol.

Benvólio sorriu.

— De bom grado, desde que eu tenha feito o que vim fazer. Onde está frei Lourenço?

— Eu já lhe disse que ele não vai recebê-lo! — Mas os olhos do abade se deslocaram por um rápido instante para uma torre no canto nordeste do prédio. Benvólio sorriu por dentro. O plano de Rosalina tinha sido mesmo inteligente.

☦

Podia ser assim seu lar futuro.

Um convento como este. O Santa Cecília era bem menos grandioso que o mosteiro, embora construído das mesmas pedras, frias e cinzentas. Muitas damas de Verona faziam seus votos religiosos ali. Há tempos planejava um dia estar entre elas. Mas, claro, o príncipe mudara tudo. Rosalina bateu na grande porta de madeira e uma janelinha se abriu.

— Quem é? — perguntou o corte retangular de uma freira que apareceu na abertura.

— Alguém que deseja abrigo para passar a noite — ela respondeu. — Meu nome é Rosalina, filha de Niccolo Tirimo. Sou uma dama e donzela.

— Entre, minha filha — ela respondeu para Rosalina.

Ela entrou, olhando em volta enquanto seguia a freira até os aposentos da abadessa. O convento era simples, mas bem-arrumado, e ecoava os sons de orações e os passos quietos de suas ocupantes, vestidas de preto. Algumas delas lançavam olhares curiosos para Rosalina, provavelmente pensando que ela fosse uma nova postulante. Benvólio devia estar se perguntando por que ela havia esquecido que um dia entraria em um convento como aquele. Na verdade, ela nem pensara no que dizer a seu companheiro de viagem. Deveria lhe contar que seu coração era do príncipe agora? Não havia nenhum entendimento oficial entre ela e Escalo e, de qualquer modo, que importava isso para Benvólio? A única razão de eles terem passado tanto tempo juntos era para escapar do noivado. Se ele soubesse que outro homem a cortejara, provavelmente ficaria feliz. Sim, seria provavelmente um grande alívio para ele ver-se livre dela de uma vez por todas, ainda que ela sempre o tenha ajudado, tenha acreditado nele quando ninguém mais acreditava, tenha até fugido da cidade para ajudá-lo. Mas e daí? Ele sempre...

— Senhora?

Rosalina se virou e viu sua guia vindo hesitante atrás dela. Em sua raiva, havia passado na frente da mulher sem nem perceber.

Estava cansada da viagem. Era só por isso que havia ficado tão irritada ao pensar em Benvólio abençoando seu amor por Escalo. E se recusou prudentemente a procurar outra explicação para aquela ideia.

☦

Benvólio encontrou dificuldade para localizar o frade.

O jovem Montecchio passou o dia ajudando os monges, cortando madeira, carregando água, cuidando dos animais. Eles lhe deram um cataplasma para seu ferimento, que já estava cicatrizando. Por sorte, não tinha sido muito profundo. Mas, por mais que tentasse agradá-los, nenhum concordava em levá-lo para ver o homem que ele viera procurar. Tinha a sensação de que o abade estava lhe dando tarefas ao ar livre para mantê-lo longe de sua presa.

Impaciente, no segundo dia ele jantou cedo e depois ficou esperando do lado de fora do refeitório, em um canto onde não podia ser facilmente observado. Os monges entravam e saíam em grupos de dois ou três, ficando cerca de uma hora na sala de refeições antes de se dirigir para as orações noturnas. Por fim, quando os hinos da noite começaram a ecoar nos corredores de pedra, ele avistou uma figura solitária saindo apressada do refeitório.

— Boa noite, padre — disse ele, saindo de seu esconderijo para bloquear a passagem de frei Lourenço.

Frei Lourenço assustou-se e levou a mão ao peito. Com um olhar irritado para Benvólio, fez o sinal da cruz e moveu-se para contorná-lo. Benvólio deu um passo para o lado e o bloqueou outra vez.

— Eu lhe disse boa noite. Não tem nenhuma palavra gentil para seu velho aluno?

Frei Lourenço apenas fez uma cara de desagrado e passou por ele a passos rápidos. Aparentemente, seu silêncio não seria rompido com facilidade.

Mas Benvólio não desistiria com facilidade também e foi atrás do frade.

— Pois bem, então eu vou acompanhá-lo. Tenho certeza de que está ansioso por notícias de casa, já que foi banido de lá. — O frade tentou andar mais depressa, mas as pernas longas de Benvólio o acompanharam sem dificuldade. — Outro de seus antigos pupilos está morto, o senhor sabia? — O frade fez uma expressão de dor ao ouvir isso. — Sim. Truchio foi assassinado. Dizem que foi um homem todo vestido de preto. O senhor sabe quem poderia ser essa sombra mortífera de Verona, padre? — Sua voz havia ficado mais alta. Os monges que passavam por eles pareciam um tanto escandalizados por aquelas informações tão terrenas estarem sendo compartilhadas sob aquele teto. Frei Lourenço, que agora murmurava uma ave-maria, sacudiu tensamente a cabeça. — Vamos, eu tenho certeza de que o senhor sabe. Sempre esteve no centro das atividades sangrentas de minha família. Ora, Romeu se matou praticamente sob o seu nariz!

Um jovem monge de olhos arregalados fez o sinal da cruz quando os dois passaram por ele. Benvólio não se importou. Uma raiva inesperada estava crescendo em seu peito. Verona pegava fogo e o frade se enclausurara naquele lugar sonolento. Quanta covardia!

— Bem — continuou Benvólio —, se o senhor não sabe quem pode ser esse homem, e quanto à mulher que o ajuda?

Uma expressão de choque passou pelo rosto de frei Lourenço.

— Sim — disse Benvólio. — Há uma mulher envolvida em tudo isso, como o senhor bem sabe.

Tinham chegado à base da torre de frei Lourenço. Depois de abrir a pesada porta de madeira, o frade por fim virou-se para encará-lo.

— Pare — ele sussurrou. — Eu não posso ajudá-lo. Juro que ajudaria se pudesse, mas não posso. Vá para casa.

Ele tentou fechar a porta, mas Benvólio a segurou.

— Eu não tenho casa. Se puser os pés dentro das muralhas de Verona, serei morto. Estou sendo acusado da morte de Gramio, um jovem Capuleto.

Ele seguiu o frade pela escada em espiral até o alto da torre. O frade era um homem culto e parecia que seus irmãos o haviam honrado com aposentos especiais. Ele estava ali havia pouco mais de um dia, mas devia ter enviado suas coisas com antecedência, pois se encontrava confortavelmente instalado, como se já morasse ali há anos. Seu quarto era pequeno, mas arejado, com janelas em três lados. Os livros estavam alinhados em estantes, e Benvólio reconheceu muitos dos volumes de latim e matemática que o haviam torturado quando pequeno, bem como a Romeu. Sobre uma mesa, havia papéis espalhados e tinteiros. Plantas transbordavam de seus vasos e desciam, entrelaçando-se pelo parapeito das janelas. Aquilo devia ser o paraíso na terra para o velho frade erudito aposentado.

— Um bom quarto — disse Benvólio. — Receio que a prisão do príncipe não seja tão confortável. Meu destino não o incomoda nem um pouco, meu velho mestre? Ou vai passar seus dias aqui, ocioso, até que todos os seus alunos sejam mortos e não sobre mais nenhum de nós para lembrá-lo de seus pecados?

Finalmente, frei Lourenço virou-se para ele, e a expressão séria de seu rosto fez Benvólio recordar os tempos de escola. O frade era um professor bondoso e tolerante, mas, nas raras ocasiões em que os pequenos Montecchio o provocaram até o limite de sua paciência, a fúria dele os surpreendera. Benvólio ainda podia sentir a ardência do peso de sua mão.

Porém ele não era mais criança.

— Ouça bem minhas palavras, jovem atrevido — disse o frade. — Por mais que eu queira acabar com a sanguinária sanha de seus parentes, minha lealdade é a um poder maior que os Montecchio. Mesmo por meus queridos alunos, eu não vou quebrar meus votos.

Ah. Finalmente uma pista. Benvólio agarrou-se a ela.

— Quebrar seus votos?

Frei Lourenço fechou os olhos.

— Falei sem pensar.

Que parte de seus votos poderia impedir o frade de salvar vidas? Benvólio se pôs a refletir enquanto o frade ia até a janela e se apoiava no parapeito, o corpo curvado em um arco de derrota. Benvólio afastou uma pilha de papéis e se sentou em um canto da mesa. Então a ideia lhe veio: um frade era confidente de todo tipo de informações, muito poucas das quais ele tinha liberdade para compartilhar.

— Alguém lhe contou em confissão — ele compreendeu.

Frei Lourenço não disse nada, mas seus ombros caídos revelaram a Benvólio que ele estava certo.

— Quem foi? — ele perguntou.

— Você sabe muito bem, menino, que eu não posso contar.

— Padre, há vidas em jogo. Dê-me um nome. Alguma pista, pelo menos. Deus vai entender.

— Quer dizer que agora você conhece os planos de Deus? — O frade soltou uma risada amarga. — Não, eu já pequei demais em nome de sua família.

Benvólio apertou as mãos, em frustração. Acabou então esbarrando em uma das pilhas de papéis, que começaram a escorregar da mesa. Ao segurá-los, notou um pequeno caderno vermelho. Estava aberto, com as duas páginas preenchidas com a caligrafia diminuta e perfeita do frade. Uma passagem chamou sua atenção.

... temo que, se ela não parar, Romeu logo venha a...

Benvólio franziu a testa, intrigado. Frei Lourenço ainda estava de costas para ele, com a cabeça baixa em oração. Sem dúvida, rezando para que Benvólio o deixasse ser um covarde em paz. Discretamente, Benvólio puxou o diário para mais perto, para poder ver a página inteira.

A. veio se confessar comigo outra vez hoje. Doce alma, ela pouco compreende as informações que tem. Sua lealdade é digna de admiração, ainda que aqueles a quem ela a dedica tenham pouco mérito.
Os ataques continuam e, claro, ninguém suspeitará de seus culpados, pois a vilania está em esferas muito elevadas. Temo

que, se ela não parar, Romeu logo venha a receber a companhia da maior parte de seus parentes, e dos Capuleto também, por mais estranho que isso possa parecer. Mas não posso falar para deter o braço assassino de L. O que a megera pode ter feito para ganhar tão fanático seguidor? E como pode uma mãe perseguir assim quem a própria filha...

Antes que Benvólio pudesse continuar lendo, uma mão desceu sobre as páginas do caderno. Frei Lourenço o puxou depressa e o fechou.

— Como você ousa? — ele rosnou, com o rosto pacífico transtornado de medo e fúria.

— Como *o senhor* ousa? — Benvólio gritou, apontando um dedo para o caderno. — Chega, padre! Eu sei muito bem que a duquesa de Vitrúvio está por trás de tudo isso e aqui está a prova!

O frade respirou fundo. Suas narinas tinham ficado muito pálidas.

— Você não sabe de nada.

— L. Quem é L, padre? — Ele viu de repente, em sua mente, o criado corpulento e silencioso da duquesa inclinando-se para ela. Lúculo. Seu mordomo. Era ele quem usava a máscara. Benvólio estendeu a mão. — Dê-me o caderno. O príncipe precisa saber disso.

Mas frei Lourenço correu para a janela e tocou um sino que estava pendurado ali. O clangor ecoou por todo o pátio abaixo. Segundos depois, três dos criados dos monges entravam pela porta.

— Peguem-no — disse ele. — Conduzam-no para fora de nossas paredes. O refúgio dele terminou.

☦

Rezar e cozinhar. Então rezar e lavar. Rezar.

O dia era longo, o trabalho era duro, a comida era pouca, e a cama era fria. A abadessa era uma mulher de cinquenta anos e olhar gelado, claramente desdenhosa de mãos nobres e macias. Para agradá-la, Rosalina tinha insistido em se juntar inteiramente à vida do convento pelo tempo que permanecesse ali, da mesma forma que uma postulante faria, mas, ajoelhada no jardim, tentando arrancar nabos do chão com os dedos doloridos, ela agradecia por não estar adotando aquela vida permanentemente.

Fez uma pausa para enxugar o suor da testa. A poucos passos de distância, uma postulante inclinava-se sobre sua própria fileira de nabos; duas outras estavam ajoelhadas além dela. Em poucos minutos, o sino tocaria e elas entrariam para se lavar e jantar. Na verdade, não era o trabalho que a incomodava, mas ela já se irritava com a tirania monótona do sino de hora em hora. Os sons e a cor da vida em Verona pareciam tão distantes quanto o Oriente. Aqui, havia apenas o murmúrio das orações, as pedras acinzentadas, e sempre aquele sino. Havia beleza na ordem e na simplicidade da vida das freiras, mas, pelos céus, aquilo era chato.

No entanto, ela havia passado um dia inteiro sem ouvir uma vez sequer os nomes *Montecchio* e *Capuleto*. O que, sem dúvida, era uma mudança agradável. Seria improvável ter um dia assim depois que fosse princesa de Verona.

A ideia a fez sentir um calafrio. Se casasse com Escalo, seria uma princesa. Como nunca pensara nisso?

A mãe de Escalo tinha sido a princesa Maria, a filha bonita e delicada de um duque siciliano. Seu círculo de relações era pequeno e íntimo.

Algumas poucas mulheres a atendiam, entre elas, a mãe de Rosalina. Todos os verões, ela saía a cavalo para caçar com o sr. e a sra. Montecchio na propriedade deles. A princesa detestava caçadas. Ela chorava ao ver as presas caírem. Mas esse era o preço que pagava por não ter uma mulher Montecchio em seu círculo mais íntimo. Não podia parecer favorecer uma família sobre a outra.

Se Rosalina se casasse com Escalo, manter a paz entre as grandes casas de Verona seria tanto tarefa dela quanto dele. A inimizade que parecia tão distante daquele pomar tranquilo seria sua ocupação diária.

Bem, alguém precisava fazer isso, ela pensou com resignação. Talvez a tarefa de Escalo fosse mais fácil se ele se casasse com alguém que já conhecia os jogadores daquele jogo interminável.

— Ah, veja como a poderosa casa de Tirimo decaiu.

Ela se virou e viu Benvólio, com as mãos presas no cinto, olhando para ela com um sorriso zombeteiro.

— Boa noite, Benvólio. Acha que o trabalho bom e honesto a serviço de Deus é tão vergonhoso?

— Acho que você parece mais desesperada agora do que quando estava com três espadas apontadas para a sua garganta.

Ela não lhe disse que sua expressão séria viera da ideia de ter que caçar com os parentes dele. Em vez disso, enxugou as mãos no avental que haviam lhe emprestado e se levantou.

— Desesperada? Nunca estive menos — ela afirmou.

— Jura? Acha de verdade que pode abdicar da beleza e da animação de Verona por nabos e esses sinos infernais?

— O ritmo do sino é tranquilizador — ela revidou, como se não tivesse acabado de pensar exatamente o mesmo que ele. — E, de qualquer modo, o que você tem com isso, sr. Benvólio?

Ele deu de ombros.

— Acho você bem mais bonita sem um revestimento de terra. — Ele esticou o polegar e o passou na lateral da testa dela.

— Ãhã.

Eles se viraram e viram a abadessa os observando com os olhos apertados. Benvólio recolheu a mão.

A abadessa pôs a mão no ombro de Rosalina e a afastou dele.

— Recebemos um comunicado de Montenova — ela informou a Benvólio. — Frei Lourenço diz que o senhor foi expulso de lá e que não devemos manter nenhum contato. Venha, minha filha, temos uma bacia para você se lavar.

Rosalina a seguiu até um aposento perto do jardim. Enquanto ela jogava água fria do poço nos braços e rosto, a abadessa lhe disse:

— Não haverá nada disso, você sabe.

— Nada do quê, madre?

— Você me garantiu que era uma dama nobre de bom caráter quando se abrigou sob nosso teto. Que havia se mantido casta e distante da companhia dos homens.

Rosalina riu.

— Está se referindo a Benvólio, madre? Eu lhe garanto que não precisa se preocupar por causa dele.

— Eu sei como é a cara do pecado, senhorita. — Ela jogou uma toalha para Rosalina. — Enxugue-se.

Ela obedeceu sem mais palavras, pois não pôde pensar em nada para dizer que não fosse inaceitavelmente rude. Mas a abadessa parecia não ter a mesma preocupação.

— Os frades me disseram que Benvólio deve voltar a Verona — disse ela, depois que Rosalina se lavou e trocou de roupa. — Você, claro, permanecerá aqui até que encontre uma companhia mais adequada.

Rosalina piscou.

— Desculpe, madre, mas não posso. Se Benvólio já conseguiu o que veio procurar, preciso voltar com ele.

— Você não vai viajar sozinha pela estrada com um jovem arruaceiro cuja companhia nem os santos irmãos puderam suportar. Sua castidade exige que fique aqui.

O olhar de Rosalina acompanhou o da abadessa para fora da janela, onde Benvólio aguardava do outro lado do jardim. Ele acenou quando a viu olhando. Rosalina sacudiu a cabeça.

— Minha castidade não está em perigo com ele.

— O pior pecado é aquele que o pecador não vê.

Rosalina se cansou daquela conversa. Com uma reverência para a abadessa, saiu depressa e foi se encontrar com Benvólio.

— Soube que nem os monges conseguiram suportar a sua companhia — ela provocou.

Mas ele estava sério.

— Vamos. Precisamos voltar para Verona. — Ele pôs a mão nas costas dela e a conduziu para o portão. Sabendo que a abadessa ainda os observava, Rosalina sentiu o toque dele queimá-la através da roupa. Tentou dar um passo recatado para o lado, mas ele se manteve protetoramente perto.

Do lado de fora do portão do convento, ela encontrou Hécate e Silvius selados e prontos para partir. Benvólio virou-se para ela.

— Falei com frei Lourenço. — Ele contou resumidamente o que havia acontecido no mosteiro.

— Então ele não mencionou o nome da duquesa? — perguntou ela, franzindo a testa.

— Não, mas está bem claro, não está?

Rosalina teve que reconhecer que estava.

— Então L é Lúculo — disse ela. — Isso explica como a duquesa pôde fazer a matança. Mas quem é A?

— Isso ainda me intriga.

— A... A. — Rosalina estalou os dedos. — Angélica.

— Angélica?

— É o nome da ama de Julieta. Lembra que ela esteve na casa da duquesa?

— Claro. Ela deve ter visto algo lá e contado para o frade, sem perceber as implicações das informações que tinha. — Benvólio pareceu preocupado. — Espero que aquela boa alma não tenha falado disso com mais ninguém além de seu confessor.

Rosalina estremeceu. Detestava pensar que a ama de Julieta pudesse estar em perigo.

— Você está com o caderno? É melhor mostrarmos para o príncipe.

— Não, frei Lourenço fez seus auxiliares me expulsarem do quarto. Não me deixou pôr as mãos nele.

— Bem, então só nos resta contar ao príncipe o que você viu. — Se conseguissem convencer o príncipe a acreditar na história de Benvólio, ela acrescentou para si mesma. Escalo podia amá-la, mas, na última vez em que o vira, isso não havia sido suficiente para convencê-lo a confiar em Benvólio.

Benvólio notou a inquietude dela.

— O que foi?

Ela sacudiu a cabeça.

— Só um Montecchio poderia irritar tanto um grupo de santos frades a ponto de eles não conseguirem suportá-lo nem para conceder o refúgio sagrado.

Benvólio, que estava examinando as rédeas de Silvius, parou para olhá-la com ar ofendido.

— A mulher de hábito preto não pareceu tão satisfeita com você, megera Capuleto.

Era verdade. A abadessa a observava do outro lado do pátio com um olhar capaz de pulverizar granito. Rosalina deu-lhe um pequeno sorriso e fez uma curta reverência.

— Sim, mas isso porque ela queria que eu ficasse, não que eu fosse embora. Ela acha que não estarei segura na estrada com você.

Benvólio franziu a testa.

— Talvez ela esteja certa. Talvez você devesse ficar.

— Para que os homens do príncipe o matem assim que o avistarem? Não seja bobo. Eu preciso dar testemunho de sua honestidade, você sabe bem disso.

— Se eu tiver que sacrificar minha própria segurança para proteger você...

— Então você é bobo mesmo e me irritará profundamente. Não há lugar mais seguro para mim na Itália do que ao seu lado. — Sem esperar resposta, ela segurou na sela de Hécate e montou. — Venha. O tempo está passando. Vamos embora.

Em seguida virou Hécate e se pôs em marcha pela estrada poeirenta de volta a Verona. Depois de um minuto, ouviu um resmungo baixo de Benvólio atrás de si e o som dos cascos de Silvius. Pelo menos, ele tinha acatado sua opinião.

✠

O céu escureceu acima deles.

Benvólio olhou apreensivo para as nuvens cinzentas. Nas poucas horas desde que haviam partido do mosteiro, o céu tinha passado de um azul suave e enevoado para um cinza-chumbo, e o ar soprava com um frio ameaçador. À sua frente, o cabelo de Rosalina voava para todos os lados ao vento enquanto ela se inclinava sobre o pescoço estendido de Hécate.

Ele a alcançou.

— Rosalina! — ele gritou acima do barulho do vento. — Este céu é um mau presságio! Haverá uma tempestade violenta! Precisamos encontrar abrigo para passar a noite.

Ela sacudiu a cabeça, fazendo Hécate continuar ainda mais rápido.

— Temos que ir em frente!

— Rosalina. — Ele estendeu o braço e segurou as rédeas de Hécate, reduzindo o passo de ambas as montarias. — Não chegaremos a Verona se nos perdermos no caminho em uma tempestade. Não podemos retornar esta noite.

Rosalina levantava o queixo teimosamente, uma expressão que Benvólio já começava a aprender que reduzia muito suas chances de fazê-la mudar de ideia.

— Eu lhe peço por favor — ele falou depressa. — Já estou sendo falsamente acusado por uma morte. Não me faça ser realmente responsável pela sua.

— Não seria sua culpa.

— Você me disse quando saímos do convento que confiava sua vida a mim — ele insistiu. — Se você morrer no caminho, isso provará que a abadessa mal-humorada estava certa.

Antes que Rosalina pudesse responder, ouviram uma forte trovoada, e Hécate começou a se agitar nervosamente.

— Está bem — Rosalina respondeu, acalmando a égua trêmula com afagos no pescoço. — Vamos parar na próxima aldeia e passar a noite lá.

— Combinado.

Seguiram em frente, mas o avanço logo ficou lento quando a tempestade começou de fato. A água açoitava o rosto deles e as árvores dançavam à ventania enquanto o céu ficava negro. Benvólio cavalgava ao lado de Rosalina, tentando protegê-la do vento, mas havia pouco que pudesse fazer. Os cavalos andavam com dificuldade, escorregando e deslizando quando os cascos afundavam na lama.

Estavam a menos de uma légua da aldeia mais próxima, pelos seus cálculos, quando seus piores medos se tornaram realidade. Um raio atingiu uma árvore a poucas colinas de distância e, diante do clarão ofuscante e do barulho ensurdecedor, Silvius empinou, relinchando. Por alguns instantes tensos, Benvólio lutou para acalmar o animal aterrorizado. No momento em que conseguiu se reequilibrar com os quatro cascos no chão, Benvólio ouviu outro grito. Ele se virou e viu que Rosalina não tivera a mesma sorte. Hécate disparara pela trilha, com Rosalina agarrada desesperadamente às rédeas.

Ela desapareceu em meio às árvores. Enquanto pressionava os calcanhares contra as laterais de Silvius, ele avistou de relance seu manto escarlate ao longe. A trilha estreita serpenteava montanha abaixo sobre a margem de um rio; na véspera, era apenas um riacho sonolento bem abaixo, mas a chuva o inchara e agora ele rugia tão alto que Benvólio mal podia ouvir os cascos de Silvius batendo contra o chão. Seus olhos se esforçavam para enxergar na escuridão, mas não conseguiam avistar nenhum sinal dela. E, então, ele a ouviu gritar outra vez. Inclinando-se sobre o pescoço do cavalo, ele o incitou a correr mais depressa e fez uma curva bem a tempo de ver Hécate empinando. Um raio riscou o céu e, por um momento, ele viu Rosalina paralisada, agarrando-se desesperadamente ao pescoço de Hécate, antes que a égua perdesse o equilíbrio e amazona e montaria despencassem pelo barranco.

— Não!

Benvólio mal pôde acreditar que o grito rouco que ouvira havia saído de sua própria garganta. Ele se jogou de cima de Silvius e correu para o ponto desmoronado da trilha onde ela havia desaparecido.

— Rosalina! — ele gritou. — Rosalina!

Caindo de joelhos, ele forçou a vista em busca de algum sinal dela. Tudo que podia ver era uma queda íngreme e lamacenta de uns trinta metros, até as rochas pontiagudas e a água revolta lá embaixo. Ninguém poderia sobreviver àquela queda.

Ela havia sido levada. Estava morta.

Foi como se Silvius tivesse acertado um coice em seu peito. Benvólio não conseguia respirar. Sem se importar com a chuva e com o vento, ele se agachou no chão, com as mãos pressionadas na testa, os olhos muito abertos, mas sem ver nada. *Ela está morta, ela está morta, ela está morta.*

Foi quando outro raio iluminou o céu e um borrão escarlate chamou sua atenção.

Arrastando-se sobre as mãos e os joelhos até a beira do penhasco, ele olhou sobre a borda. Sim! Ali estava, a uns três metros abaixo da trilha. Uma pequena plataforma rochosa se projetava da lateral do penhasco e, sobre ela, encontrava-se a figura encolhida de Rosalina.

Enquanto ele observava, ela se mexeu e gemeu. Com o coração na garganta, ele gritou:

— Rosalina!

Ela fez um esforço para se sentar.

— Benvólio?

— Você está ferida?

— Acho que não muito.

— Não se mova. — Ele correu de volta para Silvius e pegou uma corda que estava amarrada à sua sela. Prendeu uma das extremidades a uma árvore, fez um nó corrediço na outra ponta e a atirou para Rosalina.

Ela enfiou a cabeça e os ombros pelo laço.

— Segure firme — ele instruiu. Ela concordou com a cabeça e segurou a corda com força. Benvólio deitou-se de bruços e começou a puxar. Seu peito ardia. O ferimento tornava o esforço mais difícil do que deveria ser. Ele sentia que suas palmas começavam a escorregar. Apertou os dentes e puxou com mais força.

Quando achava que não aguentaria mais, as mãos de Rosalina apareceram e ela fez força para cima. Benvólio estendeu a mão e ela a agarrou. Ele a içou até a borda e, então, lá estava ela, sã e salva. Ambos desabaram no chão lamacento.

Benvólio se sentou e a ajudou a ficar de joelhos.

— Você está bem? Não está ferida? — Suas mãos tatearam sua cabeça, ombros e braços, à procura de algum ferimento.

Ela o segurou pelos pulsos e lhe deu um sorriso trêmulo.

— Não, estou bem.

Benvólio pegou o rosto de Rosalina entre as mãos e apoiou a testa na dela. Sua respiração saía ofegante; ele não conseguia acalmar o coração acelerado. Ela estava bem. Ela estava viva. Ela estava *viva*.

Ele a beijou.

Sentiu a respiração dela parar quando sua boca se inclinou sobre a dela, desesperada e possessiva. Suas mãos se enfiaram nos cabelos dela, enquanto as dela seguravam sua túnica. Não houve na mente de Benvólio nenhuma decisão de puxá-la para mais perto, nenhum pensamento, a não ser a necessidade de *sentir* que ela ainda estava viva. Ele a apertou contra si, cada centímetro deles pressionado um de encontro ao outro, dos ombros aos quadris e joelhos, enquanto sua boca explorava a dela.

Uma trovoada violenta os fez se separarem com um susto. Ela ergueu os dedos para os lábios inchados, encarando-o de olhos arregalados. Benvólio engoliu em seco. Não sabia o que dizer.

Ele a soltou e se levantou.

— É melhor continuarmos — disse ele. — Precisamos encontrar abrigo.

Rosalina baixou a cabeça e concordou, levantando-se também e tentando sem sucesso tirar um pouco da lama do vestido e dos cabelos.

— Hécate se foi — disse ela, com a voz trêmula. — Ela escorregou lá para baixo. Eu sinto...

Benvólio interrompeu o pedido de desculpas bruscamente.

— Vamos embora. Silvius pode levar nós dois. — Ele a ajudou a subir em Silvius antes de montar na frente dela. Rosalina o abraçou pela cintura e Silvius seguiu pela trilha uma vez mais.

Por sorte, não haviam se desviado muito da estrada principal. Mesmo ali, porém, as condições eram perigosas, com galhos quebrados espalhados pelo caminho. Para mantê-los em segurança, Benvólio precisava concentrar toda a sua atenção e agradecia por isso. Não estava com vontade de refletir sobre aquilo que acabara de fazer.

Ainda que, com os braços de Rosalina em volta de sua cintura e o calor dela em suas costas, fosse difícil não pensar.

Depois de cerca de uma hora, ele avistou uma aldeia à frente. Insistiu com o exausto Silvius para continuar em marcha até a alcançarem. Havia uma hospedaria, graças aos céus, aparentemente limpa e decente. Ele parou Silvius do lado de fora. Pela respiração regular de Rosalina em seu pescoço, sabia que ela estava dormindo. Apertou-lhe a mão de leve.

— Rosalina. Acorde.

— Humm — uma voz cansada soou sobre seu ombro. — Estamos em casa?

— Não, senhorita. Ainda faltam muitas léguas para chegarmos em Verona. Vamos passar a noite aqui?

O calor dela deixou suas costas, e ele tentou não sentir muito sua falta.

— Não podemos continuar? Não, acho que não. Está bem.

Alugaram dois quartos para passarem a noite. O hospedeiro se irritou por ter sido acordado, mas Benvólio o amoleceu com uma gorjeta generosa.

Depois de acompanhar Rosalina em segurança até seu quarto, Benvólio desabou na cama e dormiu quase instantaneamente.

⁂

Benvólio! Rosalina acordou e deu um pulo.

Ela sentou-se ereta na cama, com o coração acelerado. Antes de dormir, o cansaço não a deixara pensar muito nos acontecimentos da noite. Agora, depois de algumas horas de descanso, o peso em sua mente foi tão grande que a fez acordar.

Ele a beijara. Ele a *beijara*. E não tinha sido um beijo cavalheiresco na mão. Tinha sido um beijo de amantes. O que ela faria agora?

Talvez ele não quisesse dizer nada com aquilo. Alguns homens, ela sabia, aproveitavam-se dessa vantagem casual sobre uma dama sozinha. De certa forma, seria mais fácil descartar tudo como um capricho momentâneo dele. Mas Benvólio sempre se mostrara um homem honrado. E a ternura que ela vira em seus olhos falava de algo mais que um desejo passageiro.

Rosalina desceu os pés até o chão e fez uma careta ao sentir o corpo dolorido. A queda tinha deixado mais contusões do que ela imaginara na véspera. Passou de leve a mão pela parte de trás da cabeça; havia um calombo latejante ali, onde ela se chocara com as pedras.

A camareira bateu à porta e se ofereceu para lhe preparar um banho, o que ela aceitou, agradecida. Depois que a grande bacia foi enchida com baldes de água quente, Rosalina se afundou nela com um suspiro de alívio, esfregando a lama, o medo e a confusão da noite anterior.

Se ele tivesse simplesmente lhe roubado um beijo, estaria tudo bem. Mas não, por Deus, ela retribuíra o beijo, toque por toque, respiração por respiração. Afundou-se na água, envergonhada ao se lembrar de seu comportamento devasso. Havia rejeitado Romeu porque odiava a ideia de se envolver na briga de suas famílias — e, de repente, na noite passada, vira-se tão enrolada com outro Montecchio que ficava difícil dizer onde terminava Capuleto e começava Montecchio.

Quase podia ver a sombra de sua prima Julieta rindo dela.

O que ele queria dela? Ou melhor, o que ela queria dele? Se havia uma coisa de que Rosalina achava que tinha certeza, era de que nunca amaria nenhum homem que não fosse Escalo. A vergonha a invadiu quando o rosto do príncipe apareceu em sua mente. Meu Deus, ela estava quase noiva dele!

Ou não?

Na última vez em que vira Escalo, ele lhe declarara seu amor. Ele a olhara com toda a ternura que ela sempre desejara ver nele. E a deixara com o conhecimento de que quase certamente pediria sua mão na manhã seguinte.

E ela fugira durante a noite com outro homem.

Tivera suas razões, é claro. Mas já era tempo de encarar a verdade: uma parte dela ficara feliz por escapar antes que Escalo pedisse sua mão, porque não tinha certeza de qual deveria ser sua resposta.

Aquela parte dela parecia ficar mais forte cada vez que o sorriso travesso de Benvólio acendia um calor tímido em sua barriga.

Mas o que isso importava? Ele continuava sendo um Montecchio. Mesmo se Escalo nunca a tivesse cortejado, qualquer união entre ela e Benvólio só poderia terminar em sofrimento. Um beijo incitado pelo medo e batido pela tempestade não mudava isso, nem mudava o que ela sentia por Escalo. Ordenando seriamente a si própria que parasse de se afligir, ela voltou a atenção para se esfregar até ficar vermelha.

Depois de um bom banho e de passar um pente pelos cabelos molhados, sentiu-se um pouco melhor. A camareira havia limpado suas roupas enlameadas e ela se vestiu e atravessou o saguão até o quarto de Benvólio.

— Entre — ele falou quando ela bateu. Rosalina abriu a porta e o encontrou despido até a cintura, com os cabelos molhados, vestindo-se após o banho.

Rosalina soltou uma exclamação de surpresa e pôs a mão na frente dos olhos. Ao ouvir o som, Benvólio se virou.

— Rosalina!

— Por favor, desculpe...

— Não, não, a culpa é minha, pensei que fosse o atendente...

Rosalina se virou e voltou para a porta, sem abrir os olhos. Esbarrou em alguma coisa em cima de um móvel, que aterrissou no chão com um estrondo. Ao tentar pegá-la, bateu a cabeça no móvel.

— Calma, senhorita. — A mão de Benvólio estava em seu ombro. — Pode abrir os olhos com segurança.

Ela se virou e o encontrou agora totalmente vestido, pegando o cinto no chão e parecendo intrigado ao vê-la de repente tão desastrada. Um único beijo parecia tê-la transformado em uma idiota.

Já bastava. Ela sempre fora a cabeça mais equilibrada entre eles; não era hora de deixar que isso mudasse. Rosalina respirou fundo, mas ele falou primeiro:

— Ontem à noite na trilha... Eu preciso sinceramente lhe dizer que lamento muito...

— Você lamenta?

— Eu... hum... — Ele abriu e fechou a boca. — Eu não sei o que dizer.

— Nem eu.

Eles se entreolharam. Rosalina engoliu em seco. O olhar dele havia descido novamente até sua boca.

Ouviram o som de cascos de cavalos no pátio. Rosalina enrijeceu o corpo e olhou depressa para a janela. Um número tão grande de cavaleiros não podia ser boa notícia. Dito e feito: uma voz grave e masculina começou a ressoar do lado de fora.

— Estamos procurando o assassino Benvólio de Montecchio! Em nome de sua alteza, o Príncipe de Verona, se o bandido ou a donzela que ele roubou estiverem dentro de sua propriedade, entreguem-nos!

Benvólio murmurou um palavrão. Rosalina aproximou-se devagar de uma janela e olhou com cuidado para fora; havia umas três dúzias de homens fardados. Curiosamente, nenhum usava o uniforme da guarda do príncipe; alguns pareciam ser mercenários e os outros usavam um uniforme verde e amarelo com um brasão que ela reconhecia, mas não conseguia situar. Enquanto observava, o hospedeiro saiu e falou com o homem que havia gritado. Ela viu o hospedeiro confirmar com a cabeça e apontar para os quartos deles. Olhou para Benvólio e fez com a boca: "Estão vindo".

Ele estava muito sério. Assentiu rapidamente com a cabeça e afivelou o cinto com a espada. Pegando a mão dela, indicou a escada dos fundos. Girou a maçaneta com cuidado para abrir uma fresta da porta e eles se esgueiraram até o corredor. Mas era tarde demais. Rosalina sentiu um aperto no peito quando ouviu botas subindo pela escada. Benvólio segurava sua mão com tanta força que poderia quebrar seus dedos enquanto a puxava para um quarto vazio. Fechou a porta bem no momento em que os guardas chegavam ao corredor.

— Foi aqui que o rapaz dormiu, cavalheiros — o velho hospedeiro disse. — A moça ficou do outro lado do saguão. Eles não deram seus nomes, mas disseram que estavam indo para Verona.

Rosalina soltou um suspiro assustado. Benvólio sacudiu a cabeça para ela com autoridade. Ficaram escutando em silêncio enquanto seus quartos eram vasculhados. Rosalina olhou em volta. O quarto em que estavam tinha uma janela, mas era alta demais para pular; quebrariam as pernas, na melhor das hipóteses. Não havia nenhuma outra saída, exceto passando pelos homens que os procuravam. Ela se inclinou e sussurrou no ouvido de Benvólio:

— O que vamos fazer?

— Talvez eles pensem que fugimos e vão embora.

Seria pouco provável, exceto por mercenários não serem exatamente conhecidos por sua inteligência. De fato, depois de não encontrarem nada nos quartos que eles haviam ocupado, ela ouviu seus perseguidores conferenciarem em voz baixa no corredor antes de suas botas começarem a descer pela escada da frente. Estava prestes a suspirar de alívio quando um último par solitário de botas parou diante da porta do quarto em que estavam escondidos. Antes que ela tivesse tempo para pensar, Benvólio já a havia puxado para dentro do armário e fechado a porta.

Bem a tempo, pois o guarda abriu a porta do quarto vago e seus passos soaram lentamente pelo chão. O coração de Rosalina retumbava em seus ouvidos. O pequeno armário mal tinha espaço para os dois. Benvólio estava pressionado contra ela, que podia sentir cada arfar tenso de seu peito. Uma das mãos dele apoiava-se na parede atrás dela e a outra cobria sua boca, para abafar qualquer som que ela pudesse soltar. Os passos voltaram em direção à porta. Então, ao lado do armário, pararam.

Na quase escuridão, os olhos de Rosalina encontraram os de Benvólio. Quando a mão dele se moveu para a espada, eles tiveram uma comunicação silenciosa, e Rosalina percebeu que, mesmo sem terem dito uma palavra sequer, ela sabia exatamente o que fazer. O trinco da porta começou a virar. Sem esperar que ela se abrisse, os dois se lançaram juntos de dentro do armário. O guarda, assustado, deu um grito, mas Rosalina já havia saído para o lado, dando espaço a Benvólio para sacar a espada e deixar o homem no chão.

— Corra! — ele gritou. Ela saiu voando para o corredor. Os outros guardas, ouvindo o movimento, estavam voltando, mas Benvólio ficou na frente dela, com a lâmina pronta, enquanto corriam para a escada dos fundos.

Felizmente, o corredor era estreito, e a escada mais ainda, então Benvólio conseguiu mantê-los afastados. Rosalina sabia que não tinham mais que um minuto. Portanto, apesar do terror que cada retinir de metal lhe causava, não olhou para trás para ver o destino de Benvólio. Em vez disso, desceu os degraus de três em três e atravessou o pátio atrás da hospedaria em direção aos estábulos. Silvius relinchou ansioso quando ela abriu sua baia e agradeceu a Deus por ele já estar selado. Montou depressa, levou-o rapidamente até a porta e gritou:

— Benvólio, aqui!

Ele saiu em disparada pela porta, com os guardas em seus calcanhares, e pulou na garupa de Silvius. Mal havia pousado na sela, e Rosalina já tinha posto Silvius em um galope. Os braços de Benvólio enlaçaram sua cintura enquanto os músculos fortes do cavalo se preparavam e ele pulava sobre o muro de pedra atrás da hospedaria, aterrissando com uma pancada de sacudir os ossos.

— Não pare! — ele gritou no ouvido dela. — Eles ainda estão nos perseguindo. — Rosalina arriscou um olhar para trás e viu que ele estava certo. Um grupo de homens havia conseguido chegar aos cavalos e vinha em perseguição, mas suas montarias não eram nem de perto tão rápidas quanto Silvius, e logo seus gritos frustrados foram ficando para trás. Depois de alguns minutos, chegaram à floresta, e Rosalina soltou um suspiro de alívio, reduzindo a velocidade de Silvius para um meio-galope.

— Acho que os despistamos — disse ela, e Benvólio concordou com a cabeça.

Foi quando duas dúzias de cavaleiros vestidos de verde e amarelo surgiram entre as árvores, com espadas na mão.

— Largue as armas!
— Solte a moça!
— Renda-se, Montecchio!

Benvólio ergueu a espada enquanto Rosalina virava Silvius, procurando algum ponto fraco, alguma esperança de fuga, por menor que fosse, mas, com um aperto no coração, percebeu que a sorte deles havia terminado. Benvólio mantinha um braço tenso e protetor em volta de sua cintura, que se apertou quando seus captores se aproximaram. O atacante mais próximo, um homem loiro de uns trinta anos que parecia ser o capitão, apontou uma espada para ele.

— Entregue-a, senhor, ou será pior.

Rosalina estremeceu. Era evidente que aqueles homens, quem quer que fossem, não hesitariam em feri-lo.

— Bons senhores, ele não vai me fazer mal, deixem-nos explicar...
— Silêncio. — O homem sinalizou o chão com a cabeça. — Desçam. Os dois.

Ela sentiu os músculos de Benvólio se retesando, prontos para atacar, por mais que aquilo pudesse ser suicida. Mas apertou a mão dele em sua cintura e murmurou:

— Por favor, Benvólio — até que ele, com relutância, a soltou.

No momento em que deslizaram para o chão, dezenas de mãos estavam sobre eles, separando-os um do outro e desarmando Benvólio.

Rosalina lutou para se aproximar do amigo, enquanto ele era forçado a ficar de joelhos, com as mãos amarradas nas costas.

— Em nome do príncipe, parem! Vocês não sabem o que estão fazendo!

No momento seguinte, seus protestos morreram em seus lábios em choque, quando ela também foi forçada a se ajoelhar e suas mãos foram igualmente puxadas para trás e amarradas. Benvólio se lançou para ela com um rugido. Embora estivesse com as mãos presas, ele conseguiu passar por dois de seus captores antes que eles o segurassem outra vez. O capitão bateu em seu rosto com o punho da espada, atordoando-o o suficiente para que três dos guardas o deitassem com o rosto no chão. Rosalina gritou quando o capitão levantou cruelmente a espada sobre o pescoço de Benvólio.

— Parem — soou uma voz com autoridade.

O capitão parou e guardou a espada. Rosalina tentou recuperar o fôlego. Então se virou para ver o salvador de Benvólio, e viu um fantasma. Seus olhos se arregalaram em espanto.

— *Páris?*

O conde Páris parecia muito bem para um homem morto. Seu olhar era calmo e sereno ao examinar a cena desesperada à sua frente, os longos cabelos claros presos para trás com uma tira de couro, o gibão cinza-pérola enfeitado com um brasão verde e amarelo. Era ali, Rosalina percebeu, que tinha visto as cores antes: aqueles homens usavam o uniforme da casa ancestral de Páris.

— Meu senhor — ela falou. — O que, em nome dos céus...

Mas ele a ignorou, fazendo um gesto para o capitão.

— Levem-nos para o acampamento — ordenou.

☦

A ama não sabia decidir o que fazer.

Talvez não devesse mais segurar a língua. Ela franziu a testa enquanto olhava para o pátio dos Capuleto. Seus aposentos ficavam perto dos fundos, mas havia uma pequena janela pela qual ela podia ver uma lasca de Verona. Os alojamentos da maioria dos criados eram no porão, mas não os dela. Ela, Angélica, não era uma criada comum. Pois não tinha até mesmo o seu criado particular, Pedro? A srta. Julieta não a havia amado como se fosse sua mãe? Não havia ficado ao lado de sua querida carneirinha todos os dias — até o último?

Por isso ela sabia que devia refletir sobre o que tinha visto com mais perspicácia e sutileza do que uma camareira ou um lacaio de confiança comuns. Não podia guardar segredos da senhora da casa.

Mas o que devia fazer, então?

Ela simplesmente não sabia como contar à sua senhora que desconfiava que Páris as estivesse enganando. Angélica tinha certeza de que restaurar a saúde de Páris era só o que havia impedido que a senhora da casa morresse de tristeza. Sua gentil senhora estava muito feliz por ter resgatado pelo menos uma jovem vida do verão sangrento que lhe roubara a filha.

E também havia a srta. Lívia. Era claro como o dia que ela estava apaixonada por ele.

Angélica queria acreditar que Páris fosse tão bom e nobre quanto o julgavam. A pequena Lívia merecia ter um romance que desse certo, ao menos uma nessa família, e Angélica morreria antes de ser a responsável por mais uma dor para sua senhora. Mas então por que, na noite em que Orlino foi assassinado, ela viu que Páris tinha saído de seu quarto e não conseguiu encontrá-lo em lugar nenhum? Na ocasião, achou que ele apenas estivesse inquieto e perambulando pela ala vazia da Casa Capuleto. Mas ele desapareceu outra vez na noite em que Gramio e Truchio morreram. E, naquela noite, ela encontrou um gibão preto escondido sob o colchão dele, ainda molhado de sangue.

Não era possível que o homem que elas abrigavam pudesse estar envolvido nesses ataques, era? Que ideia absurda. O sangue provavelmente era do próprio Páris; talvez seu ferimento tivesse aberto de novo. Todos sabiam que tinha sido o vilão Benvólio que matara o jovem Capuleto e que havia levado a querida Rosalina sabe-se lá para onde. Talvez ela devesse simplesmente continuar quieta.

Havia contado aquelas coisas apenas para seu santo confessor. Mas talvez fosse hora de mudar isso.

Com um suspiro, ela se levantou, passando a mão pela pontada de dor em suas costas enquanto seguia pelos corredores da Casa Capuleto para começar seu dia. Não podia mais ficar escondendo nada de sua senhora. Mas o que a sra. Capuleto diria se a ama fizesse acusações vagas contra o homem que ela havia salvado?

Sem mais indecisões. A sra. Capuleto devia estar aflita à sua espera. Agora que Páris se fora, ela finalmente retomara seu lugar como a senhora da casa. A ama lhe confidenciaria suas preocupações antes de ajudá-la a se vestir e deixaria que ela tirasse suas conclusões.

Mas os aposentos de sua senhora estavam vazios, e sua cama estava fria. E a porta que levava de lá para a ala trancada estava ligeiramente aberta. Franzindo a testa, a ama passou por ela e seguiu tateando pelo corredor escuro e poeirento do outro lado. A sra. Capuleto havia usado aquela passagem de seu próprio quarto para visitar Páris sem ser vista, mas por que a estaria usando hoje?

Havia luz por baixo da porta do quarto que Páris ocupara. A ama ouviu movimentos do lado de dentro.

— Minha senhora? — ela chamou. — Preciso lhe falar. Eu...

Ela empurrou a porta e levou a mão ao coração. A sra. Capuleto estava inclinada sobre uma bacia, esfregando um gibão preto que a ama reconheceu. Foi o que ela havia encontrado sob o colchão e enfiado depressa de volta no esconderijo, para que sua senhora não o visse. A peça suja tinha manchado as mãos e os braços de sua senhora com filetes de sangue. Pendurada na cadeira ao lado dela, havia uma máscara preta.

☦

Rosalina ficou boquiaberta com o que viu.

Esperara que o acampamento de Páris fosse um pequeno assentamento perto da estrada principal, como os mensageiros da Coroa costumavam usar. Em vez disso, ela e um Benvólio ainda atordoado haviam sido jogados sobre as montarias daqueles homens e transportados por uma trilha sinuosa entre as colinas. Segundo seus cálculos, estavam agora a apenas um dia de cavalgada de Verona, mas profundamente dentro da floresta, por áreas em que os viajantes raramente se aventuravam. E então chegaram ao alto de uma colina e ela soltou um som de surpresa. O vale diante deles estava ocupado de norte a sul por barracas, cavalos e fogueiras.

Páris, por razões que ela não podia imaginar, estava reunindo um exército.

Ao sentir o olhar espantado dela sobre si, ele veio da frente de seu comboio para lhe oferecer um sorriso educado.

— O que é isso? — ela perguntou.

— Nosso renascimento — respondeu ele, com o rosto bonito iluminado por uma alegria calma.

— O quê? De quem?

Ele fez um sinal para o capitão.

— Prenda o Montecchio. Eu vou jantar com a srta. Rosalina. — Benvólio gemeu baixinho enquanto os homens de Páris o arrancavam estupidamente de cima do cavalo. Rosalina abafou um grito quando o arrastaram dali e o levaram. A cabeça dele ainda estava sangrando, e ele não acordara totalmente desde que fora golpeado. Páris os observava com a cabeça ligeiramente inclinada.

— Bom senhor Páris — disse ela. — Eu lhe peço, por favor, que não o machuquem. Pela minha honra, o que quer que Verona tenha lhe dito sobre ele, é mentira. Há traidores...

— Não desamarrem a senhorita até que ela esteja em segurança em minha tenda — Páris disse ao capitão. — Temo que o tempo que ela passou nas garras desse vilão tenha perturbado seu juízo.

Os dois homens que seguraram seus braços e a tiraram do cavalo foram mais gentis do que os que haviam levado Benvólio, mas seus pulsos eram de aço e não cederam quando ela resistiu. Rosalina acabou desistindo e se deixando levar para uma grande barraca, no centro do acampamento. Uma vez lá dentro, Páris fez um sinal com a cabeça para seus captores, que saíram e fecharam a entrada da tenda.

— Não considere a ausência deles como um convite para fugir — disse ele, com um brilho brincalhão nos olhos, como se a repreendesse por pisar em seus pés em um dos bailes do príncipe. — Eles estão de guarda do lado de fora.

Rosalina sacudiu a cabeça.

— Eu sei muito bem que é tolice fugir para o meio de um exército estranho que tanto pode ser amigo como inimigo.

— Amigo, cara senhorita, amigo. — Gentilmente, ele segurou as mãos dela entre as suas, pegou uma adaga no cinto e cortou as cordas. — Não pretendo machucá-la.

Ela se afastou dele.

— Então nos deixe ir.

Ele pareceu lamentar sinceramente quando respondeu:

— Eu gostaria de poder. — Dois criados entraram com bandejas fumegantes, e Páris, com um gesto de cabeça, direcionou-os a deixar a refeição sobre a mesa. O estômago de Rosalina, após seguidos dias de pouquíssimas porções de viagem e da comida ruim servida no convento, a traiu com um ronco. Páris lhe fez um aceno educado. — Por favor, coma. Uma refeição pobre comparada ao que poderíamos ter em Verona, receio, mas você é bem-vinda a partilhá-la comigo, boa Rosalina.

Por que não? Se aqueles últimos dias lhe haviam ensinado alguma coisa, era a não contar com a próxima refeição. Ela pegou um prato e começou a enchê-lo.

— Por que me trata com tanta familiaridade, senhor? Em Verona mal nos conhecíamos.

Ele lhe deu aquele sorriso gentil e indecifrável outra vez.

— É verdade, mas foi o cuidado fiel de sua irmã que salvou minha vida, por isso ela e os seus são queridos para mim como parentes.

Rosalina quase derrubou o prato.

— Lívia? — ela murmurou. — Como minha irmã pode ser parte disso?

— Sente-se em paz e eu lhe contarei tudo.

— Nada pode ficar em paz entre nós enquanto Benvólio estiver correndo perigo.

Páris deu um suspiro indulgente.

— Tem a minha palavra, o canalha estará seguro pelo menos enquanto nós dois compartilharmos essa refeição.

Diante daquela assustadora e insignificante promessa, Rosalina se sentou.

— Como o senhor está vivo? — ela perguntou. — Em que conspiração você envolveu Lívia? O que quer de mim e de Benvólio? Eu lhe juro, ele é tão inocente quanto...

Páris levantou a mão para interrompê-la.

— Minha história é longa, como imagino que a sua também seja. Por favor, tenha um pouco de paciência e depois poderá me explicar como aconteceu de estar perambulando por aí com esse Montecchio. Vou começar pela minha morte. — Ele baixou a cabeça com um sorriso, reconhecendo o absurdo daquela afirmação. — Na noite em que minha amada Julieta morreu, eu acreditava, como todos os outros, que ela já estivesse no céu. Enquanto eu permanecia em vigília junto ao seu túmulo, outro enlutado apareceu. — Finalmente uma sombra percorreu seu rosto, desfigurando, pela primeira vez, aquela estranha e encantadora calma em sua expressão.

Ela sabia a quem ele se referia. Toda a Verona sabia.

— Romeu — disse ela.

— Sim. — A mão de Páris desceu para suas costelas. — Se eu não estivesse tão enfraquecido pelo sofrimento, tão louco por causa de Julieta... mas eu estava, e o sujeito me atravessou com a espada. E então eu fiquei ali, sangrando. Um tempo depois, outros vieram. O frade, meu primo, o príncipe Escalo, os Montecchio, os Capuleto... Alguns passaram sobre meus pés, outros pararam para me acudir, mas eu estava tão perto da morte que acharam que minha alma já havia partido. Só que eu estava vivo. Podia sentir tudo.

Seu olhar era distante e turvo, e Rosalina estremeceu. Não podia imaginar horror maior do que passar minutos e horas infindáveis com a vida escoando dolorosamente com seu sangue, gota por gota. Era o suficiente para enlouquecer uma pessoa.

— Como você sobreviveu? — perguntou ela.

Aquele sorriso novamente.

— Encontrei um anjo — disse ele.

☦

A velha ama não acreditava no que via.

— Minha senhora?

A sra. Capuleto levantou a cabeça depressa.

— Ama? Você não devia estar aqui.

A ama sentiu o coração martelar nos ouvidos. Sua senhora estava certa. Ela deveria se virar naquele instante e apagar a cena de sua mente. As coisas estranhas que se passavam entre os nobres de Verona não eram para pessoas como ela. Mas seus pés a levaram para dentro do quarto, quase sem pensar. *Sem mais segredos.*

— Minha senhora, esse é o gibão do conde Páris?

A sra. Capuleto pegou o gibão e a máscara e os tirou de vista, colocando-os dentro de um saco.

— Isso não é da sua conta.

— Dizem que foi uma pessoa com uma máscara como essa que matou o jovem Gramio — disse ela. — E os jovens Montecchio também.

— Muito parecida com esta, imagino — sua senhora respondeu, com aquele sorriso doce e cativante. — Mas você sabe muito bem que Páris esteve de cama todo esse tempo. Foi o jovem Benvólio quem matou Gramio de Capuleto.

Mas a ama sacudiu a cabeça.

— Minha senhora, posso ser uma velha e simples criada, mas não subestime minha inteligência. O senhor Páris já tinha se recuperado, e ele não estava na cama naquela noite. Eu acho que podemos ter dado abrigo, sem querer, a um assassino. Precisamos ir ao palácio. O príncipe precisa saber disso.

Ela se virou para sair, mas a mão da sra. Capuleto segurou seu braço, com as unhas se enterrando em sua pele.

— O príncipe de Verona já sabe de tudo — disse ela. — O príncipe de Verona por direito. Príncipe Páris.

☦

Não demorou até que Rosalina percebesse.

Páris estava enlouquecido. Andava de um lado para o outro da barraca, com os olhos iluminados por uma visão que só ele podia ver. Seu rosto estava corado com uma alegria quase divina; seu corpo, esguio e forte, movia-se graciosamente. Ele seria muito bonito, se não fosse tão assustador.

— No começo, eu não sabia que a minha salvadora era a mãe de Julieta — disse ele. — Passei semanas em um delírio de dor enquanto pairava entre a vida e a morte. Ela não era nada para mim, além de uma mão fresca em minhas têmporas e de uma voz tranquilizadora. Seu rosto era tão parecido com o de minha amada que eu acreditava que fosse um anjo, que Julieta havia voltado para me guiar para o céu. Mas então minha febre cedeu e eu soube quem ela era. Não um amor terreno, mas um anjo de fato. Uma mãe enviada pelo céu para me curar e me pôr de volta em meu caminho. Eu teria ido embora quando melhorei, mas, em sua sabedoria, ela me convenceu a permanecer escondido na Casa Capuleto.

— Por quê?

Ele fez uma pausa, passando os dedos pelo brasão em seu ombro.

— O que você sabe sobre a sucessão real em Verona?

— O que há para saber? A coroa passou do avô de Escalo para seu pai, depois para ele, e passará para seu futuro filho.

Ele sacudiu a cabeça.

— Meu pai e o pai de Escalo eram irmãos. Meu direito à coroa é tão grande quanto o dele. A coroa de Verona pertence a mim.

Rosalina arregalou os olhos. Parece que havia subestimado demais sua pobre tia atormentada pela dor. Todos eles haviam.

— Páris, seu pai era o irmão *mais novo* do príncipe anterior. Ele nunca reivindicou o trono. Foi esse o veneno que ela despejou em seu ouvido?

— Não é veneno. É salvação. Ah, você não percebe? Escalo tem sido uma praga para a bela Verona. Seu reinado não trouxe nada além de brigas, dor e destruição. É desejo da Providência que eu governe. Com certeza você pode entender isso, pelo que sua própria família já sofreu.

Rosalina sacudiu a cabeça devagar.

— Eu já disse mil vezes: os Capuleto não são nem amaldiçoados nem perseguidos. Ninguém pode acabar com a briga a não ser aqueles que participam dela. A culpa não é do príncipe. Seria mais fácil um governante deter a maré do que evitar que os Montecchio e os Capuleto se estranhem.

Páris lhe lançou um olhar compassivo, como se ela fosse uma criança que insistisse que dois mais dois são cinco.

— Eu amo meu primo, mas, se deixarmos que ele continue, Verona não resistirá. Sua tia me mostrou como isso é verdade e me ajudou a preparar Verona para receber meu socorro da maneira como deve ser.

Rosalina apertou os olhos.

— E como vocês conseguiram isso?

— Não vou perturbar a mente de uma donzela inocente com assuntos de combates — ele disse, com voz tranquilizadora. — Sua irmã, que eu tanto prezo, não sabe nada disso, e nem você precisa saber.

— Mas minha tia sabe. Você não se preocupou com o gentil coração feminino dela? Conte-me, Páris. Minha mente de donzela é mais forte do que você pensa. — Ele continuou em silêncio, mas os olhos de Rosalina se arregalaram. Não havia necessidade de ouvir da boca do próprio Páris. Ela sabia o que ele havia feito. — Foi você quem matou Gramio.

Ele anuiu, com um sorriso triste.

— Farei orações pela sua jovem alma desorientada por todo o sempre — disse ele. — E por Truchio, e por Orlino. Eu me consolo por saber que essas jovens vidas logo teriam sido tomadas pela rivalidade das famílias, mesmo que eu não tivesse sido a mão que os matou. Eu dei à morte deles um propósito. — Ele se virou e procurou dentro de um pequeno baú, de onde tirou uma máscara preta. — É estranho, não é, que um pedaço de pano tão pequeno semeie medo em uma cidade inteira? Sua tia a costurou para mim com as próprias mãos. Há outra em meu quarto em Verona, mas eu trouxe esta para me lembrar de tudo que fiz.

— E minha tia, suponho, profanou a estátua da própria filha. — Pensar nisso era tão horrível quanto pensar em Páris matando aqueles pobres rapazes.

— Minha senhora foi muito corajosa ao sair à noite por Verona para escrever aquelas coisas. Mas ela sabia que essa aparente difamação era a única maneira de realmente honrar a memória de Julieta.

— Mas por quê? Qual é seu objetivo? Por que vocês mataram jovens de duas famílias rivais?

— Porque eu não tive escolha. Verona precisa estar à beira de uma guerra civil para que eu possa tomar a coroa que é minha por direito.

Rosalina estava atordoada.

— As Casas Montecchio e Capuleto precisam estar em guerra aberta nas ruas para que ninguém esteja atento à aproximação de seu exército. Foi por isso que você fez Benvólio ser acusado falsamente.

Páris pôs a mão no ombro dela em um gesto compassivo.

— Sim. E sinto muito, mas é por isso que ele precisa morrer.

✢

Ah, Deus, sua senhora não estava mais raciocinando.

— Senhora — a ama disse, com a voz baixa e tranquila que nunca falhava em acalmar Juli depois de um pesadelo. — O senhor Páris não é príncipe.

A sra. Capuleto sacudiu a cabeça.

— Você está enganada, ama. Um soberano legítimo jamais teria permitido tudo que aconteceu. Você se lembra da noite em que Tebaldo foi morto?

A ama confirmou com a cabeça, trêmula. O corajoso Tebaldo, que dera seus primeiros passos vacilantes ao lado de sua Julieta quando bebê, caído ensanguentado e ferido na rua, enquanto a sra. Capuleto gritava sobre seu corpo, era uma visão que assombrava seus pesadelos. Depois daquilo, ela achava que a raiva de sua senhora havia se acalmado, transformada em uma dor maior do que tudo. Mas parecia que sua fúria estivera apenas escondida.

— Eu era confiante como uma criança naquele tempo — sua senhora disse, com o olhar distante. — Olhei para o príncipe sobre o corpo de Tebaldo e pedi, *implorei*, justiça. — Ela deu uma risada amarga. — Pode imaginar isso? Eu, a senhora da antiga casa dos Capuleto, filha de um duque, implorando a justiça que me era devida? E aquele a quem chamamos de príncipe olhou para mim e tudo o que fez foi mandar Romeu para o exílio. *Eu* soube, quando Romeu matou meu querido parente e escapou com sua vida, que o vil Escalo jamais teria minha lealdade outra vez. Quando encontrei Páris, entendi que a Providência o enviara a mim para finalmente trazer Verona ao caminho certo. Quando ele tomar sua coroa, esmagará os Montecchio com o punho da justiça.

— E a nossa casa também? — a ama murmurou. — Páris já começou sua obra sangrenta.

— Não tema — a sra. Capuleto a tranquilizou. — Algum sacrifício é necessário para reivindicar a glória devida à nossa casa. Os Capuleto que forem dignos serão salvos, e até homenageados, depois que Páris ocupar seu trono. A Casa Capuleto terá que morrer para viver, mas, depois que meu marido e seu bando de sobrinhos raivosos tiverem ido, ela ressurgirá das cinzas, sem os Montecchio para perturbá-la. E, quando Páris tomar uma noiva Capuleto, o trono será nosso também.

— Uma noiva Capuleto?

A sra. Capuleto deu um sorriso sagaz.

— Não sou tão indiferente aos doces olhares e suspiros entre ele e minha sobrinha quanto eles pensam. Eu a entregarei a ele com muita satisfação. Agora mesmo Páris já está se aproximando, depois de ter reunido um exército de seus aliados. O príncipe abrirá os portões para que ele lhe entregue Benvólio, mal sabendo que estará dando entrada à sua própria ruína.

— Um plano inteligente — a ama disse devagar.

A sra. Capuleto sorriu.

— Eu não poderia ter feito isso sem você, cara ajudante. Sua lealdade não será esquecida.

A ama sentou-se pesadamente na cama que tinha sido de Páris. Sua cabeça parecia um turbilhão. Naquele lugar, havia cuidado dele fielmente — o mesmo homem que ela antes ajudara Julieta a rejeitar e enganar. Ela se intrometera em assuntos acima de sua posição, tomando para si a tarefa de ajudar Julieta a desafiar os pais. E, quando a pobre criança morreu por causa disso, tomou a firme decisão de que, dali em diante, seria governada pela sabedoria de sua senhora.

Mas aquilo... aquilo era demais. Julieta se alegraria ao ver sua própria família destruir a família de seu marido? Não podia acreditar nisso. A culpa não era da sra. Capuleto, claro. O sofrimento perturbara sua mente, levando-a por aquele caminho equivocado. A perda de Julieta, a ama achava, era suficiente para levar qualquer um à loucura.

— Minha senhora — disse ela, com voz calma —, vamos ao palácio. Eu contarei como Páris a enganou. O príncipe Escalo terá compaixão pelo seu sofrimento. Tenho certeza de que a senhora não precisa temer a ira do príncipe. Ele ficará agradecido se lhe contar o que está para acontecer. — Ela segurou a mão de sua senhora entre as suas. — Venha, minha querida, vamos ao palácio confessar tudo.

Algo parecido com fúria atravessou o rosto da sra. Capuleto. Em seguida, porém, ela sorriu.

— Você acha mesmo que essa é a atitude mais sábia?

— Sim, minha senhora, eu tenho certeza disso.

— Não poderei convencê-la do contrário?

— Eu me inclino à sua sabedoria em todos os assuntos, mas nisso preciso fazer o que é minha obrigação. É por amor à senhora e à sua família.

Sua senhora caminhou para trás dela e apertou-lhe o ombro.

— Querida, querida ama. A Casa Capuleto já teve outro criado tão leal? Sua fidelidade jamais será esquecida.

A ama deu uma batidinha afetuosa na mão que repousava em seu ombro.

— Eu apenas cumpro o meu dever.

— Eu sei.

Nesse momento, uma faixa passou em volta de seu pescoço e foi puxada com força.

— Querida ama — a sra. Capuleto disse em seu ouvido, enquanto a ama ofegava, sufocava e tentava segurar a faixa de tecido em sua garganta. — Mesmo na morte você servirá a nós. *Shh, shh.*

Estou morrendo, pensou a ama.

Eu não entendo.

Julieta, estou indo.

Pouco tempo depois, um grito rompeu o ar quando o corpo sem vida da ama foi encontrado junto à porta dos Capuleto. Sobre ele, um bilhete jogado, tal qual um lixo:

ASSIM SEJA PARA TODOS OS CAPULETO.

Parte 5

†

Gritar "Devastação!" e libertar os cães de guerra.
— *Júlio César*

*E*M SONHO, ELE VIA A ESPOSA.

Benvólio estava em um grande baile. A esposa girava pela pista de dança e sua risada ecoava por toda a volta, mas, por mais que ele se esforçasse para abrir caminho entre a multidão, não conseguia nunca chegar junto dela. Embora o salão estivesse lotado de parede a parede com todos os nobres entediantes que ele conhecia e o calor devesse estar sufocante, por algum motivo o ar era frio. Talvez essa fosse a razão da dor em seus ossos.

Romeu e Mercúcio faziam os gracejos de sempre. Por mais que ele pedisse que parassem de provocá-lo, eles continuavam fazendo piadas com seu estado nupcial.

Seriamente, Benvólio, nunca pensei que o veria tão fisgado, disse Mercúcio.

É verdade, disse Romeu. *Não se lembra de nosso juramento de ficarmos os três solteiros até morrer?*

Havia algo errado naquilo, mas Benvólio não conseguia lembrar o que era. Por fim, uma luz se acendeu.

Você não é solteiro, Romeu. Você é casado.

Sim, disse Romeu. *Mas não sou traidor.*

Quem eu traí? Eu me casei por amor.

Por amor a ela? Ou por ódio de seus amigos?

Eu não odeio vocês!, Benvólio exclamou. *O que meu amor tem a ver com vocês dois?*

Ele está certo, Mercúcio sorriu. *Ele é só um bobo. Alguns homens vestem um cabresto, outros usam chifres, mas nosso Benvólio é o único homem cujo casamento o fez vestir um gorro com sininhos.*

Um gorro com sininhos? Eu não virei um bobo da corte.

Um gorro, pelo menos, Mercúcio respondeu. *E silêncio! Pois a fabricante de bobos se aproxima.*

E, sim, de repente sua esposa estava logo atrás dele, e ele ficava virando e virando, tentando trazê-la para o seu lado para poder apresentá-la de verdade a seus amigos, mas ela parecia determinada a comprovar a má opinião que eles tinham dela. Ela ria, escapando dele, jamais o deixando ver seu rosto por trás da cortina de longos cachos escuros, mas, por alguma razão, a mão dela insistia em alcançá-lo e beliscar seu quadril.

Foi então que ele acordou e percebeu que os beliscões eram reais. Os dedos dos pés de Rosalina estavam cutucando sua perna.

— Finalmente — disse ela. — Achei que você nunca fosse acordar. Faz horas.

— O que...

— *Shh* — ela sussurrou. — Fique quieto.

Benvólio piscou para afastar a exaustão dos olhos. Gemeu baixinho quando as sensações retornaram. Seus músculos estavam tensos e doloridos, e o corte no peito começara a latejar outra vez. Os homens de Páris o haviam amarrado em uma estaca em uma barraca, em volta do acampamento naquela manhã, e depois o deixaram sozinho. Apesar do chão frio, do estômago faminto e da preocupação com sua companheira de viagem, ele finalmente adormecera um pouco depois do pôr do sol. Agora, acordava e via Rosalina amarrada em outra estaca, bem na frente da sua, mordendo o lábio inferior enquanto esticava o pé na direção dele, tentando alcançar seu cinto. Os sapatos dela estavam soltos ao lado, e o vestido, levantado até os joelhos.

— O que você está querendo? — ele arfou, tentando ignorar a sensação dos dedos dela cutucando o interior de sua coxa e... pelos céus!

— Soltar você — ela sussurrou, fazendo um sinal com a cabeça para a lateral dele, e Benvólio entendeu que ela estava tentando alcançar sua adaga. Era pequena, estava escondida sob sua faixa, então os guardas não a haviam percebido, mas ele não conseguia virar o suficiente para alcançá-la sozinho. As pernas longas e os dedos ágeis de Rosalina, no entanto, davam todo sinal de estarem chegando ao alvo.

Para se distrair de pensamentos sobre as pernas dela, ele sussurrou:

— Por que você está aqui? Eu não imaginei que Páris fosse tão canalha a ponto de manter uma dama nessas condições.

— Ele não queria. Queria me manter em sua barraca. Mas eu tinha que encontrar você, então o fiz perceber que seria perigoso demais não me deixar adequadamente presa. Tentei apunhalá-lo com uma faca de manteiga — ela contou, orgulhosa.

— Moça desmiolada! Ele podia ter matado você!

— *Shh*. — Os dedos dela se esticaram e, com um gritinho abafado de triunfo, ela soltou a faca. Puxando-a para si com muitas manobras, conseguiu trazê-la para o alcance de suas mãos. Começou imediatamente a trabalhar em suas amarras. Enquanto fazia isso, ela contou para Benvólio o que soubera sobre os planos de Páris.

Benvólio ficou muito sério. Então Páris não pretendia deixá-lo vivo.

— Por Deus.

— Sim. — A expressão dela era sombria. — Não temos tempo a perder. Silvius está amarrado logo aqui fora. O guarda está roncando. Se conseguirmos nos soltar, podemos fugir antes que eles notem que escapamos.

Benvólio repassou em pensamento o que vira das defesas de Páris. Era possível — *possível* — que ela estivesse certa. Estavam nos limites do acampamento, afinal. Havia uma chance de conseguirem passar pelos guardas fora da barraca, esgueirarem-se pelas sentinelas e fugirem antes que alguém percebesse.

Porém Rosalina não havia pensado em uma coisa. Ela parecia achar que a morte de Benvólio era iminente, mas, se Páris planejava usá-lo como isca em uma armadilha para o príncipe, ele era mais útil vivo, pelo menos por enquanto. Páris podia levá-lo até diante do próprio Escalo e deixá-lo devanear à vontade sobre um exército à espera logo além do horizonte; quem acreditaria no assassino louco que achavam que ele era?

Rosalina, por outro lado, era uma ameaça muito maior. Ela contava com a confiança do príncipe, que não teria razão para duvidar dela. Páris teria que encontrar um modo de convertê-la, como evidentemente tentara fazer, mas, se ficasse claro que Rosalina não o apoiaria em seus planos, Páris teria de silenciá-la.

Benvólio não permitiria que isso acontecesse.

— Um plano excelente. Que horas são?

— Quase meia-noite. — Rosalina soprou um cacho de cabelos dos olhos para lhe dar um sorriso, depois voltou a se concentrar em suas amarras. Após um momento, soltou um suspiro triunfante e trouxe as mãos de trás da estaca, com as cordas cortadas. Ela rastejou rapidamente até ele e se inclinou sobre seus pulsos, atacando as amarras com a lâmina. O cabelo dela roçou o rosto dele; ele fechou os olhos, tentando guardar a sensação na memória. Talvez fosse isso que seus amigos no sonho estavam tentando lhe dizer: Rosalina de fato tinha feito dele um bobo, pois estava a ponto de fazer a coisa mais tola que já havia feito.

Ela trabalhou rápido com as cordas e o ajudou a se levantar. Depois se virou para a aba de lona que fechava a entrada da barraca, mas Benvólio sacudiu a cabeça — não queria correr o risco de acordar o guarda. Em vez disso, ele a puxou para os fundos, onde a lona estava amarrada com nós. Pegando sua adaga, cortou nós suficientes para abrir uma passagem, por onde saíram. As fileiras de tendas eram quase grudadas umas às outras, com pouco espaço entre elas, formando uma estreita trilha cercada de lonas. Com o coração na garganta, Benvólio guiou Rosalina pelo caminho apertado até estarem fora de vista da barraca onde tinham ficado presos. Então, fazendo um sinal para que ela esperasse, saiu silenciosamente do meio das barracas.

Rosalina estava certa, graças aos céus. Silvius estava amarrado a uma estaca a menos de dez passos dele. Enviando uma rápida oração de agradecimento a quem quer que olhasse pelos Montecchio rebeldes, ele fez um sinal para Rosalina vir. Felizmente, os dois ainda tinham seus longos mantos, e ele puxou seu capuz e o dela para cima da cabeça, prendendo os cachos de Rosalina para trás das orelhas. Com alguma sorte, poderiam passar por um cavalariço e seu ajudante.

Havia algumas fogueiras entre as barracas, cada uma delas com sentinelas cochilando ou conversando, distraídas. Mas nenhuma pareceu notá-los quando pegaram as rédeas de Silvius e começaram a conduzi-lo para a estrada. Depois de passarem pela linha de tochas que contornava o acampamento de Páris e entrarem na escuridão das árvores, Benvólio suspirou. Talvez seu plano desesperado não precisasse ser posto em ação, afinal.

— O prisioneiro escapou! Às armas!

Ah, *maldição*.

Benvólio segurou o punho de Rosalina com uma das mãos e as rédeas de Silvius com a outra e correu. Arriscando uma olhada para trás, viu que o acampamento estava em alvoroço, com tochas movendo-se por todos os lados. Já havia homens montados indo na direção da estrada.

— Precisamos montar, precisamos fugir! — Rosalina exclamou, puxando o braço de Benvólio. Ele se virou para ela, a pegou pela cintura e a beijou com força. Depois se afastou e, aproveitando-se de sua momentânea confusão, a levantou e praticamente a jogou sobre a sela.

— *Vá* — disse ele e bateu no dorso de Silvius o mais forte que pôde. Silvius empinou e saiu galopando, com Rosalina agarrada a seu pescoço. Teve uma última visão de seu rosto pálido e surpreso olhando para ele, antes de respirar fundo e gritar:

— Páris, seu canalha, enfrente-me como homem! — e correr de volta para o acampamento.

Um homem contra mil era uma chance nula, mesmo que ele estivesse armado, considerando que Rosalina ficara com sua adaga. Mesmo assim, ele investiu à sua volta com os punhos; não havia por que facilitar as coisas para aqueles malditos traidores. Sua meta era distrair, e não escapar. Queria ganhar tanto tempo quanto pudesse para Rosalina fugir. E foi só depois de o terem amarrado novamente que o capitão pensou em perguntar:

— Onde está a moça?

Benvólio sorriu com os lábios ensanguentados.

— Que moça?

O rosto do capitão ficou vermelho.

— Levem-no para o meu senhor — ordenou para seus homens.

Benvólio foi arrastado para a grande tenda, no centro do acampamento. Páris, parecendo menos nobre agora, andava de um lado para o outro, com os cabelos desgrenhados, como se os tivesse desarranjado com as mãos. Quando viu Benvólio, olhou-o com fúria.

— Onde ela está?

A resposta de Benvólio foi uma cuspida cheia de sangue aos pés dele.

O punho de Páris acertou-lhe o rosto. Benvólio viu estrelas faiscarem na frente dos olhos. Teria caído se seus captores não o segurassem.

— Você devia ter fugido quando pôde — disse Páris. — Vai morrer por isso.

— Que pena. Eu esperava que você me fizesse seu camareiro-mor.

— Mande homens para capturá-la! — Páris ordenou ao capitão. — O resto de vocês, ergam acampamento. Vamos partir para Verona ao amanhecer. — Para Benvólio, ele disse: — Diga-me para onde ela foi e talvez eu poupe sua vida.

— Ela está em um lugar onde você nunca a encontrará — Benvólio respondeu, esperando que fosse verdade.

☦

Rosalina voava através da estrada.

Os cascos de Silvius ressoavam freneticamente nas pedras e, por mais que ela puxasse as rédeas, ele não lhe obedecia. O animal estava tão afoito que tudo que ela podia fazer era se agarrar ao pescoço dele e tentar não cair. Alguns minutos intermináveis se passaram antes que ele começasse a diminuir um pouco o passo. Quando finalmente conseguiu acalmá-lo, percebeu que não tinha a menor ideia de onde se encontrava.

Viu-se em uma estrada de terra que cortava pelo meio de um bosque. Ao longe, avistou o brilho de uma ou duas luzes — talvez fossem de alguma fazenda. Mas, onde estava agora, não havia nada, a não ser mata. Em algum lugar na escuridão, um animal gritou. Rosalina estremeceu e puxou mais o manto em volta do corpo. Tinham ido para o norte ou para o sul quando deixaram o acampamento? Ela não sabia; tinha contado com Benvólio para guiá-la.

O que poderia fazer? Ir até uma das casas de fazenda e pedir ajuda? Uma moça sozinha corria sérios riscos pondo-se na mão de estranhos. Continuar em frente até encontrar uma hospedaria? Isso já não dera certo uma vez, e, de qualquer modo, damas certamente não faziam *isso*. Estremeceu ao pensar no que poderia lhe acontecer se aparecesse em uma hospedaria sozinha.

Um tropel de cascos atrás dela interrompeu seus pensamentos confusos. Rosalina ficou tensa. Os homens de Páris deviam estar procurando por ela. Deslizando depressa de cima de Silvius, ela o puxou pelas rédeas. Ele refugou e relinchou, como se perguntasse quem era aquela criatura fraca e estranha e o que ela havia feito com o seu dono.

— Eu sei — ela murmurou. — Mas foi culpa dele mesmo. *Vamos.*

Silvius por fim aceitou ser conduzido para fora da estrada e para o meio das árvores. Por sorte, o manto dele era escuro; seria quase impossível de enxergar. Ainda assim, Rosalina segurou a respiração enquanto os cavaleiros se aproximavam. Silvius ficou abençoadamente quieto também e os homens de Páris passaram sem parar. E, então, Rosalina e Silvius estavam novamente sozinhos no escuro.

Uma onda de medo subiu dentro dela e quase a sufocou. *Maldito Montecchio!* Como pôde abandoná-la assim? Se os homens de Páris não a encontrassem, bandoleiros ou lobos certamente a encontrariam. Havia um milhão de perigos a cercá-la até Verona, todos os quais veriam uma jovem nobre sozinha como presa fácil. E estariam certos. Ela estava indefesa. Pousou a mão trêmula no corpo quente de Silvius, em busca de conforto, e viu que ele ainda estava com os alforjes de Benvólio. Aparentemente, os homens de Páris não haviam se preocupado em removê-los. Ansiosa por uma distração em seu desespero, ela os abriu e examinou o conteúdo. Nada muito útil. Um pouco de pão e queijo. Algumas moedas. Uma maçã para Silvius. E, cuidadosamente dobrados, um gibão e uma calça de reserva.

Lágrimas vieram aos olhos de Rosalina e ela pressionou o rosto contra o tecido do gibão. A peça tinha o cheiro dele: couro, condimentos, e algo que era simplesmente *ele*. Rosalina levou a mão à boca para conter um grito de angústia. Benvólio estava a caminho da morte. Por ela. E, como a deixara sozinha, ela provavelmente não teria escapatória também. O sacrifício dele não valeria para nada.

Então o faça valer, uma vozinha fria disse dentro dela.

Pare de chorar.

Olhe em volta. Você não está indefesa, filha de Tirimo. Você ainda tem sua inteligência.

As mãos de Rosalina apertaram o tecido do gibão de Benvólio. Sim.

Antes que pudesse parar para questionar a sabedoria daquela ideia extravagante, ela segurou a bainha do vestido e o puxou sobre a cabeça. Despiu a combinação em seguida e tremeu, nua, na escuridão. Rasgou várias faixas longas da barra da combinação e as amarrou em volta do peito antes de vestir o gibão e a calça de Benvólio. Não se sentia menos nua depois de vestida, porque as roupas masculinas eram estranhamente largas e permissivas. Mais uma faixa da combinação serviu para prender o cabelo, juntando seus cachos na nuca. As roupas de Benvólio eram grandes demais para ela, mas rapazes de recursos modestos com frequência herdavam as roupas dos irmãos mais velhos. Ela apertou o cinto do gibão o mais que pôde e prendeu a adaga à cintura. Um último passo era necessário: com um puxão forte, arrancou o brasão costurado no ombro do gibão, e a marca dos Montecchio foi fazer companhia às suas roupas femininas no chão escuro. Ficou apenas com um lenço que ela própria havia bordado com uma rosa, por causa de seu nome, o qual enfiou dentro da manga — isso era tudo que restava da srta. Rosalina. Então respirou fundo, montou em Silvius e tomou a direção que ela esperava ser o leste.

Quando o sol surgiu, um rapaz magro entrou com seu cavalo no pátio da hospedaria, em uma pequena aldeia à margem da floresta. O cavalo era bom, mas suas roupas eram gastas e o rosto sério demais para alguém tão jovem. Quase ninguém reparou nele, a não ser o hospedeiro, que recebeu um xelim por um pouco de mingau e informações para que o jovem, que se intitulou Niccolo, chegasse ao Mosteiro de Montenova.

†

Ela não tinha mesmo paciência.

Se mais uma bem-intencionada prima Capuleto viesse até Lívia com aquela conversa de como sentia tanto por sua irmã ter sido desonrada por um Montecchio, jogaria todas elas dentro do poço. Nenhuma se importava com Rosalina, apenas com a honra dos Capuleto. Na véspera, seu tio havia pensado em mandar todos de volta às suas casas, mas a descoberta do corpo da ama lançou a cidade em um alvoroço ainda maior do que antes. Ninguém tinha visto quem da família Montecchio fora tão covarde a ponto de assassinar uma pobre criada, mas o clã Capuleto estava pronto para matar até o último homem pertencente a ela. Lívia não teve forças para fazer objeções a esse plano. A visão do corpo castigado da querida ama a fizera chorar a noite inteira. A sra. Capuleto sentara-se junto dela por um tempo, afagando-lhe os cabelos enquanto também chorava. Lívia admirava a força da tia. De alguma maneira, ela havia encontrado tempo para falar com todos os furiosos jovens de sua família, ainda que sua dor provavelmente fosse maior que a de qualquer outra pessoa.

Mas, com as grandes famílias e seus aliados agora fazendo guerra aberta nas ruas e com a cidade consumida por tumultos, Lívia não podia pôr os pés para fora dos muros da Casa Capuleto e se sentia enlouquecer. O que havia acontecido com Páris? Será que encontrara Rosalina a tempo? E aquele canalha do Benvólio teria machucado algum dos dois? Ela precisava saber.

Assim, quando as portas da Casa Capuleto se abrissem para dar entrada ao príncipe de Verona, Lívia não se retirou com as outras jovens donzelas para o antigo quarto de brinquedos de Julieta, como a haviam mandado. Em vez disso, ficou observando de uma janela no alto enquanto sua tia e seu tio cumprimentavam o príncipe Escalo no pátio. Quando ouviu seu tio dizer, "Vamos para a minha sala, alteza", ela voou com pés silenciosos e rápidos até a pesada porta de carvalho e entrou antes que eles surgissem à vista.

A sala de seu tio, embora rica, não era grande. Continha algumas estantes de livros, uma mesa ostentosamente pesada e algumas poltronas de couro. Nenhum lugar para uma donzela furtiva se esconder. Por um instante, teve a ideia maluca de se meter embaixo da mesa, como faziam quando eram crianças, mas desconfiou de que agora estava alta demais para se encolher ali sem ser notada. Os passos pesados de seu tio subiam a escada pouco a pouco. A qualquer momento eles abririam a porta e a descobririam, e sua oportunidade estaria perdida. Olhou em volta outra vez. Ah!

Lívia se enfiou atrás da pesada cortina que se estendia do teto ao chão e conseguiu parar o movimento revelador das dobras bem na hora em que a porta se abriu.

— São notícias animadoras essas que nos traz, alteza — soou a voz de seu tio. Ela o ouviu ofegar enquanto circundava a mesa, depois os suspiros de sua respiração apressada e da cadeira, quando ele desabou seu volume sobre ela. — Por favor, sente-se. Quer dizer que Benvólio foi capturado?

Lívia pôs a mão na frente da boca para abafar um som de alívio. Graças aos céus! Isso queria dizer que Rosalina estava salva?

— Sim — veio a resposta do príncipe. — Essa notícia não deve chegar a mais ninguém além dos senhores, pois não quero dar início a um tumulto, mas recebi a mensagem do conde Páris. Ele e seus homens capturaram o vilão e vão trazê-lo de volta a Verona para ser executado.

— *Ah!* — exclamou a sra. Capuleto, com a voz mais cheia de satisfação do que Lívia jamais a ouvira. — Justiça, finalmente.

— Sim. Ele solicita que eu abra os portões da cidade para que toda a Verona possa ir à Colina da Execução ver a justiça ser feita.

— Uma excelente ideia — disse a sra. Capuleto. — O jovem Páris é sábio. Seguirá a sugestão de seu parente, alteza?

— Pode ser. Tenho certeza, sra. Capuleto, de que teve tempo suficiente para ganhar respeito pela sabedoria de meu primo nas semanas em que o manteve escondido de mim — o príncipe disse secamente. — Mas confesso que ainda não entendi por que isso foi considerado necessário.

— Perdoe meus medos femininos — respondeu docemente a sra. Capuleto. — Eu deveria ter tido mais fé na capacidade de vossa alteza de protegê-lo, mesmo nesses tempos perigosos. Embora a morte recente de nossa ama sugira que sua guarda esteja, talvez, sobrecarregada.

— Sinto muito pela morte dela — disse o príncipe, com um suspiro aborrecido. — E, quaisquer que tenham sido seus motivos, sou grato por terem restaurado a saúde de meu primo e certamente seguirei o conselho dele.

— A honra foi nossa de curá-lo para vossa alteza — afirmou ela, com humildade.

Para o inferno toda aquela tagarelice de gratidão e honra. Agora que Lívia sabia que Páris estava bem, só lhe restava uma preocupação: o que havia acontecido com sua irmã? Fechou a cara e controlou a vontade de gritar que havia uma donzela em perigo lá fora enquanto eles se entretinham naquele ridículo joguinho adulto de polidez.

Seu tio, por fim, pareceu compartilhar um pouco de sua preocupação.

— A propósito, e a jovem? A minha sobrinha, Rosalinda. Arruinada, suponho?

— Rosalina, o senhor quer dizer? Eu... — Uma tensão estranha surgiu na voz do príncipe. Lívia mordeu o lábio. — Eu não sei. Páris não falou dela em sua mensagem. Escrevi a ele perguntando. Tenho a mais sincera esperança de que ela esteja segura sob os cuidados dele.

— Não sabe se ela está com ele? — a sra. Capuleto interveio.

— Acreditem, ninguém se preocupa mais com a segurança de Rosalina do que eu! — exclamou o príncipe.

Um silêncio surpreso se seguiu. O soberano de Verona era conhecido por seu temperamento controlado. Lívia nunca o ouvira falar daquela maneira.

— Perdoem-me — disse ele após um momento. — Sua sobrinha e eu... — Ele hesitou. — Isso é para outro dia. Capuleto, pretendo providenciar a execução de Benvólio sem demora, diante dos olhos de toda a cidade. Mas, em troca, espero que controle sua casa. Não quero mais saber de guerras nas ruas de Verona. Não esqueci que dois jovens Montecchio também foram mortos e seus assassinos ainda não foram descobertos. Deste momento em diante, a pena para qualquer Capuleto que ao menos roçar a mão na bainha da espada será a própria vida.

A voz suave da sra. Capuleto o interrompeu outra vez:

— Tenho certeza de que todos os rapazes de nossa casa ficarão mais do que satisfeitos de se retirar em paz quando virem a justiça consumada no corpo de Benvólio.

— Eles vão se retirar já — o príncipe disse. — Não me faça ter que repetir.

Seguiu-se uma pausa.

— Desculpe a minha esposa. Ela não se expressou bem. Terei todos os nossos exaltados parentes aqui em uma hora.

— Eles verão a justiça ser feita — disse o príncipe. — E logo. Acredito que Páris esteja a menos de dois dias de viagem da cidade. E, quando ele chegar, Benvólio não verá outro pôr do sol.

✠

"Niccolo" cavalgava como homem.

Rosalina nunca havia sido a mais recatada das amazonas, correndo mais riscos e cavalgando mais rápido do que seria apropriado para uma donzela. Chegou até a tomar emprestado o melhor garanhão da duquesa certa vez sem lhe pedir permissão. Lívia gostava de brincar dizendo que esse era o único vício da irmã. Mas nunca percebera de fato como havia sido limitada pelo decoro e pelas anáguas até poder subir em uma sela com uma roupa masculina, gritar "Eia!" e deixar Silvius voar. Felizmente, Silvius tinha a constituição perfeita para a velocidade, e, com uma amazona tão leve em seu dorso, eles percorriam os quilômetros como vento.

Encontraram alguns viajantes pelo caminho; embora Rosalina estivesse quase gritando por dentro de urgência, achou conveniente parar e conversar com eles. Uma velha matrona expressou preocupação por "um rapaz tão franzino" estar viajando sozinho, mas nenhum deles percebeu o seu disfarce. Rosalina era alta e magra para uma mulher e, no gibão de Benvólio, parecia um rapaz entrando na idade adulta. O segredo de Niccolo, ao que parecia, estava seguro.

Graças à tempestade e ao atraso que isso havia causado, Rosalina estava a poucas horas de seu destino. O Mosteiro de Montenova logo se ergueu diante dela uma vez mais. Rosalina cobriu a cabeça com o capuz. Agora vinha a parte difícil.

Depois de um breve conflito interno, decidiu não bater na porta da frente e pedir refúgio como Benvólio tinha feito. Seu objetivo não era obter uma audiência com frei Lourenço — bem ao contrário, na verdade, porque bastaria que ele desse uma olhada em "Niccolo" para reconhecer a moça com o tornozelo torcido que ele ajudara a curar —, mas apenas ficar no mosteiro até conseguir encontrar o diário de que Benvólio tinha falado. Sua esperança era de que ele contivesse a prova da inocência de Benvólio de que tanto precisavam.

Tinha pensado em ir direto para Verona, mas, com o exército de Páris entre ela e sua casa, não parecia ter muita chance. Tinha certeza de que ainda estavam vasculhando a área à sua procura, mas estariam em busca de uma jovem a caminho de Verona, e não de um rapaz seguindo para o leste. Além disso, agora que ela conhecia a extensão da traição de Páris, era mais importante do que nunca que Escalo soubesse a verdade. Agora entendia que L não era Lúculo, mas Lavínia, sua tia Capuleto. O nome era tão raramente usado que havia escapado totalmente de sua lembrança. Se o frade tivesse sido mais explícito em alguma outra parte do diário, seu testemunho involuntário e o testemunho da própria Rosalina poderiam ser suficientes para salvar a vida de Benvólio — e talvez a do próprio Escalo. Se ao menos ela tivesse conseguido roubar aquela máscara que Páris agitara na frente do seu rosto! Agora só podia torcer para que o diário bastasse.

Os passos de Rosalina ficaram mais lentos quando ela se aproximou da porta dos fundos do mosteiro, onde criados e mercadores deviam bater. Era uma esperança muito grande para depositar em um pequeno caderninho com rabiscos de um monge. Ela rezava para que fosse suficiente e para que conseguisse encontrar uma maneira de pegá-lo.

Rosalina respirou fundo. Não havia tempo para ficar pensando. Escalo, Benvólio, ela mesma — teria que ser corajosa o bastante pelos três. Endireitando os ombros e apoiando os pés separados no chão, esperando assim adotar uma atitude masculina, ela bateu à porta.

— Estou indo. — Um monge com uma túnica marrom manchada de comida abriu a porta e pareceu surpreso ao vê-la ali. — Quem é você, meu filho? É o cavalheiro de Verona que se abrigou aqui? Não posso readmiti-lo. Dizem que você agrediu o bom frei Lourenço.

Rosalina pôs no rosto sua melhor expressão vazia de incompreensão masculina. Descobriu que pensar em Lúcio e Valentino a ajudava.

— Verona? Não, padre, meu nome é Niccolo e venho de Pádua para procurar um lugar como pajem em Milão. Por acaso esta santa irmandade teria algum trabalho honesto para um homem como eu, em troca de abrigo por uma noite?

— Um homem como você não é homem nenhum, mas um fedelho mal saído dos cueiros — disse o frade. — Vá para casa de seus pais.

— Eles morreram, padre. — O que era verdade. Menos um século no purgatório por mentir para um homem de Deus.

O rosto do monge amoleceu.

— Um órfão, então?

— Sim, sem nada no mundo a não ser estas roupas e Si-Sirius aqui. Mas sou bom na cozinha e com os cavalos. Eu lhe peço, permita que eu lhes preste meus serviços.

Ele a examinou por um instante.

— Está bem, você pode ajudar o velho Tuft nos estábulos por hoje.

Louvado fosse. Para alguém que havia pensado em ser freira, Rosalina estava enganando e desafiando muitos dos servos de Deus nos últimos dias. Ela fez uma rápida oração silenciosa pedindo perdão, inclinou-se diante do monge na melhor reverência que pôde e dirigiu-se aos estábulos, onde encontrou o referido Tuft, um velho cavalariço retorcido e corcunda, que conduziu Silvius com mãos fortes e capazes.

— Um belo animal — disse ele. — Será que já o vi antes? Acho que o rapaz de Verona tinha um cavalo desta cor e desta altura.

Ela fez o olhar vazio outra vez.

— Eu venho de Pádua. Sirius é meu desde que era um potrinho. — Silvius, bendito animal, escolheu aquele momento para encostar afetuosamente a cabeça nela, como se ela de fato fosse uma amiga de uma vida inteira, e não uma intrusa que o roubara de seu dono. Rosalina afagou-lhe o pescoço, e, juntos, eles voltaram olhares de grande inocência para mestre Tuft.

Tuft deu de ombros e perdeu o interesse.

— Bem, imagino que haja muitos cavalos cinza no mundo. — Ele lhe entregou uma pá. — As baias dos cavalos de carroça precisam de limpeza.

Ele lhe deu uma camisa e calças de trabalho, que ela vestiu em um canto vazio, fora da vista. Depois passou o resto da tarde removendo esterco. Não conseguia esconder o nojo, mas supunha que isso não prejudicava seu disfarce: um jovem cavalheiro que, mesmo tendo ficado em situação difícil, não havia passado mais tempo na vida limpando estrume do que ela. Pelo menos aquelas não eram as roupas de Benvólio. Ele provavelmente teria que queimá-las.

O pensamento em Benvólio lançou um jato de pânico em seu estômago. Ela apertou os dentes, forçando-se a continuar a tarefa, embora sua vontade fosse largar a pá e correr para o quarto de frei Lourenço e exigir que ele lhe desse o caderno que seria a salvação de Benvólio. Afligia-se por estar ali sem agir quando cada momento de demora o levava para mais perto da ruína. E se ela esperasse demais? E se Páris já o tivesse matado? Pior ainda, e se Escalo tivesse feito isso? Não achava que fosse possível que eles já tivessem chegado a Verona. Tinham mais ou menos um dia e meio de cavalgada intensa partindo do lugar onde ela os havia deixado e, com um exército como o de Páris, que não podia mover-se tão depressa quanto dois cavaleiros sozinhos, levariam pelo menos um dia a mais. Ainda assim, o pensamento foi o bastante para fazer a bile subir à sua garganta, e ela pressionou o braço com força sobre a boca.

— Segure aí, seu mariquinha de boca mole, é só um pouco de cocô de cavalo. Não vá vomitar no Vestiver.

Rosalina endireitou o corpo e engoliu com esforço.

— Perdão. Eu só parei para respirar.

— Bom, você é um rapazinho trabalhador — disse Tuft, com alguma relutância. — Chega por hoje. Venha, vamos nos lavar e jantar.

Rosalina olhou para o horizonte e viu que o sol já estava se pondo. Ela e Tuft saíram dos estábulos e encontraram vários baldes de água que os monges haviam deixado para eles se lavarem. Teve um momento de pânico quando Tuft tirou a camisa e a mergulhou em um balde, depois a cabeça e os braços em outro, esfregando-se vigorosamente.

— O que está esperando? — ele perguntou, quando a viu parada. — Lave-se, menino. Não pode jantar assim entre homens santos. Nada traz os pensamentos elevados de volta para a terra como um bom fedor.

Rosalina mexeu na barra da camisa com os dedos. Ele estava certo, mas não podia se despir na frente dele.

— Eu... eu...

Tuft deu um grande suspiro.

— Você é todo dengoso, não é? Tome. — Ele lhe jogou uma troca de roupa. — Frei Francisco lhe deixou isto. Cuidado, acho que ele quer transformar você em um monge. Pegue isso e vá se lavar naquelas moitas ali na frente.

Graças aos céus pelo enorme desprezo de Tuft pelos nobres, que pareceu fazê-lo perder qualquer interesse pelas excentricidades de "Niccolo". Rosalina levou a camisa e alguma água para as moitas, que lhe davam privacidade suficiente para se lavar e se trocar sem medo de ser vista. Niccolo de Pádua sobreviveria àquele momento.

Depois de bem esfregados, ela e Tuft foram para a cozinha. Tuft tinha razão sobre frei Francisco. Ele parecia ter planos para "Niccolo" e pediu a ela que jantasse com os monges "para discutir seu futuro". Mas Rosalina desculpou-se, com medo de se encontrar cara a cara com frei Lourenço, e disse que preferia comer na cozinha com Tuft e os outros criados leigos.

Por fim, o jantar terminado, vasilhas e panelas lavadas, os monges arrumaram um lugar para "Niccolo" dormir perto da lareira. Rosalina vestiu de novo as roupas de Benvólio — não pretendia passar mais um dia ali e não queria roubar nada dos monges que tinham sido gentis. Frei Lourenço era outra questão. Ficou acordada, ouvindo os estalos da lenha na lareira e as orações noturnas ecoando nas pedras, até que, por fim, todo o barulho parou e o mosteiro ficou em silêncio. Quando teve certeza de que os monges tinham ido dormir, ela se levantou.

Agora ou nunca.

Com o coração batendo na garganta, contornou de mansinho os ajudantes de cozinha que ressonavam, rezando para não errar algum passo. Depois que saiu da cozinha, encontrou o corredor de pedra vazio e silencioso, iluminado apenas por algumas tochas. O que Benvólio tinha dito mesmo? O quarto de frei Lourenço ficava no alto de uma torre? Havia duas, uma no canto nordeste e outra no canto noroeste. Dirigiu-se ao lado noroeste do mosteiro, mas a porta estava trancada.

Tinha que ser a outra, então. Rosalina escondeu-se nas sombras, apertando-se contra a parede enquanto esperava que um grupo de jovens monges sonolentos passasse, antes de se esgueirar para o lado leste. Quando passou pela capela, uma luz chamou sua atenção. Havia uma vela no chão, ao lado de uma pessoa dobrada em oração. Era frei Lourenço, embora o homem calmo e gentil que ela havia encontrado uma semana antes fosse quase irreconhecível na pessoa desesperada que via diante de si. Ele estava de joelhos, balançando-se, seu corpo como um arco curvado de vergonha, as mãos apertadas como se pudesse se agarrar à misericórdia de Deus com a força de seus punhos. Suas preces balbuciadas eram muito baixas para entender, mas ela ouviu as palavras "Montecchio" e "Perdoai-me".

Rosalina endureceu o coração contra uma pontada de compaixão. Pelo que lhe dizia respeito, ele podia implorar perdão até o dia do Juízo Final. Era culpa dele estarem naquela situação. Era culpa dele Benvólio estar em perigo. Além do mais, aquela crise de consciência à meia-noite representava boa sorte para ela. Significava que os aposentos dele estavam vazios.

Ela se apressou para a torre leste. Encontrando a porta destrancada, subiu a escada espiral e entrou em um pequeno quarto iluminado pelo luar. Sim, as paredes estavam cheias de livros, plantas e modelos matemáticos, exatamente como Benvólio havia descrito. Agora, onde estava o caderno que ela procurava? Olhou sobre a mesa onde Benvólio o tinha visto, mas não havia nada sobre ela. Nenhuma das gavetas continha um pequeno caderno vermelho, e nenhuma das prateleiras. Olhou no armário, até embaixo das roupas de cama. Em sua pressa, nem se preocupava mais em não deixar muitos vestígios de sua passagem e jogava livros, túnicas e cobertores para todo lado. Nada.

Apesar do pânico crescente, ela parou e respirou fundo para se reorganizar. O caderno não estava mais em seu lugar original. Será que frei Lourenço o havia destruído? Ela teria feito isso. Quando se tinha um segredo que não se queria que fosse descoberto, por que mantê-lo por escrito? Mas suspeitava de que o frade fosse mais sentimental do que ela. Ele não ia querer destruí-lo. Talvez, escondê-lo. Rosalina cruzou as mãos nas costas e virou em um círculo lento enquanto deixava os olhos percorrerem o pequeno quarto do frade. Onde ele poderia esconder alguma coisa?

Seu olhar pousou sobre um dos poucos adornos no quarto: um desenho pregado à parede. Franzindo a testa, ela se aproximou. Era mais um esboço do que um desenho, de fato... apenas algumas linhas e sombreados, mais sugerindo seus objetos do que os detalhando. O desenho era apenas adequado, mas o que faltava em brilho à mão do artista — o próprio frade, Rosalina imaginou — sobrava em afeto. O esboço representava meninos de uns nove anos de idade, todos com pequenas lousas no colo. Um deles, um garoto esguio e desengonçado, espiava sobre o ombro do colega, como se quisesse copiar a resposta. Seu vizinho, um menino pequeno com um punhado de cachos engraçados na cabeça, olhava ao longe, com ar sonhador. Apenas um deles, sério, inclinava-se diligente sobre suas somas, com as sobrancelhas escuras franzidas, a ponta da língua aparecendo no canto da boca.

Rosalina engoliu em seco e passou os dedos pelas faces infantis. Mercúcio. Romeu. Benvólio. Ela sabia que havia encontrado o esconderijo do frade.

De fato, quando afastou o desenho da parede, viu uma pequena fenda nas pedras e, dentro dela, havia um caderno vermelho fino. Rosalina o pegou, preparando-se para correr, e então, com uma súbita irritação, virou-se de volta e pegou o desenho também. O velho covarde sentimental não tinha direito a isso quando dois dos personagens retratados já estavam no céu e o terceiro logo se juntaria a eles, sem que ele fizesse nada para impedir.

Rosalina correu escada abaixo o mais rápido que pôde, sem se preocupar muito com o barulho agora. Não estava longe da porta dos fundos. Tudo que precisava fazer era chegar aos estábulos sem ser detida, e ela e Silvius se poriam a caminho. Havia quase alcançado a base da escada quando colidiu com frei Lourenço.

Ele oscilou para trás, quase caindo nos degraus. Depois se reequilibrou, resmungando:

— Menino, o que quer aqui? O abade me prometeu que nenhum criado... — Ele olhou melhor para o rosto dela e seu queixo caiu. — Srta. Rosalina? Mas o que...? — Rosalina não respondeu e só tentou passar por ele. Ele a deteve, segurando-a pelo cotovelo. Estreitou os olhos quando viu o caderno em suas mãos. — Ah, então o seu jogo é esse. Pare aí, ladrão! — ele gritou, tentando puxar o diário dela.

De repente, ele a largou e baixou as mãos. Rosalina olhou para ele e percebeu que o frade tinha visto sua outra prenda, apertada contra o seu peito: o desenho.

— Padre...

— Vá. — Ele levou a mão trêmula aos olhos e saiu do caminho. — Vá.

Ela passou por ele, depois se virou de volta e lhe devolveu o desenho. Então correu escada abaixo, pela porta dos fundos e até os estábulos. Ela e Silvius se puseram novamente a caminho de casa. Rosalina rezava com todas as forças para que, dessa vez, conseguissem chegar lá.

†

— O que está fazendo aqui, Lívia?

Lívia sentiu o coração se aquecer ao ver a preocupação no rosto de Páris. Ele estava sentado atrás de uma pequena mesa, no meio de uma tenda militar, para onde os dois guardas que a encontraram a haviam arrastado.

— Eu tinha que vê-lo — respondeu ela. — Sei que foi tolice sair da cidade sozinha, mas, quando eu soube ontem que você estava perto, não pude mais esperar. Cavalguei o dia inteiro. Ai! Isso dói, seu imbecil. — Ela tentou sem sucesso soltar-se dos dois guardas que seguravam seus braços.

Páris levantou-se depressa, com um gesto impaciente para os dois homens.

— Tirem as mãos da senhorita, estúpidos, ou eu as deceparei.

— O senhor disse para não permitir ninguém no acampamento — um deles protestou.

Páris acenou para eles saírem.

— Esta é sua senhora — disse com irritação. — Obedeçam a ela como obedeceriam a mim. Saiam. — Os dois homens fizeram uma reverência e se retiraram.

— Eu avisei que vocês iam se dar mal — Lívia gritou atrás deles.

Páris sorriu para ela.

— Minha querida senhorita Lívia. — Ele pegou as mãos dela nas suas e as roçou com os lábios, uma após a outra. — Mesmo consternado por encontrá-la aqui no meio desses homens rudes que eu comando, tenho que admitir que meu coração pula de alegria ao vê-la.

— O meu também — disse Lívia. — Como senti sua falta! Parece uma eternidade desde que o vi partir.

— Ah, meu amor. Nunca mais vou sair do seu lado. — Páris a puxou para seus braços e a beijou com doçura e, por um momento, Lívia se perdeu no toque daqueles lábios e na alegria daquelas palavras. Ele a amava.

Mas a realidade se interpôs em seus pensamentos e ela se afastou, pondo as mãos no peito dele.

— Meu senhor, o que é tudo isto? Eu esperava talvez meia dúzia de homens quando vim procurá-lo e, em vez disso, encontro um exército! Por que eles estão aqui? E onde está minha irmã?

O sorriso dele desapareceu.

— Sua irmã esteve aqui. Tivemos uma discordância e, embora eu tenha lhe pedido para permanecer sob minha proteção, ela preferiu ir embora. Mas, eu lhe garanto, ela estava bem e intacta na última vez em que a vi.

Lívia franziu a testa. Rosalina certamente preferia fazer as coisas ao seu modo, mas sair pelas estradas sozinha?

— Ela disse quando voltaria para casa?

— Não acredito que ela pretendesse voltar a Verona — Páris respondeu vagamente. — Mas, doce Lívia, você compreenderá meus objetivos melhor do que ela. Precisa compreender, porque eles interessam a você também. — Ele segurou a mão dela de encontro ao seu coração enquanto lhe contava o que pretendia fazer.

Lívia arregalou os olhos quando Páris lhe descreveu seus planos de derrubar seu soberano.

— Você quer tomar o trono de Escalo? Não pode fazer isso! É loucura!

Ele sorriu.

— Todos os grandes planos parecem loucos a princípio. Você não vê, Lívia? Assim como suas mãos suaves limparam meus ferimentos a cada dia até que eu ficasse curado, eu livrarei Verona da pestilência que a derruba cada vez mais. — Ele se afastou um pouco e segurou as mãos dela nas suas. — E, quando eu tiver a coroa, faltará apenas uma coisa para a felicidade ser perfeita para sempre. Um príncipe precisa de uma princesa ao seu lado. Não posso pensar em ninguém melhor para me ajudar e confortar do que aquela que restaurou a minha própria vida. Antes de partir de Verona, eu pedi e recebi a bênção de sua boa tia, portanto a decisão agora é sua. Lívia, quer ser minha esposa?

O coração de Lívia parou na garganta. Os olhos de Páris eram animados e sorridentes, fixos nos dela, e ela não conseguia desviar o olhar. *Princesa de Verona*. Páris queria elevá-la acima de todas as outras damas da cidade. Queria *casar-se* com ela.

Visões estonteantes dançaram diante de seus olhos. Uma coroa na cabeça de Páris... Páris segurando sua mão diante do bispo, fazendo dela sua esposa, seus olhos iluminados de amor... de pé com ele em um balcão no palácio, acenando para a multidão em festa... filhos com os olhos doces do pai e os cabelos cor de mel da mãe...

— Minha querida, minha doce Lívia. — Ele a beijou de novo, e de novo, como se nunca fosse o bastante. — Diga que ficará comigo.

☦

Sentia a cabeça latejar quando acordou.

Benvólio notou a visão ofuscada por formas e cores vagas e imprecisas que ganhavam foco lentamente. Fez uma careta e tentou levantar as mãos para esfregar os olhos embaçados, mas descobriu que seus pulsos estavam amarrados.

Os dois últimos dias haviam se passado em uma névoa dolorida. O exército de Páris tinha se deslocado na manhã seguinte à fuga de Rosalina, mas, por causa de seu tamanho, movia-se mais devagar e só agora chegava ao lado de fora das muralhas da cidade. Ele esperava que isso tivesse dado tempo a Rosalina para já estar segura em casa. Páris o mantivera amarrado em uma carroça de suprimentos quando estavam em movimento, e em uma barraca quando paravam. De vez em quando, um de seus captores vinha e o enchia de socos, tentando fazer com que ele contasse o que sabia da fuga de Rosalina. Benvólio conseguia enfrentar os espancamentos com bom ânimo, porque, enquanto eles continuassem, isso era sinal de que os homens de Páris não a haviam encontrado. Agora estava em uma barraca diferente, deitado na lama, com vários homens conversando à sua volta. Embora nem piscando várias vezes conseguisse focar o rosto deles, as vozes eram inconfundíveis.

— Ele não quer dizer nada sobre Rosalina — disse uma voz que ele reconheceu como a de Páris. — Prepare-se, primo. É certo que ele vai lhe contar uma história comovente sobre sua inocência, e pode até tentar jogar todos os seus crimes sobre mim. Nunca encontrei um mentiroso tão hábil.

— Já era de esperar que fosse assim — respondeu uma voz calma e irônica. — Aprendi que a perspectiva da morte iminente muitas vezes é uma grande inspiração para a imaginação.

Os dedos de Benvólio se flexionaram contra a grama úmida sob seu corpo. O príncipe.

Alguém segurou seu braço e o levantou, colocando-o de joelhos.

— O cachorro se move. O que tem a dizer em sua defesa, canalha?

Benvólio apertou os olhos, forçando-os a obedecerem. Diante dele estavam o capitão da guarda de Páris, o próprio Páris e o príncipe. Depois de tudo que lhe havia acontecido — de tudo que havia acontecido a Verona! —, Benvólio achou estranho ver o príncipe exatamente como sempre, o cabelo penteado para trás, o gibão fino sem nenhuma marca de lama ou sangue.

Mesmo no dia da morte de Mercúcio, o príncipe nunca deixara de estar impecável.

— Alteza — disse Benvólio, forçando as palavras como vidro áspero por sua garganta dolorida. — Não está seguro aqui. Ele pretende matá-lo! Fuja!

O príncipe levantou as sobrancelhas.

— Me matar? — Ele deu uma olhada para Páris. — Por que meu parente ia querer me matar quando acaba de me entregar o bandido que foi procurar por minha ordem? — Ele sacudiu a cabeça. — Por que você matou o jovem Gramio? Por vingança? Será que seu rosto equilibrado escondia um ódio mais intenso pelos Capuleto que o dos piores membros da sua família?

— Pela minha honra, não fui eu.

O príncipe se ajoelhou na frente dele. Aqueles olhos frios e observadores tinham um inabitual brilho de raiva.

— Estou cansado de arrumar desculpas para os atos sórdidos dessas duas famílias — ele falou em voz baixa. — De acreditar que há homens honestos entre vocês, apenas para ver confirmado repetidamente que eu estava errado, que vocês não passam de cães. De ver inocentes tombarem, vítimas da inimizade entre vocês. — Um músculo se tensionou em seu queixo. — Sabe o bosque de sicômoros a oeste das muralhas da cidade? Neste momento, meus homens estão preparando a colina mais alta para o trabalho do carrasco. Todas as portas da cidade vão ficar abertas, para que cada mercador, senhor e vassalo possa ir ver o que acontece com um traidor da Coroa. Eu lhe ofereço pela última vez a misericórdia que você nunca demonstrou. Diga-me o que fez com a srta. Rosalina, ou será morto amanhã, ao pôr do sol.

Benvólio ergueu os olhos. Páris exibia um leve sorriso. Ele olhou firmemente para seu soberano, procurando mostrar sinceridade com sua expressão.

— Escute-me, alteza — disse Benvólio, tentando manter a voz baixa. — Falo como alguém que sempre foi seu servo honesto e leal. E continuarei assim até o túmulo, mesmo que seja sua mão que me despache para lá. Páris pretende tomar seu trono. Por que acha que ele juntou esse exército enorme? Seriam necessários mil homens para encontrar um Benvólio? Precisa fugir *agora* e fechar os portões da cidade, se valoriza sua vida e deseja proteger Verona da tirania dele.

Páris riu.

— Mil homens? Embora seja Benvólio quem fala, é a covardia que tagarela com sua língua. — Ele abriu a entrada da tenda e chamou seus guardas para que arrastassem Benvólio para fora.

Benvólio piscou quando o sol ardeu em seus olhos. Quando a cena diante de si foi se definindo em sua visão, achou que estivesse alucinando. Havia apenas mais duas barracas pequenas e não mais do que uma dúzia de homens. Isso era tudo.

— Eles estão vindo — disse, virando-se para o príncipe. — Ele os deixou na colina mais próxima, ou escondidos na floresta, mas eles estão vindo. Eu os vi, alteza, e Rosalina também...

— Pare com essa loucura! — o príncipe o interrompeu. — Rosalina! Onde está ela? Meu primo diz que ela estava delirando quando a resgatou, incapaz de diferenciar amigos de inimigos. Que ela fugiu quando tentaram ajudá-la. O que você fez com ela?

— Responda! — o capitão grunhiu e o esbofeteou no rosto, fazendo-o desabar na terra. Depois levantou um pé e ia descê-lo sobre as costelas de Benvólio, mas o príncipe o deteve com um gesto autoritário.

Benvólio sacudiu a cabeça para tentar diminuir o zumbido em seus ouvidos.

— Ela... eu a fiz fugir.

— Para onde?

— Não sei. E, se soubesse, não revelaria em companhia tão traiçoeira. Espero que ela não volte nunca mais.

Os olhos do príncipe faiscaram de raiva.

— Por quê? Para que ela não possa contar a história da violação sofrida em suas mãos?

— O quê? Não! Eu nunca...

— Silêncio, cachorro. — O príncipe se abaixou na frente dele e, pela primeira vez, sua máscara de autocontrole se desfez, revelando uma fúria que Benvólio nunca o vira demonstrar antes. — Nenhuma palavra que você possa dizer agora o salvará da lâmina do carrasco.

— Eu nunca a toquei — disse Benvólio. — Ela veio comigo por vontade própria, para provar que eu estava sendo falsamente acusado.

O príncipe olhou para Páris.

— Não tem mesmo nenhuma ideia de para onde ela foi?

— Ela estava delirando quando a encontramos. Os dias que passou nas garras dele arruinaram seu juízo. Não sei para onde ela pode ter ido. Nunca me perdoarei por tê-la deixado fugir — Páris disse com tristeza.

O príncipe sacudiu a cabeça.

— Eu o considerava o mais honrado dos homens, Benvólio. Nunca me enganei tanto ao dar minha confiança a alguém. E pensar que eu quase a forcei a se casar com você. — Ele respirou fundo, entredentes. — E agora você a arruinou.

— Nenhum homem poderia arruiná-la — disse Benvólio. — Ela é a mais inteligente, a mais corajosa, a melhor das mulheres. Eu cortaria minha própria mão antes de usá-la para ultrajar a bela Rosalina...

O príncipe deu uma risada amarga.

— Como pode falar assim da moça que você destruiu, Benvólio? Será possível que, mesmo enquanto traía o espírito inocente dela para seus fins imundos, ela tenha ganhado seu coração?

Os olhos de Benvólio se arregalaram ao ver o rosto revoltado de seu soberano.

— Meu senhor, terá ela ganhado o *seu*?

O punho do príncipe acertou um golpe violento no rosto de Benvólio, que voltou a cair, com a cabeça zumbindo novamente.

— Peça seu perdão a Deus, Benvólio — o príncipe disse, levantando-se e virando-se para ir embora. — Você morrerá ao amanhecer. — Benvólio tentou se mover, gritar, alertá-lo uma vez mais, mas a escuridão o envolveu inexoravelmente em seu abraço.

✠

O brilho imutável das estrelas zombava dele naquela noite.

Escalo apertava com força o parapeito do balcão do palácio enquanto olhava para o céu de Verona, como tantas vezes fazia. Normalmente isso o acalmava, mas não havia conforto nas estrelas agora; seu avanço imperturbável pelo céu só servia para destacar como essa serenidade andava escassa por ali nos últimos tempos.

Ouviu uma tosse às suas costas.

— As ruas estão sendo desocupadas, meu senhor — disse Penlet. — Conforme suas ordens, a captura de Benvólio foi anunciada. Ao receber a notícia da execução iminente dele, os Capuleto e seus aliados interromperam os ataques e voltaram para casa. Prometeram estar no local do julgamento ao amanhecer. Os Montecchio retiraram-se em luto. Tudo está calmo.

— Por enquanto. — O príncipe deu um sorriso triste. — Muito obrigado, bom Penlet. Pode se recolher.

Penlet retirou-se com uma reverência e uma tossida, deixando Escalo sozinho com as estrelas.

O que o pai pensaria dele agora, ao ver os cidadãos de Verona se matando nas ruas como animais? Ao vê-lo forçado a usar armas contra seus próprios súditos? Que vergonha ele havia trazido para a Coroa!

É claro que não fizera tudo sozinho. Aqueles malditos Montecchio e Capuleto lhe deram uma ajuda generosa para tingir de vermelho as ruas acinzentadas de Verona.

Escalo baixou a cabeça. Às vezes tinha vontade de deixar que eles se matassem. Qualquer tentativa que fazia de amenizar aquela inimizade só piorava as coisas; sempre que tentava confiar em algum homem deles, só encontrava traição. Pelo menos ainda tinha Páris ao seu lado. Estremeceu ao pensar onde estaria sem seu primo agora.

Como pudera se enganar tanto com Benvólio? Sim, ele havia sido amigo próximo de Romeu e Mercúcio, dois rapazes de cabeça quente, mas Escalo sempre acreditara realmente que ele fosse mais equilibrado. Alguém que poderia ser digno da mão de Rosalina, por mais que ele a entregasse com relutância. A pontada de dor em seu peito o fez perder o fôlego. Fora ele quem unira Benvólio e Rosalina, quem os forçara a conviver um com o outro.

E assim, sem querer, sentenciara a mulher que amava ao inferno nas mãos de um vilão.

Onde ela estaria? O que Benvólio teria feito com ela? Algo terrível o suficiente para fazê-la perder o juízo, segundo seu primo. Imagens repugnantes encheram sua cabeça e ele apertou os dentes. Quase tinha vontade de pular daquele balcão ao imaginar essas coisas acontecendo com ela. Por que Benvólio tinha feito isso? Por que raptá-la, estuprá-la e depois jogá-la fora? Mesmo nos piores momentos, nenhuma das famílias jamais pegara uma donzela como vítima daquela maneira. Por um instante, a mente de Escalo voltou para a história maluca de Benvólio sobre um exército à espera para atacar a cidade. Não poderia haver alguma verdade nisso, poderia?

Não. Era como Páris havia dito: Benvólio era um mentiroso. Por que acreditar na palavra de um homem cuja espada tinha sido encontrada enterrada no coração de um jovem Capuleto, que Lívia vira fugir com a irmã, contra a palavra de alguém de seu próprio sangue? E ele também afirmara que Rosalina o acompanhara de espontânea vontade. Por que ela faria isso, depois do que acabara de acontecer entre eles? Não. Páris era seu parente. Escalo tinha certeza de que ele não o trairia assim. Ao passo que Benvólio traía tão facilmente quanto respirava. Seu impulso momentâneo de acreditar na história maluca de Benvólio devia-se a um único motivo: se ele estivesse falando a verdade, isso significava que Rosalina talvez ainda estivesse intacta. Mas, embora seu coração desejasse acreditar nisso, sua razão não deixava que ele se iludisse.

O príncipe de Verona riu, afundando a cabeça nas mãos. A mulher que ele amava estava destruída e ele provavelmente nunca voltaria a vê-

-la. Não havia nada que pudesse fazer para ajudá-la. Exceto garantir que seu agressor jamais visse outro pôr do sol.

✜

Benvólio despertou com um enorme chute.

Ele resmungou e se afastou do pé do guarda que o cutucava.

— Levante-se, vilão — o homem disse. — Está na hora do julgamento. — Benvólio se levantou, mas não rápido o bastante na opinião de seu companheiro, que lhe acertou outro chute violento nas costelas. — Há alguém aqui que quer vê-lo antes que você se encontre com o Criador.

Benvólio esticou o pescoço, ansioso, para ver atrás do guarda.

— Rosalina? Ela voltou?

— Não, meu sobrinho. — O sr. Montecchio entrou na tenda e fez um gesto para o guarda. — Saia.

O guarda inclinou a cabeça com certa relutância e se retirou. Com um suspiro, seu tio virou-se para ele. Embora estivesse prestes a enfrentar a própria morte, Benvólio sentiu uma pontada de compaixão por ele: o patriarca dos Montecchio havia ficado ainda mais velho naqueles dias desde que Benvólio o vira pela última vez.

— Tio. — Benvólio se curvou diante dele; com mãos instáveis, seu tio o fez se erguer. Benvólio segurou aquelas mãos trêmulas entre as suas, perguntando-se se levaria muito tempo para que seu tio se unisse à esposa e ao filho no túmulo. — Bom dia, senhor. — Ele abriu a boca outra vez, mas a fechou sem dizer mais nada. O que mais havia a dizer quando se estava a minutos da morte?

— Ah, Benvólio. Minha pobre criança. A que ponto caímos. — Seu tio sacudiu a cabeça.

— Escute bem, tio. Eu sou inocente de tudo que me acusam, está me ouvindo? Os autores de tudo são Páris e a sra. Capuleto.

— Não adianta. Eu estive com o príncipe implorando misericórdia durante as últimas três horas, implorei que ele amenizasse sua sentença de morte para banimento, mas ele está irredutível. Lembrei-o de sua posição, do sofrimento que você já suportou nas mãos dos Capuleto, mas foi em vão. Ele diz que você morrerá esta manhã.

Benvólio gelou enquanto ouvia as palavras do tio.

— Minha posição? Meu sofrimento? Por que quis fazê-lo ter pena de mim, em vez de suplicar por um homem inocente? — E então ele se deu conta e sentiu um peso no estômago. — O senhor acredita que sou culpado.

— Acredito que você tem motivo para o que quer que tenha feito.

— Acha que eu mataria o jovem Gramio? Que machucaria uma *mulher*? Quando a srta. Rosalina voltar para casa...

— Páris acredita que ela está morta. Ele diz que ela saiu a esmo e delirante pelos bosques e que deve ter caído presa de feras selvagens, ou se afogado no rio.

— Ela está viva. Ela está viva, *tem* que estar. Tio, ouça bem. *Não* confie no conde Páris, nem na sra. Capuleto. Frei Lourenço sabe da culpa deles. Eu vi isso escrito pela própria mão dele. — Os olhos molhados de seu tio estavam cheios de pena. Benvólio olhou para o alto, em frustração. O exército de Páris estaria ali muito antes que alguém pudesse mandar buscar frei Lourenço. — Breve, muito breve, Verona precisará do senhor e dos Capuleto, o senhor deve preparar a Casa Montecchio para repelir a invasão de Páris...

Mas o sr. Montecchio sacudiu a cabeça, com os olhos úmidos, fixados tristemente no sobrinho.

— Eu já fiz tudo o que podia. Agora é hora de rezar. Alivie a alma de qualquer peso que exista sobre ela.

Benvólio olhou com irritação para o tio. Sentia o coração acelerado, a mão ao lado do corpo procurando a espada. Mas ela não estava lá; não tinha como lutar. Então fez como o tio lhe pedia e se ajoelhou, com as mãos unidas.

Deus no céu, ele pensou, *eu lhe peço agora, em minha hora mais sombria, que me liberte. Traga a verdade à luz. Não me deixe morrer hoje.*

E, se for sua vontade que eu morra sob essas falsas acusações, eu lhe peço que olhe por minha família. Salve minha casa e minha cidade da destruição.

E, Senhor, olhe por minha Rosalina.

✠

Rosalina achava que podia desmaiar a qualquer momento.

Silvius a levara noite adentro, com o balanço do passo constante embalando seu corpo cansado. Duas vezes ela cochilara e conseguira despertar, assustada, bem a tempo de não cair.

Sabia que precisava descansar, mas dera-lhes apenas uma hora, o suficiente para Silvius comer e se recuperar, e nada mais que isso. Podia pensar em morrer de exaustão mais tarde, se conseguisse livrar Benvólio da lâmina do carrasco e salvar o trono de Escalo. Embora cavalgassem velozmente, precisava manter-se nas estradas secundárias para evitar os grupos de busca de Páris, o que os atrasara por quase um dia, e esse atraso a aterrorizava.

Então forçou os dedos a segurarem as rédeas com uma firmeza dolorosa, manteve os olhos na estrada que se estendia em direção aos dois homens que mais lhe importavam na vida e rezou.

Estava talvez a quatro léguas das muralhas de Verona quando chegou ao alto de uma colina e puxou as rédeas de Silvius. Lá estava ele, abaixo dela: o exército de Páris. Imaginou que Páris o houvesse deixado acampado ali enquanto distraía a atenção de Escalo. Agora, o exército estava entre ela e Verona. Rosalina pensou depressa. Havia outro caminho que a levaria para casa, mas ele serpenteava entre as colinas. Será que conseguiria chegar a tempo? Olhou para o leste. O sol começava a tingir o céu. Logo amanheceria.

☩

A brisa da manhã soprava fresca em seus cabelos.

Benvólio fechou os olhos, desfrutando-a uma última vez enquanto os guardas o conduziam para a Colina das Execuções. Suas mãos não estavam amarradas — uma pequena misericórdia, ou talvez achassem que, em seu estado atual, ele não representava nenhuma ameaça. Tentou se concentrar no ar suave que lhe afagava o rosto, ignorando os punhos apertados que lhe seguravam os braços, as batidas descompassadas de seu coração e o barulho cada vez maior da multidão, quando ele foi arrastado para diante dela.

Atrás dele estrondeava o rio, caudaloso pelas chuvas recentes. Seu sangue mataria a sede de Verona naquela noite, pensou sombriamente.

A visão que recebeu seus olhos quando ele os abriu foi suficiente para fazê-lo lutar para controlar sua expressão. Embora o dia mal tivesse nascido, nove décimos da nobreza e das grandes famílias de Verona tinham feito a caminhada para fora das muralhas da cidade, e todos gritavam, zombavam e buscavam um espaço para conseguir enxergá-lo.

— Assassino!

— Canalha!

— Cachorro Montecchio, vai queimar no inferno pelo que fez!

Uma execução tão importante normalmente seria realizada na praça da cidade. Mas talvez o príncipe tenha decidido manter o espetáculo onde o público não pudesse se espalhar pelas ruas de Verona. Era fácil perceber por quê. Ao aparecimento de Benvólio, dezenas de rosnados violentos dos Capuleto encheram o ar, com gritos de insultos. Os Montecchio rugiram de volta. Os dois lados eram mantidos separados pelos guardas do príncipe. Se não estivessem cercados assim, aquilo poderia facilmente acabar em um tumulto generalizado.

Quanto a Benvólio, uma paz estranha o invadira. As vozes elevadas em fúria de amigos e inimigos pareciam se dissolver em um mar distante e ininteligível em que ele flutuava enquanto os guardas o levantavam pelos cotovelos para uma plataforma de pedra no alto da colina. Estava cercado pelos sicômoros em que ele e Romeu brincavam quando crianças. Onde ele vira Romeu, apenas alguns dias antes de sua morte, andando a esmo antes do amanhecer. Sofrendo, ele se lembrava, por Rosalina. Um sorriso veio a seus lábios. O destino gostava mesmo dessas pequenas brincadeiras.

Estou indo, primo, ele pensou. Não havia mais nada a fazer. Suas alegações de inocência tinham caído em ouvidos surdos. A influência de sua família não teve poder para intervir nesse caso. A única mulher que poderia salvá-lo estava desaparecida.

Havia apenas dois ocupantes na plataforma: o príncipe e um homem mascarado com um machado. Seu carrasco. Enquanto os guardas o levavam para cima, ele avistou rostos na multidão: seu tio, com ar desolado; a sra. Capuleto ao lado do marido, com um leve sorriso nas feições graciosas; Páris, montado, atrás da multidão, fitando-o com ar impassível; seus jovens primos, perdidos e confusos. Embora ele não quisesse de maneira nenhuma que ela presenciasse aquilo, não pôde deixar de desejar ver o belo rosto de Rosalina uma vez mais.

Depois de Benvólio ser empurrado sobre a plataforma, o príncipe levantou os braços, pedindo silêncio, e tudo ficou quieto.

— Benvólio de Montecchio — disse o príncipe —, por seus crimes contra nossa Coroa e nosso povo, incluindo o assassinato do sr. Gramio de Capuleto e — o príncipe cerrou os dentes — o rapto e violação de uma boa jovem de Verona, a cidade o condena à morte. Tem algo a dizer antes de deixar este mundo?

Benvólio respirou fundo.

— Sou inocente desses crimes, alteza. Sempre fui seu servo leal e sincero. Se devo morrer, rezo para que minha morte possa pelo menos trazer paz à minha família e à cidade a que sempre procurei fielmente servir, pois nenhuma justiça será feita com minha execução. Escute minha última advertência: há uma traição em andamento e todos os homens de Verona, não importa de qual casa sejam, devem estar preparados para defender seu soberano com a própria vida.

Ele se virou para a multidão. Buscou o rosto do tio e de seus jovens primos.

— Um dia ficará claro que eu fui caluniado — disse ele, com um nó na garganta. — Quando esse dia chegar, por favor, não se vinguem sobre a Casa Capuleto, mas apenas assegurem que aqueles que tramaram minha morte encontrem a verdadeira justiça da Coroa.

Contrariamente à sua vontade, seus olhos procuraram o rosto da sra. Capuleto no fundo da multidão. Seu sorriso suave e satisfeito estava inalterado.

— Para aqueles cuja astúcia garantiu que eu morresse por seus crimes, fiquem certos de que minha morte cairá pesada sobre vocês, neste mundo ou no próximo.

Com isso, ele silenciou. O príncipe apoiou a mão em seu ombro.

— De joelhos — disse ele.

Benvólio baixou-se diante do cepo. O príncipe ergueu os braços.

— Veja, Verona! — ele exclamou. — Assim seus rancores devem terminar.

Uma mão firme empurrou a cabeça de Benvólio sobre o cepo. A multidão ficou mortalmente quieta. O único som era o sussurro suave da brisa matinal. Benvólio fechou os olhos.

— Parem!

Em vez da rápida agonia da lâmina, Benvólio sentiu um corpo macio lançando-se sobre o seu. Esforçou-se para levantar a cabeça e seus olhos se arregalaram com o que viu.

— *Rosalina?*

A donzela recatada e respeitável que ela era quando a vira pela última vez tinha sido substituída por uma Rosalina completamente nova, do olhar feroz ao estilo masculino do cabelo e ao... Ele sacudiu a cabeça e piscou. Ela estava vestindo *suas roupas?*

Que importava isso? Ela estava viva. Sã e salva. Nunca uma visão fora tão bem-vinda em sua vida.

— Escute-me, Verona! — ela gritou. — Benvólio de Montecchio é inocente!

O ar de solene majestade do príncipe desmoronou.

— Rosalina? — ele gritou, puxando-a de Benvólio. — Ah, minha senhora. O que lhe aconteceu? Por que está vestida dessa maneira estranha? Não está ferida? — Suas mãos passavam pelos seus ombros e cabelos, e Benvólio apertou os dentes. — Precisa sair deste lugar. Isto não é algo que você deva ver.

— Isto não é algo que nenhuma alma honesta deva ver — Rosalina respondeu, segurando as mãos dele. — Meu senhor, pela minha honra, Benvólio está sendo falsamente acusado.

O príncipe suspirou e, gentilmente, a fez se levantar.

— Minha querida, foi ele quem atacou essa honra pela qual você jura e quem deixou seu cérebro nessa confusão.

— Eu não estou louca! — Rosalina exclamou. — Minha loucura e a perversidade de Benvólio são invenções daqueles que de fato cometeram esses crimes. — Ela apontou para o fundo da multidão. — Páris e a sra. Capuleto.

✧

O coração pulsava com potência em seus ouvidos.

Batia tão forte que Rosalina achou que fosse explodir quando viu o machado do carrasco levantado. Nem pensou antes de se jogar sobre Benvólio. Se eles queriam matar um inocente naquele dia, teriam que matar dois.

Agora, embora sua voz fosse forte, seu estômago contorcia-se de medo. Às batidas de seu coração logo se juntou o clamor da multidão quando ela fez a acusação. Estava trêmula, quase desmaiando de esgotamento, mas um olhar para o rosto ensanguentado de Benvólio foi suficiente para lhe dar força.

— Benvólio jamais demonstrou a menor descortesia comigo — continuou. — Parti de Verona em sua companhia por livre e espontânea vontade. — Ela ignorou a expressão de surpresa e dor no rosto de Escalo ao ouvir isso. — Viajamos para procurar frei Lourenço, porque achávamos que ele sabia de algo sobre as ofensas recentes entre nossas casas. — Ela olhou para Benvólio. — E ele realmente sabia.

Ela enfiou a mão em sua sacola e tirou dela o caderno de frei Lourenço.

— Veja o diário do bom frade — disse ela a Escalo. — Escute o que ele diz. — A multidão se aquietou, esforçando-se para ouvir a voz dela. Rosalina abriu o caderno na página que havia marcado e começou a ler.

— "Recebi hoje uma confissão de alguém que chamarei de A. Ela é criada de longo tempo na casa de C e, além disso, ela e eu compartilhamos o peso dos terríveis acontecimentos deste verão. A boa alma está perturbada em seu coração, pois sua senhora, L, que toda a Verona acredita estar acamada pela dor, em vez disso canaliza seu sofrimento para uma direção surpreendente. Mal posso escrever estas palavras: P ainda vive. Ele está se recuperando sob o teto de C, embora o senhor de L não tenha conhecimento desse hóspede inesperado." — Ela ouviu seu tio Capuleto bufar.

A sra. Capuleto levantou uma sobrancelha e se pronunciou naquela sua voz aveludada:

— Toda a Verona sabe que eu o socorri. Como isso pode ser a prova de suas acusações, menina?

Rosalina virou várias páginas adiante, até o dia em que o frade partiu de Verona, e leu:

— "Mesmo agora, quando deixei Verona, seus tentáculos sangrentos ainda me alcançaram para me enredar uma vez mais. Se a volta de P dos mortos me encheu de alegria, essas novas informações não me dão nada além de tristeza. Mais três jovens de Verona estão mortos, dois apenas esta noite, e eu sei quem os matou. Pois logo cedo esta manhã, quando eu estava prestes a partir, A veio se confessar. Ela me contou que encontrou o quarto de P vazio esta manhã... exatamente na hora em que Truchio foi morto. Além disso, encontrou uma roupa suja de sangue, que P escondera. A doce A, embora profundamente preocupada, não vê o que eu temo ser a verdade: foi P quem os matou. E por ordem da sra. C. Verona já está desaparecendo na estrada atrás de mim e rezo para que meu coração perturbado possa finalmente encontrar a paz quando eu chegar ao mosteiro. Mas temo que isso jamais aconteça, pois não posso contar a ninguém o que esses assassinos fizeram e tenho certeza de que sua sede de sangue não se satisfará com essas poucas mortes."

— Sra. C? Sr. P? — A sra. Capuleto deu uma risada cheia de pesar. Ela havia aberto caminho entre a multidão e agora se aproximava do príncipe e fazia diante dele uma elegante reverência. — Alteza, peço desculpas pelo palavrório confuso de minha sobrinha e pelo estado indecente em que ela se apresenta diante de seu soberano. É evidente que Páris diz a verdade. O abuso que ela sofreu nas mãos de Benvólio a fez perder o juízo. Deixe-nos levá-la para casa. — Ela pôs o braço em volta de Rosalina. — Minha pobre criança. — O aperto dela era como aço.

Rosalina se soltou e olhou para o príncipe, que a observava com a testa profundamente franzida.

— Este é o diário de frei Lourenço — ela insistiu. — Precisa acreditar em mim. Verona está em perigo. O exército de Páris está se aproximando depressa. Vi isso com meus próprios olhos!

— Olhos confundidos pela loucura — a sra. Capuleto interrompeu, perdendo o controle sobre seu tom maternal. — Vossa alteza não tem necessidade de ouvir histórias imaginárias. Além disso, não é a morte de Orlino que estamos aqui para vingar. — Ela se virou para o marido, que continuava de pé no meio da multidão. — Meu senhor, Páris teve sua autorização para se casar com sua filha. Diga ao príncipe que ele não é um traidor.

O rosto do sr. Capuleto estava vermelho, suas sobrancelhas, cerradas.

— Eu não sei qual é a verdade disso — respondeu ele, de mau humor. — Mas, esposa, se deseja que eu dê meu testemunho sobre o caráter de nossos hóspedes, precisa me avisar que eles estão sob nosso teto.

Escalo levantou as mãos.

— Chega! — bradou. — Cada história contada aqui é mais fantástica que a anterior. — E se virou para Rosalina. — Se esse é mesmo o diário de frei Lourenço, como veio parar em suas mãos?

Ela engoliu em seco.

— Eu... eu o roubei. — Era preferível que ela levasse essa culpa a que o príncipe ficasse sabendo que frei Lourenço havia concordado em violar a santidade da confissão. A multidão começou a murmurar, e ela continuou, depressa: — Castigue-me por esse crime, se assim tiver que ser, mas, Escalo, sabe muito bem que eu nunca menti para você. Só fiz o que era necessário para salvar uma vida inocente. Se acredita que sou uma mentirosa agora, vou recuperar sua confiança da maneira mais amarga antes que este dia termine, porque o exército de Páris está posicionado para atacar.

— Primo? — Escalo chamou Páris, que não havia se movido do fundo da multidão. — O que tem a dizer dessas acusações? Por favor, defenda-se.

— Eu responderei por ele — uma voz soou atrás deles. — Ele é culpado de cada uma dessas palavras e de ainda pior.

Rosalina virou-se e ficou boquiaberta. Ali, atrás dela na plataforma, com os olhos azuis cheios de lágrimas e os delicados ombros eretos, estava Lívia. Em suas mãos, trazia um pano dobrado. Ela ignorou Rosalina, ignorou a todos, para encontrar o olhar de Páris sobre todas aquelas cabeças.

Páris parecia tão surpreso por vê-la ali quanto a própria Rosalina.

— Meu amor, por que está aqui? — perguntou ele. — Era para você me esperar no acamp...

Escalo levantou as sobrancelhas.

— Acampamento?

— Sim — disse Lívia, com as mãos às costas. Sua voz soou sobre a multidão. — O acampamento onde ele prendeu Benvólio e Rosalina, antes que ela fugisse. Onde ele reuniu homens suficientes para atacar Verona dentro de uma hora. — Ela respirou muito fundo. — E onde...

— Lívia... — Páris implorou, com a voz aguda e em pânico.

— Desculpe, meu amor — Lívia falou e virou-se para o príncipe. — Onde ele prometeu fazer de mim a princesa de Verona.

Houve um silêncio longo e atordoado. Lívia parecia paralisada, olhando para o rosto aturdido de Páris, enquanto uma lágrima descia por sua face. Ela desdobrou o pano preto que tinha nas mãos e o levantou. Era uma máscara preta.

— Isto estava entre as coisas de meu senhor Páris em sua tenda — disse ela. — Era ele o homem de preto. Foi ele quem matou Orlino, Gramio e Truchio, todos os três.

A sra. Capuleto gritou.

— Traidora! — E, antes que alguém pudesse se mover para detê-la, tirou uma adaga do peito, correu pela plataforma e a enterrou até o punho, na lateral do corpo de Lívia.

O tempo pareceu desacelerar e se estilhaçar em mil pedaços. O pequeno suspiro surpreso que deixou os lábios de Lívia quando a lâmina entrou em sua carne. Seu corpo deslizando até o chão. Benvólio pulando sobre a sra. Capuleto para arrancar a faca de suas mãos. Rosalina gritando "Lívia!", enquanto sua irmã desabava, e correndo para segurá-la nos braços.

— Lívia! — ela chamava, freneticamente. — Lívia!

☦

Seus duros sacrifícios. Para nada.

Escalo puxou tristemente a espada enquanto o caos explodia à sua volta. Páris virara seu cavalo e estava se afastando velozmente da cidade. Sem dúvida retornando para aquele seu exército, de cuja existência Escalo não podia mais duvidar. A multidão se agitava em choque e desconfiança; ainda não haviam se voltado uns contra os outros, mas isso talvez não demorasse a acontecer, se ele bem conhecia seus súditos. À sua esquerda, Rosalina amparava a irmã, gritando seu nome; atrás dele, Benvólio lutava para segurar a sra. Capuleto e impedi-la de escapar. Escalo apressou-se a ajudá-lo. Ela resistia como um animal selvagem e foram necessários vários homens para imobilizá-la no chão.

— Quero-a presa em minha masmorra agora mesmo — Escalo rosnou.

Ela o encarou com um sorriso alucinado. Parte de seus cabelos lisos havia se soltado dos grampos e o belo vestido estava manchado de lama e do sangue da sobrinha. Escalo se perguntou como pôde ter olhado para ela e nunca ter percebido sua loucura.

— Eu não vou passar a noite lá — ela o desafiou. — Ao pôr do sol, é você quem vai ser o prisioneiro, Escalo, enquanto eu estarei ao lado do trono.

— Levem-na. Não tenho tempo para esses delírios. — Ele se virou para Benvólio. — Como está, Montecchio?

Benvólio, sujo, machucado e pálido, conseguiu sorrir.

— Com uma saúde melhor do que esperava estar dez minutos atrás.

Escalo bateu a mão em seu ombro.

— Ótimo. Vou precisar de você.

Benvólio concordou com a cabeça, respirou fundo e ajoelhou-se diante do homem que, momentos antes, pretendia executá-lo.

— Estou às ordens de vossa alteza.

Escalo assentiu e voltou-se para a multidão reunida, erguendo os braços.

— Escute-me, Verona! — Seus súditos silenciaram. — Fui traído — disse ele. — *Nós* fomos traídos. Se não conseguirmos lutar unidos, Verona cairá antes do fim do dia. Durante gerações, nós, homens de Verona, derramamos o sangue uns dos outros. Será que podemos nos unir agora contra aqueles que querem matar todos nós? Diga-me, minha cidade, podemos lutar lado a lado com nossos concidadãos... *todos* os nossos concidadãos?

Os rostos na multidão pareciam atordoados. Os Montecchio e os Capuleto se entreolhavam, apreensivos. Escalo cerrou os dentes. Mesmo naquele momento, eles não esqueciam a rivalidade.

— Sim — a voz dura de Benvólio soou ao seu lado. Ele encarou seus jovens primos, até que eles também murmuraram "Sim".

— Podemos enfrentar o inimigo juntos?

— Sim. — Dessa vez foi o velho Capuleto, pálido, tremendo como geleia, ainda olhando para o lugar onde sua esposa havia estado, mas erguendo a espada em uma saudação trêmula.

— Vamos lutar, Verona? — conclamou o príncipe.
— Sim!
— Vamos vencer?
— *Sim!*

Todas as espadas se levantaram, cada garganta bradando em uníssono. A ameaça de destruição iminente, pelo menos, foi suficiente para unir seu povo dividido.

— Sr. Capuleto, venha até mim — chamou o príncipe. — E sr. Montecchio.

Os dois velhos inimigos subiram na plataforma ao lado do príncipe. Entreolhando-se com cautela, eles pararam a alguma distância um do outro.

— Os senhores cuidarão juntos de nossas defesas — declarou Escalo, com um olhar que deixava claro que não toleraria uma recusa.

O velho Montecchio soltou um suspiro e estendeu a mão, e o sr. Capuleto a apertou.

— Tenho duzentos homens, no total — o sr. Capuleto disse, rispidamente.

— Também tenho mais ou menos isso. As forças de Páris provavelmente vão nos superar. As terras dele são vastas, e sua bolsa, mais vasta ainda. Mas provavelmente estaremos mais bem armados do que seus mercenários...

Enquanto eles conferenciavam, Benvólio bateu no ombro de Escalo.

— Para onde devo ir?

Escalo olhou melhor para Benvólio agora. Notou que havia perdido peso e estava coberto de cortes e hematomas — alguns deles, constatou com tristeza, provavelmente causados por ele próprio — e oscilava ligeiramente. Já passara por sofrimentos mais que suficientes nas mãos de Verona.

Mas Benvólio, aparentemente lendo seus pensamentos, franziu a testa.

— Eu não vou ficar confinado em segurança enquanto meus parentes e meus concidadãos estão em campo. Ninguém sofreu mais nas mãos desses vilões do que eu; ninguém merece mais enfrentá-los.

Escalo assentiu com a cabeça.

— Nesse caso, você sabe o que vou lhe pedir, Benvólio.

O olhar de Benvólio seguiu o de Escalo para o alto da colina.

— Páris.

✠

O sol estava alto no céu quando o exército de Páris surgiu no horizonte.

Rosalina observou os homens de Páris no alto da colina com um tremor. Um grupo de soldados do príncipe havia carregado Lívia de volta para dentro da cidade com o máximo cuidado possível, mas seus gemidos de dor continuariam a assombrar os sonhos de Rosalina.

Agora estavam abrigadas na torre mais alta do palácio, onde Escalo insistira em instalá-las.

— Se a cidade cair, todos os guardas deste palácio lutarão até a morte para protegê-las.

O que não era muito reconfortante, uma vez que isso significaria que todos os que elas conheciam estariam mortos, mas Rosalina estava contente por ter um lugar seguro para Lívia e para os médicos do príncipe reunidos em volta da cama de sua irmã.

Lívia chamou seu nome e Rosalina correu para o lado dela, segurando-lhe as mãos.

— *Shh, shh*. Descanse.

Lívia falou em um sussurro seco.

— Desculpe... eu devia... saber... devia ter dito...

Rosalina sacudiu a cabeça.

— Quieta, minha pequena. Não foi culpa sua.

Uma pálida fagulha de seu humor habitual brilhou nos olhos de Lívia.

— Sempre... achando que eu sou criança.

Era verdade. Rosalina havia prestado pouca atenção em Lívia naquelas últimas semanas. Nunca lhe ocorrera que sua pequena e travessa irmãzinha pudesse ter se envolvido em uma complicação daquelas — ou que pudesse tê-la mantido em segredo por tanto tempo. Ela levou os dedos de Lívia aos seus lábios.

— Nenhuma criança teria sido tão corajosa quanto você foi hoje.

— Páris me falou... — Lívia tossiu e fez um esforço para continuar. — Ele me falou que você tinha fugido de Verona para sempre. Foi quando eu soube que ele estava mentindo. Você não me deixaria assim, sem me dizer nada.

Uma lágrima escorreu pelo nariz de Rosalina.

— Não, nem você pode me deixar.

Mas, se Lívia tinha uma resposta para isso, Rosalina não pôde saber, porque ela desmaiou uma vez mais. O médico-chefe de Escalo segurou seu braço e a afastou da cama de Lívia.

— Deixe-a descansar agora.

— Ela vai... — Rosalina mal conseguia forçar as palavras a passarem pelo nó que se formara em sua garganta. A respiração de Lívia era superficial, suas faces quase tão pálidas quanto o travesseiro em que estavam pousadas. — Ela vai viver?

— Enquanto ela respirar, há esperança. — Mas o rosto do homem era pouco animador. Rosalina segurou-se no braço do médico quando o quarto pareceu girar à sua volta.

Ouviram uma pequena tosse.

— Srta. Rosalina?

Rosalina respirou fundo até que o mundo se solidificasse outra vez e então se virou para o chanceler Penlet, que aguardava à porta.

Ele deu outra tossidinha.

— Sua alteza deseja lhe falar — o olhar dele a percorreu —, minha... senhora. — A tosse seguinte soou bastante incomodada. Rosalina lembrou que ainda estava vestindo as roupas de Benvólio, agora manchadas de sujeira e sangue. Ela fez uma reverência curta e masculina para Penlet, só para irritá-lo um pouco mais, depois passou por ele e desceu as escadas.

Benvólio e Escalo a aguardavam no salão abaixo. Ela parou no patamar da escada e os observou. Ambos vestiam armaduras, Benvólio com um peitoral adornado com o brasão dos Montecchio, o príncipe com um capacete prateado reluzente encimado por uma coroa dourada estilizada. Ela estremeceu. O belo príncipe que pedira que ela lhe desse seu coração e o jovem que zombara dela, a provocara e a beijara. Eles estavam indo para a guerra.

Ambos levantaram os olhos quando ela desceu. O olhar do príncipe era solene, mas questionador. Benvólio, por outro lado, deu um sorriso rápido e piscou para ela atrás do príncipe.

— Alteza — disse ela. — *Signor* Benvólio.

Escalo a tomou pelo braço e afastou-se um pouco com ela.

— Verona lhe deve muito — disse ele, com alguma austeridade. — Os portões de nossa cidade jamais teriam se fechado a tempo se não fosse você. Sua coragem envergonha meus homens mais valentes.

Ela apertou os lábios. Aquela formalidade rígida, sabia, estava encobrindo a mágoa.

— Eu fiz o que devia, por você, e por Verona.

— E por Benvólio — ele acrescentou suavemente.

Ela baixou a cabeça.

— Ele precisava de minha ajuda.

— E então você fugiu com ele, no escuro da noite. — Ele respirou fundo. — Eu pensei que ele a tivesse matado.

Ela o encarou com os olhos cheios de lágrimas.

— Escalo...

— Não. — Ele pressionou dois dedos contra os lábios de Rosalina. — Agora é hora de guerrear, e não de falar sobre sentimentos. — Escalo segurou seu rosto, sem se importar com o público, e a beijou na testa. — Estou feliz por você estar viva, senhorita. Tudo o mais deve esperar até que vençamos essa batalha.

— Ãhã.

— Sim, um minuto, Penlet. — Escalo beijou a mão de Rosalina em despedida e saiu, acompanhado de Benvólio. Rosalina esperou que ele se despedisse também, mas Benvólio não disse nada e ela sentiu as faces esquentarem quando se deu conta de que ele havia escutado a conversa. Murmurou seu nome, mas ele apenas fez uma rápida reverência antes de se retirar. Não haviam trocado uma palavra sequer desde aquela noite no acampamento de Páris.

Rosalina se virou, subiu depressa as escadas, correu para a torre e inclinou meio corpo para fora da janela. Lá embaixo, duas figuras em trajes de guerra cavalgavam em direção ao portão. Um deles parou e olhou para ela. Em um impulso, Rosalina pegou seu lenço e o deixou flutuar de seus dedos até o pátio abaixo.

Não viu quem o pegou.

☦

A Guerra de Verona começara.

Como o tio de Benvólio imaginara, as forças de Páris eram compostas em sua maior parte de mercenários. O que eles esperavam era uma recompensa vantajosa e fácil de ganhar, e muitos deram as costas e desistiram no momento em que viram as forças de Verona reunidas à espera deles. Mesmo assim, Páris ainda era o comandante de uma horda imensa, que tinha vindo preparada para a batalha, enquanto os homens de Verona haviam tido poucas horas para se agrupar. A planície que se estendia a leste da cidade, geralmente poeirenta e quieta, logo ressoava com o clangor de espada contra espada e banhava-se em sangue.

Benvólio fez um afago no pescoço de sua montaria — não o exausto Silvius, mas um dos animais confiáveis dos estábulos do príncipe — e levantou a espada, guiando seu grupo para entrar e reforçar seu flanco. O príncipe o havia posto no comando de uma pequena tropa dos melhores guerreiros de Verona. Eles se deslocavam de um confronto a outro, oferecendo a ajuda que podiam. Benvólio estava feliz por ser útil, pois as forças sitiadas de Verona precisavam de todo o auxílio que pudessem receber. Só esperava viver o suficiente para cumprir a tarefa de que o príncipe o incumbira.

Um grito rouco à esquerda chamou sua atenção. Ele se virou e viu um jovem franzino de Verona lutando com um inimigo muito maior. Conduziu para lá sua montaria e avançou sobre a dupla. Um golpe de sua lâmina desviou eficazmente a atenção do inimigo do garoto para ele. O mercenário, um homem de uns quarenta anos com peças de armadura desemparceiradas e uma longa barba castanha, grunhiu mostrando um dente de ouro e mirou uma estocada em Benvólio com sua espada, da qual ele se desviou com elegância. Mais algumas trocas de golpes e o homem percebeu que estava diante de um adversário superior e se retirou, dando chance a Benvólio de se aproximar do jovem, que se agachara com a mão segurando a lateral do corpo.

— Como está, cavaleiro?

— É só um arranhão — disse o garoto.

Benvólio afastou a mão dele e fez uma careta. Um arranhão e tanto.

— Ouça, *signor*...

— Lúcio. Da Casa Capuleto.

— *Signor* Lúcio, já fez um trabalho de homem hoje. É hora de se retirar. Volte para a cidade.

— Não. Não vou me retirar como um covarde. — O jovem Lúcio tinha um queixo levantado teimoso que ele já conhecia bem. Sobre o ombro dele, Benvólio avistou outro jovem Capuleto, esse um pouco mais velho. *Valentino*, ele pensou. O jovem parecia-se muito com seu primo Tebaldo. Ele cumprimentou Benvólio com a cabeça. Benvólio não teve tempo de fazer mais do que retribuir a saudação antes de ser chamado de volta à batalha diante deles.

☦

Era a vida dele que estava em jogo agora.

Os braços do velho Montecchio, antes fortes e terríveis, agora tremiam sob o peso de mais um golpe. Ele deu uma espiada rápida para trás, mas não havia por onde escapar — nada além de mais inimigos, até tão longe quanto seus olhos podiam ver. Os anos de prática mantinham a mão com a espada em movimento, aparando golpes, evitando a lâmina do oponente, mas era só uma questão de tempo. Estaria com sua esposa e filho antes que o dia terminasse.

— *Iahh!* Para trás, seu bastardo, monte de sebo, cabeça de banha!

O peso no braço da espada de Montecchio foi subitamente aliviado quando uma montanha de carne e aço se lançou entre ele e seu oponente. Ele conhecia aquela vasta forma. O sr. Capuleto usava um capacete e proteções nos ombros, mas estava sem peitoral. Sem dúvida havia ficado pequeno para ele em todos aqueles anos desde que precisara vesti-lo pela última vez. Ele gotejava suor enquanto descrevia um grande arco com a espada sobre a cabeça com um urro. Montecchio não imaginava que seu velho rival pudesse se mover com tanta rapidez — estava quase certo de que o homem não fazia isso havia uns vinte anos —, mas, embora ele tivesse ficado corpulento, parecia que a graça e o ardor de um guerreiro não o haviam abandonado totalmente. Bem, o ardor de um guerreiro, pelo menos. O invasor, pego de surpresa pelo mastodonte que de repente o golpeava, vacilou sob o ataque rápido e, depois de um momento, deu meia-volta e se retirou para o meio de suas próprias forças.

— Isso mesmo! Diga a eles que foi Capuleto quem o pôs para correr! — o sr. Capuleto gritou. — Por Deus, ainda dou muito caldo! — Ele se virou para o sr. Montecchio — É um prazer, senhor, seja lá quem for, pois todos os homens de Verona são como irmãos hoje... Ah, é *você*.

Montecchio havia levantado o elmo, revelando o rosto, e não pôde deixar de rir da expressão de consternação no rosto de seu velho inimigo.

— Irmãos, ora essa, pois acabou de me salvar, senhor — disse ele. — Vingança mais doce você não poderia ter do que me pôr em dívida com meu mais odioso inimigo. Espero ter a chance de retribuir essa ofensa antes que o dia termine.

Capuleto, depois de um momento, caiu na risada também.

— Ah, vamos lá, seu velho canalha, vamos despejar nossa fúria contra os inimigos hoje e não um contra o outro. Com sorte, um de nós ou ambos cairemos sob a espada do inimigo e ninguém precisará saber dessa passagem vergonhosa. — Juntos, eles viraram seus cavalos e voltaram à luta, fazendo ressoar seus gritos de guerra.

— Por Montecchio!
— Por Capuleto!
— Por Verona!

☦

Aquilo parecia ser o fim da cidade e da Coroa.

Ele temia que estivesse tudo perdido. As forças de Verona lutavam bravamente e nunca Escalo sentira orgulho maior da cidade que governava. Mas o exército de Páris era simplesmente numeroso demais. Pouco a pouco, ele dizimava o exército de Escalo, forçando-o a recuar para junto das muralhas. Pelo chão se espalhavam os mortos de Verona. O portão norte havia sido brevemente invadido e, embora apenas uma pequena tropa tivesse conseguido entrar na cidade, sua expulsão custara muitas vidas.

Escalo contemplou o campo com um nó na garganta. Sua própria vida não era nada em comparação com a segurança da cidade. Para protegê-la, ele faria o impensável. Ele se renderia.

— Prepare uma bandeira branca — ele disse a seu pajem, que pareceu espantado. — Vamos até Páris para negociar.

O rapaz sacudiu a cabeça com uma expressão de horror.

— Meu senhor, meu senhor, não pode se entregar a ele. Com certeza ainda podemos vencer.

Mas, mesmo enquanto o rapaz falava, uma nova onda de tropas entrou em arremetida pelo campo vindo do leste. Não havia como seus cansados concidadãos resistirem a mais um ataque violento. Que o diabo levasse seu primo! Onde Páris havia arrumado tantos soldados para segui-lo? Com certeza levara suas propriedades à falência. Mas é claro que esperava logo substituí-las por uma cidade.

No entanto, embora fosse estranho, esse grupo de ataque mais recente não parecia ser composto de mercenários, nem usava as cores da casa de Páris. Na verdade, aquele uniforme azul e branco era de...

De Aragão.

Antes que seu cérebro exaurido pela batalha pudesse compreender totalmente o milagre que presenciava, os homens que vinham à frente desses salvadores de azul e branco se separaram do grupo e galoparam até ele.

— Salve, irmão — um deles disse, levantando o capacete. — Como vai seu dia?

Escalo fechou a boca escancarada de espanto e cumprimentou seu cunhado.

— Salve, dom Pedro. Seja bem-vindo. O dia ia muito mal até o seu aparecimento, um presente do céu. Como veio parar aqui?

— Por pura sorte. Enquanto estávamos na estrada para Aragão, minha princesa Isabella e eu encontramos um homem que se ofereceu para me servir. Ele era antes um dos homens do conde Páris e me contou que o conde estava juntando um grande exército e avançando para Verona. — Ele fez um gesto indicando suas forças. — Vim para cá imediatamente oferecer a ajuda que pudesse. Meus amigos, sr. Cláudio de Messina e sr. Benedito de Pádua, juntaram suas forças às minhas. — Os dois homens ao lado dele o cumprimentaram.

— Como soube que precisávamos de sua ajuda?

— Tenho alguma experiência com parentes traidores — dom Pedro respondeu secamente. — Além disso, sua irmã sabe ser muito convincente.

Escalo nunca mais repreenderia o modo tão pouco decoroso com que Isabella sabia impor sua vontade a altos brados.

— Onde está Isabella?

— Segura, na propriedade de Benedito, em Pádua. Prometi avisá-la assim que Verona estivesse salva.

Escalo sorriu. As forças de dom Pedro já estavam obrigando o exército de Páris a se afastar da muralha.

— Vamos mandar buscá-la antes do anoitecer.

☦

— As suas horas extras chegaram ao fim, Montecchio.

Páris estava com aquele leve sorriso outra vez. Benvólio tinha vontade de arrancá-lo do rosto dele. Aquela expressão se tornara odiosa. Mas os dois homens com o uniforme da casa de Páris o seguravam firmemente pelos braços. Ele estava quase sem forças, com o rosto voltado para o chão. Nas proximidades, os sons da batalha ainda podiam ser ouvidos, mas eram mais fracos que uma hora antes. Ali, naquele bosque, estavam apenas Benvólio, Páris, os homens com a farda de sua casa e o capitão de seu exército.

— Renda-se, Páris — Benvólio falou entredentes. — Seus mercenários estão fugindo. Os homens de sua casa foram mortos. A vitória é de Verona. Entregue-se à misericórdia de seu primo e ele lhe poupará a vida.

Páris riu.

— Palavras ousadas de um homem que consumiu toda a sua energia e caiu nas mãos do inimigo. Está quase morto e continua rosnando, como um cachorro com as entranhas rasgadas que ainda morde. Não admira sua família ser tão odiada. Suas garras estão sempre à mostra.

— Meu senhor — seu capitão disse com tom de urgência junto ao seu ombro —, sua presença é necessária no campo...

Páris fez um aceno com a mão.

— Encarregue-se disso. Preciso despachar esse Montecchio primeiro e não vou esperar. Vá e reúna nossas forças.

— Meu senhor, aconselho uma retirada...

— Eu disse para você se encarregar disso! — Páris gritou. — A vitória será nossa!

O capitão parecia ter mais a dizer, mas, em vez disso, fechou a boca, fez uma curta reverência e se retirou. Páris desembainhou a espada e avançou para Benvólio.

— Não é o primeiro Montecchio que eu abato, mas é o primeiro cuja morte posso ter o orgulho de reivindicar livremente — disse ele. — Últimas palavras, Benvólio?

— Sim — Benvólio ofegou. — Um pequeno conselho. Para o futuro soberano de Verona, se esse for seu destino.

— Conselho? — Páris pareceu achar graça. — Está bem, vamos ouvi-lo.

— Há mais coisas envolvidas em ser um príncipe, além de conquista. Escalo pode ter seus defeitos como governante, mas a atenção ao seu povo não é um deles. Ele olha nos olhos de seus súditos. Ele sabia o nome de cada Montecchio ou Capuleto morto e, por mais que o tenhamos exasperado, ele sofreu com cada uma dessas mortes sem sentido como se fosse a primeira.

— Então seu conselho é...

— Conheça o rosto de seus servos. Agora! — ele exclamou, e Lúcio e Valentino soltaram seus braços. Lúcio lhe jogou a espada que estava escondida sob sua capa. Eles haviam tirado os uniformes de alguns dos homens capturados de Páris e o conde nem os olhara direito.

Mas olhava agora, recuperando-se do choque com a usual graça felina. Sua própria espada já estava erguida e dançando com a de Benvólio, antes que ele pudesse piscar.

— Três contra um, Montecchio? — disse ele. — Eu sabia que você não tinha honra.

O cansaço e a dor desprendiam-se de Benvólio como uma capa descartada. Ele sabia que era só a euforia de finalmente enfrentar seu inimigo, que a trégua seria curta, mas isso era tudo de que precisava. De uma maneira ou de outra.

— Meus amigos Capuleto estão loucos para deixar suas lâminas provarem seu sangue em pagamento por você ter ligado o nome da família deles à sua traição, mas concordaram gentilmente em ceder o espaço para mim. Eles não vão interferir em nosso esporte. Somos você e eu, Páris.

— Então vamos a isso. — E Páris investiu contra ele.

Benvólio soube, na noite em que Páris matou Gramio com a espada, como o assassino era um espadachim talentoso. E aquilo havia acontecido em um momento em que ele próprio não estava ferido e podia contar com toda a sua força. Agora, enquanto ele e Páris rodopiavam em meio às árvores, com as botas levantando torrões de lama na velocidade de seus passos, ele temia que sua própria habilidade com a lâmina não fosse mais suficiente. Páris era rápido, habilidoso e forte. Benvólio lembrou-se com certa ironia de como havia, em determinada ocasião, derrotado cinco homens de uma vez, mas agora ia rapidamente ficando claro que mal era páreo para um único Páris. Na verdade, a julgar pelo relance dos rostos em pânico que via sempre que conseguia dirigir um olhar rápido para Lúcio e Valentino, não era páreo para ele de modo algum.

Sua única esperança era ser mais esperto que o adversário. Páris podia ser um talento natural com a espada, mas, como Lúcio e Valentino haviam acabado de provar, não lidava excepcionalmente bem com surpresas. Benvólio teria de pegá-lo desprevenido. Com esse objetivo em mente, começou a falar:

— Para que essa traição? — ele perguntou, quando se afastaram por um instante, circulando um ao lado do outro. — Seu primo o amava. Poderia até fazer de você seu herdeiro.

Páris não estava nem ofegante.

— Ele deixou Julieta morrer. Isso eu não vou tolerar.

— Tudo por causa de seu doce amor perdido, então? — Benvólio provocou. — Ela não dava a mínima para você.

O rosto de Páris se contorceu de raiva.

— Seria diferente se vocês, os Montecchio, não a tivessem pervertido. Os pais tinham concordado com o casamento. Eu teria dado tudo a ela. — Sua expressão recuperou a tranquilidade habitual. — Mas não. Não apenas a ela. Tenho um novo amor agora. Vocês, os Montecchio, podem ter confundido sua doce e jovem mente também, mas eu vou consertá-la. Vocês não vão roubar outra esposa de mim, ainda que eu tenha que derrubar sua casa, pedra por pedra, para impedir.

Benvólio havia quase esquecido que Lívia, de algum modo, acabara se envolvendo com Páris. Deus, nada podia ser simples em Verona, podia?

— Ela não parecia muito impressionada quando denunciou você.

— Ela não foi bem orientada. Daqui por diante, ela será conduzida por mim. Lívia será minha esposa.

A devoção fanática que acendeu o rosto alucinado de Páris quando ele falava de seu amor era assustadoramente conhecida. Seria assim que Romeu ficava quando sofria de paixão?

Não. Não era isso que aquela expressão lhe lembrava. Com exceção do sorriso sarcástico da loucura no rosto de Páris, o que ele via era seu parente, o príncipe, olhando para Rosalina antes que eles partissem para a guerra.

Benvólio vinha evitando refletir sobre o que vira na torre do príncipe. *Depois da batalha*, pensava. Depois que aquele dia sangrento terminasse, ele poderia admitir para si mesmo o que vira, quando tivesse tempo para lidar com um coração partido. No entanto, sua mente traiçoeira resolvera lançar de repente o conhecimento para o primeiro plano. Rosalina, sua Rosalina, era amada pelo príncipe.

No momento em que Benvólio percebeu que seu amor estava perdido para ele, teve uma ideia súbita e desesperada de como poderia derrotar Páris: privando-o do amor dele também.

Mas então seu pé, sem firmeza por causa da exaustão, bateu em uma raiz ao recuar e ele tropeçou. Foi uma fração de segundo de fragilidade, mas, para um espadachim tão habilidoso quanto seu oponente, era como se tivesse sido uma hora. Os olhos de Páris brilharam e ele avançou, com a espada cintilando tão depressa que Benvólio mal pôde vê-la, quanto mais apará-la.

— Você não soube, conde? — ele ofegou. — Seu novo amor também está perdido. Não viu a adaga de sua amiga, a sra. Capuleto, enterrar-se no coração dela?

Páris apertou os olhos.

— Isso é mentira.

— Não é. Sua traição a matou.

Páris oscilou, com os olhos muito abertos de espanto, e Benvólio rezou com toda a sua devoção. *Meio minuto de força, Senhor. É tudo que eu peço.*

E foi mesmo o que bastou. Quando o enfurecido Páris arremeteu contra ele, abrindo suas defesas, Benvólio pulou como uma mola. O impulso de seu corpo empurrou Páris para trás e o desequilibrou. No instante seguinte, Páris estava no chão, com a lâmina de Benvólio em sua garganta.

Por um momento, os dois ficaram imobilizados. A respiração ofegante de Benvólio era seu único movimento. A névoa vermelha de fúria havia descido novamente sobre seus olhos.

— Mate-o, Benvólio! — gritou o jovem Valentino.

— Por Gramio!

Por mim, a sombra de Truchio parecia sussurrar.

Pela Casa Montecchio. O rosto de Romeu era sombrio.

Por Verona. O sorriso de Mercúcio era muito mais enraivecido do que de costume.

Páris encarou seu vencedor com uma expressão de desprezo e desafio.

— E agora, seu cachorro filho de uma vagabunda? Eu não vou suplicar por minha vida. Nenhuma vida é vida se eu for vencido por alguém da sua laia.

Eu achei que você quisesse acabar com esse ciclo de mortes, Benvólio.

A lembrança dos olhos sinceros e suplicantes de Rosalina foi suficiente para afogar aquele turbilhão de vozes em sua cabeça que clamavam por vingança. Ele afastou a lâmina alguns centímetros e disse:

— Renda-se.

— Nunca. — O rosto elegante de Páris estava contorcido em uma expressão de sarcasmo. Sua mão voou para o chão, recuperando a espada caída, e, com um grito rouco, ele se lançou contra Benvólio.

Perdoe-me, Rosalina.

Epílogo

Esta manhã nos trouxe uma paz sombria.
— *Romeu e Julieta*

*L*ívia saíra só, sem avisar.

Rosalina soltou um suspiro de alívio quando sua carruagem fez uma curva e ela viu a irmã sentada à margem do rio. Embora duas semanas tivessem se passado desde a derrota do exército de Páris e as forças de Lívia começassem a retornar, ela ainda estava doente e fraca. Rosalina ficara em pânico quando encontrara sua cama vazia. Com o medo da morte da irmã rondando seus pesadelos, Rosalina praticamente não perdia Lívia de vista, mas ela conseguira desaparecer no momento em que virara as costas. Por sorte, um de seus criados a vira caminhando em direção ao portão leste.

Criados. Essa era uma mudança e tanto. A Casa Capuleto de repente havia lhes concedido uma renda generosa. Não podia saber com certeza, mas via a mão do príncipe nisso. Agora que a sra. Capuleto ficaria presa pelo resto da vida, os outros do clã Capuleto mostravam-se ansiosos para provar que não eram traidores. Rosalina desconfiava de que a primeira sugestão de Escalo foi que cuidassem melhor dela e de Lívia. Seu pequeno chalé estava ganhando uma decoração mais elegante a cada dia.

— Devemos ir buscá-la, senhora? — o cocheiro perguntou, mas Rosalina sacudiu a cabeça.

— Não. Espere aqui um pouco, por favor. — Ela desceu da carruagem, com a ajuda de um lacaio.

A imagem que tinha diante de si a fez suspirar de tristeza. Sua irmã estava sentada à margem do rio, em um vestido totalmente preto, que ela antes tanto rejeitava. Sua pele, mais pálida do que de costume depois de quinze dias acamada, parecia etereamente branca contra o preto do vestido de luto. Em seu colo havia um maço de flores silvestres, que ela deixava cair uma a uma na água. Lívia não levantou os olhos quando Rosalina se aproximou, mas sorriu quando ela chegou ao seu lado.

— Achei que você ia demorar mais para me encontrar.

— Não foi difícil depois que eu soube que você tinha saído pelo portão leste. — Baixando ao lado de Lívia, ela pegou uma das flores e a prendeu nos cabelos dourados da irmã. — Você ainda devia estar na cama.

Lívia tirou a flor do cabelo e soltou-a na água.

— Foi aqui que Páris morreu.

— Eu sei. — Rosalina se concentrou nas flores para afastar a imagem do rosto sério dos jovens Montecchio e Capuleto que carregaram o corpo de Páris até o palácio. Nenhum semblante era mais sério que o de Benvólio, embora tenha sido a lâmina dele que atravessara o coração do traidor. — Eu sinto muito.

Lívia riu, um som amargo, e o coração de Rosalina se contorceu. Sua irmãzinha alegre e travessa partira para sempre, deixando para trás uma mulher muito mais triste.

— Não, você não sente. Ninguém sente. Exceto eu. E eu o matei.

— Ah, minha querida, não.

— Por favor, não me trate como criança.

— Você fez o que devia. Páris era um infeliz sem coração. Se você não o tivesse impedido, sabe Deus o que haveria acontecido a todos nós.

Lívia sacudiu a cabeça.

— Ele não era sem coração. Porque ele me amava. Eu sei que amava.

Rosalina não sabia o que dizer, então apenas segurou a mão da irmã e a apertou.

O olhar de Lívia vagueou até a carruagem, que esperava pacientemente na estrada.

— Outro fino presente do príncipe?

Rosalina baixou a cabeça, fingindo se concentrar nas pequenas flores que estava colhendo, para esconder o rubor nas faces.

— Ele tem sido muito generoso. Com nossa casa e com a de Benvólio também, pelo que eu soube.

— Generoso. Sei.

— Ele está muito agradecido — afirmou Rosalina. — A você, mais do que a todos. Se você não o alertasse a tempo, Verona jamais venceria as forças de Páris. Ele daria qualquer coisa em Verona para fazer você feliz.

— Acho que nada em Verona conseguiria.

— Lívia...

— Pare. Por favor, não tente compreender. Quem você ama ainda está vivo.

Rosalina só olhou para a água tingida pelo sol.

Depois de um tempo, levou a irmã de volta à carruagem, mas suspeitou que só o conseguira porque Lívia estava cansada demais para recusar.

As semanas seguintes foram de muito trabalho para todos. A cidade de modo geral e as Casas Montecchio e Capuleto em particular começaram a se reconstruir. Os tumultos após a morte da ama haviam causado muitos danos, assim como os homens de Páris que haviam conseguido passar pelas muralhas. A duquesa de Vitrúvio foi uma das felizardas, cujas propriedades praticamente não foram danificadas pelos distúrbios. Ela enviou seus criados para ajudar os outros Capuleto na reconstrução, mas ela mesma ficava quase o tempo todo em casa. Rosalina achava que isso era natural. A traição de sua filha devia ter sido um grande choque para ela. Estivera uma ou duas vezes na casa de sua tia-avó para visitá-la, mas a velha senhora não parecia gostar de sua companhia mais do que antes, então Rosalina achou melhor deixá-la sozinha. Tinha uma incômoda sensação de que a duquesa sabia que ela e Benvólio haviam desconfiado que fosse ela a traidora, antes de descobrirem que era sua filha.

Não viu mais Benvólio, que fora enviado a cidades vizinhas para tratar de assuntos da Casa Montecchio. O príncipe estava com mais frequência em sua companhia. Ele a convidara oficialmente para jantar no palácio várias vezes, para lhe agradecer pelos serviços prestados à Coroa, e, quando caminhava pela cidade para supervisionar os trabalhos de reconstrução, com frequência a levava junto. Ele era gentil, atencioso e generoso, mas não falava do que havia acontecido entre eles antes do combate. Rosalina, porém, muitas vezes o pegava olhando para ela. Teriam mudado os sentimentos dele? Não tinha coragem de perguntar.

Mas ele continuava a cobri-las de presentes, embora Lívia se mostrasse totalmente indiferente e Rosalina protestasse com veemência. Pelo menos a gratidão do príncipe a ajudava a se distrair da pequena mágoa que abrigava dentro de si por causa do silêncio de Benvólio. Por mais ocupado que ele estivesse, poderia pelo menos lhe escrever e dizer que estava bem.

Depois de algumas semanas, a saúde de Lívia melhorara sobremaneira, embora ela continuasse deprimida. O alívio de Rosalina por sua recuperação deu lugar à inquietude. De acordo com os boatos em Verona, Benvólio havia retornado fazia vários dias. Mas ela não recebera nenhuma palavra dele — e, afinal, que direito tinha de esperar alguma? Eles haviam trabalhado juntos para acabar com o noivado. Pois bem, o noivado havia acabado e, embora as Casas Capuleto e Montecchio não fossem exatamente melhores amigas, as famílias haviam concordado com uma paz formal que parecia estar se mantendo. Talvez agora ele estivesse satisfeito por estar livre de sua companhia.

Talvez seu beijo não tivesse significado nada.

Então, um dia, ouviu um tropel de cavalos se aproximando. Quando abriu a porta, criados vestindo uniforme amarelo e branco dos homens do príncipe estavam diante de seu chalé. Com olhares rápidos para Rosalina, dois deles assumiram posições junto à porta. Um terceiro parou sobre o tapete novo e, após uma pausa solene, falou:

— Sua alteza, o príncipe, e sua alteza, a princesa de Aragão, desejam falar com a srta. Rosalina, da Casa Tirimo.

Rosalina se surpreendeu.

— Os dois? Aqui? Isabella voltou?

O homem pareceu nervoso, então Rosalina resolveu seguir o protocolo.

— Claro, por favor, é uma honra para mim. Peça-lhes que entrem.

No momento seguinte, sua velha amiga passava pela porta, com o sorriso alegre de sempre.

— Sem nabos hoje, sinto muito — disse Isabella. Rosalina mal havia começado uma reverência antes de ser envolvida no abraço da amiga.

— Alteza, que prazer. Não sabia que estava de volta a Verona — disse ela, retribuindo-lhe o abraço.

Isabella se afastou e deu um gemido bem-humorado.

— Eu teria voltado antes, mas meu marido é excessivamente cauteloso e me fez ficar longe até ter certeza de que não havia mais ninguém envolvido na conspiração, esperando de tocaia por princesas impetuosas.

— Ele foi prudente. Você perdeu as piores horas de Verona.

— Parece que eu sempre perco.

Rosalina fez uma reverência para Escalo, que respondeu ao cumprimento, mas permaneceu junto à porta.

— A que devo a honra desta visita? — ela perguntou.

— Ah, minha visita não é para você. Onde está sua irmã?

Rosalina piscou.

— Lívia? O que... — Ela conteve sua curiosidade e chamou a irmã. — Lívia! Temos visitas. Você poderia vir até aqui, por favor?

— Daqui a pouco — soou a voz desanimada de sua irmã.

— Ah, não, agora, por favor.

Depois de alguns instantes, Lívia apareceu no alto da escada, segurando-se ao corrimão. Fez uma expressão surpresa quando viu os visitantes e se curvou em uma reverência.

— Alteza. Alteza.

— Olá — disse Isabella.

— Lívia. Você parece muito melhor — cumprimentou Escalo.

— Obrigada, alteza. — Ela lançou um olhar intrigado para Rosalina, que encolheu os ombros. — Por que estão aqui?

Rosalina sorriu, porque agora era o príncipe que tinha ficado sem ação. Pelo menos Lívia não havia perdido sua costumeira franqueza. Mas foi Isabella quem respondeu:

— Tenho uma pendência a resolver com sua irmã, Lívia. Rosalina me prometeu duas damas de Verona para me acompanharem a Aragão, mas não me deu nenhuma. Vim cobrar a dívida, ou pelo menos parte dela.

Lívia franziu a testa, confusa.

— Minha senhora... está dizendo...

— Estou dizendo que preciso de uma dama de companhia — completou Isabella. — Quer vir comigo para Aragão, Lívia?

Lívia ficou imóvel, com os olhos arregalados.

— Aragão.

— Sim.

— É muito longe de Verona.

— Sim.

Por um longo momento, Lívia permaneceu ali, paralisada. Então, pela primeira vez desde que Páris morrera, a irmã de Rosalina se desfez em lágrimas.

O príncipe deu um passo à frente, aflito, enquanto Rosalina tomava a menina soluçante nos braços.

— Senhorita... nós não pretendíamos aborrecê-la...

— Não acho que tenham feito isso — disse Rosalina, afagando as costas trêmulas de Lívia. — Acalme-se, Lívia. Ele está achando que o convite a desagradou.

— Aragão — Lívia soluçou. — Eu posso ir. Eu posso ir *embora*.

— Sim, minha querida.

Lívia se afastou, engolindo os soluços.

— Não, eu não posso. Como posso deixar você?

Agora Rosalina estava a ponto de chorar também.

— Você pode. Você deve, se não consegue ser feliz em Verona.

— Ah, Deus, nunca — Lívia ofegou. — Não posso suportar a visão desta cidade amaldiçoada. Desculpe, não tive intenção de ofendê-lo, alteza.

Escalo a tranquilizou com um movimento de cabeça.

— Então você vem? — perguntou Isabella.

Mas Rosalina interveio.

— Não, espere. Lívia ainda está muito fraca para fazer essa viagem.

— E se ela fizer essa viagem com uma parenta? — perguntou a duquesa de Vitrúvio, que havia se juntado ao príncipe na base da escada.

Rosalina e Lívia entreolharam-se, surpresas.

— Tia? — Rosalina indagou cautelosamente. — Nós não poderíamos lhe pedir para acompanhá-la...

A duquesa fez um gesto com a mão, descartando o protesto.

— Por favor. Mesmo que ela estivesse totalmente bem, eu não a deixaria ir sem companhia. Fuga no meio da noite, associação com traidores, andar por aí vestida como homem... As donzelas Capuleto transformaram-se em terríveis devassas nos últimos tempos. Além disso, a menina está certa. Verona está insuportável. Minha inteligência derreteu como pudim aqui. Eu sabia que minha filha estava aprontando alguma coisa, mas não disse nada. Uma viagem vai restaurar minha perspicácia.

Lívia a olhou, boquiaberta.

— Era por isso que a senhora estava tentando entrar nos aposentos de Páris?

— Sim. — Seu olhar aguçado voltou-se para Rosalina. — Esta aqui pensou que eu estava por trás de tudo, posso apostar. Eu devia ter lhe contado, menina, quando veio me procurar, sobre minhas desconfianças. Se tivéssemos sido menos dissimuladas, poderíamos ter evitado muita briga. — Ela fungou. — Mas aquele *Montecchio* estava com você.

Rosalina riu, surpresa.

— A senhora não pode estar pensando ainda que a culpa é dos Montecchio.

A duquesa fungou outra vez.

— Você não pode negar que, para onde eles vão, as confusões vão atrás. Mas não importa. Vou aliviá-la desta sua irmã ou não?

Rosalina abriu a boca para recusar, mas se virou para Lívia e se surpreendeu ao ver uma faísca da antiga alegria insinuando-se no fundo de seus olhos.

— Eu lhe agradeço, tia — disse Lívia. — Tenho certeza de que vou achar muito divertido viajar com a senhora.

Rosalina disfarçou um sorriso. Ela previa barris de vinho no futuro de sua tia. Nenhuma perspectiva a teria agradado mais.

— Então está bem, tia.

— Venham, moças. Vamos falar sobre os vestidos. A moda é muito diferente em Aragão. — Com um olhar de lado para Escalo, Isabella levou a duquesa e Lívia para o andar superior, deixando Rosalina e o príncipe em um silêncio constrangedor.

Ele uniu as mãos às costas e virou em um círculo, examinando a nova decoração. Alguns móveis tinham sido presentes dele; outros ela havia comprado com sua nova renda; uns poucos tinham sido enviados pela Casa Montecchio, que não teve escolha a não ser mostrar-se grata por ela ter salvado seu herdeiro. De modo geral, o chalé estava muito mais requintado do que antes. Os criados dele permaneciam imóveis, em posição de sentido, como se aquela fosse sua casa e Rosalina, uma intrusa. A majestade da presença do príncipe fazia a decoração de que ela se orgulhava tanto parecer medíocre em comparação.

Então ele sorriu para ela, e Rosalina se sentiu envergonhada de sua momentânea irritação.

— Muito bonita — ele pronunciou. — A melhor casa de toda a Verona.

Rosalina sacudiu a cabeça, embora um sorriso satisfeito lhe viesse sem querer aos lábios.

— Está elogiando a si mesmo, pois qualquer beleza aqui se deve inteiramente à sua generosidade. Assim como o fato de não mais entrar água pelo telhado quando chove.

— À minha ajuda, talvez, para convencer os Capuleto a lhe dar o que era direito seu. Mas, se meus homens pudessem produzir tanta beleza sob meu próprio comando, o palácio seria um lugar muito mais acolhedor. Um lugar assim tão adorável precisa do toque de uma mulher.

Rosalina sorriu em agradecimento. Um silêncio embaraçoso caiu entre eles uma vez mais. Rosalina achou suas mãos se enrolando na saia e as forçou a baixar ao lado do corpo. O príncipe se virou, admirando uma prateleira de pequenas estatuetas que não tinham nada para lhe interessar.

— Gostaria de algo para comer? — ela ofereceu, fazendo um inventário rápido da cozinha na cabeça e tentando imaginar o que poderia servir que fosse digno da realeza.

Ele ergueu a mão.

— Não, não. Não se preocupe.

— Como preferir.

Ficaram em silêncio de novo e Rosalina se perguntou o que ele teria ido fazer ali. Ocorreu-lhe que Escalo devia ter poucas conversas como aquela: sem ouvir uma reclamação ou dar uma ordem, mas simplesmente conversar. Aquele seu ar majestoso, inquietante e invocador de respeito não incentivava conversas amenas. Como isso devia ser solitário!

— Tenho um presente para você — disse ele.

— Não, por favor, vossa alteza já foi muito generoso...

Ele mostrou com a mão a decoração fina que agora adornava o chalé.

— Não foram presentes, mas merecimentos por você salvar a cidade. — Ele a segurou pela mão e a puxou em direção à porta, com um sorriso. — Agora, isto... isto é um presente.

Ele abriu a porta e ela soltou um suspiro de espanto quando viu o que a esperava do lado de fora. Ali, amarrada em frente à sua casa, estava uma maravilhosa égua branca, um animal muito melhor até mesmo que os de seu pai.

— Meu Deus, ela é linda!

— É sua.

Ela se virou para Escalo.

— Não, não...

— Sim. Por ordem de seu soberano. Aceite-a.

Ela devia recusar. Ele já fora generoso demais.

Ah, que importava?

— Como é o nome dela?

Escalo sorriu.

— Tomasina. É uma beleza, não? Venha dar um passeio comigo. O dia está ótimo para um galope nas colinas.

Era extremamente tentador, mas Rosalina sacudiu a cabeça.

— Não posso. Sua irmã, e Lívia...

— Elas ficarão bem. Por favor, eu quero sua companhia. — Ele lhe deu seu sorriso mais charmoso, mas, quando viu que ela ainda hesitava, acrescentou: — Talvez você ache que eu ainda não me penitenciei o suficiente pelos problemas que lhe causei. Mas esse pensamento não está certo. Olhe.

Escalo pegou as rédeas de Tomasina e a puxou de lado, revelando seu próprio cavalo. Rosalina levou a mão à boca, sem conseguir conter o riso. O pobre animal estava com a crina cortada.

— Como não havia pequenas donzelas por perto para me dar essa lição, eu fiz por minha própria conta.

Rosalina afagou o pescoço do cavalo acanhado.

— Você vai ser o príncipe mais risível de toda a Itália até a crina de seu cavalo crescer de novo.

— A humilhação vale a pena para fazer você sorrir, doce Rosalina. — Havia uma ternura pouco habitual em seus olhos.

— Só um minuto para eu trocar de vestido — disse ela.

Cavalgaram para sul e oeste, ao longo do rio. Quando estavam fora de vista das muralhas da cidade, Rosalina deu um sorriso travesso para ele e tentou escandalizá-lo, pondo Tomasina em um galope pouco apropriado para uma dama, mas ele apenas soltou uma exclamação de entusiasmo, como se fosse um menino, e foi atrás dela. Por fim, rindo e com o vento brincando em seus cabelos, ela puxou as rédeas de Tomasina sobre um cume acima da floresta. Escalo a alcançou e soltou o ar com força pela boca.

— Pelos céus, espero que ninguém tenha nos visto — disse ele.

— Sempre tão respeitável.

— Nem todos podem sair pelos campos disfarçados.

Rosalina estremeceu.

— Espero que eu nunca mais tenha motivo para fazer isso.

— Venha. Vamos caminhar um pouco.

Ele desmontou e lhe ofereceu a mão para ajudá-la a descer também. Depois de tudo o que havia acontecido, era estranho ser tratada com tanta gentileza. Benvólio fora perfeitamente cavalheiro, mas a tratara como uma colega. Escalo a fazia se sentir tão delicada quanto uma peça de porcelana.

Ele continuou segurando sua mão e entrelaçou os dedos aos dela. Por alguns minutos, caminharam em silêncio enquanto os cavalos pastavam por perto. Rosalina deixou o olhar passear colina abaixo. O verão estava amadurecendo em outono, e as fazendas e campos cobriam-se de plantações que logo estariam prontas para ser colhidas. Era estranho pensar que todas aquelas terras até onde sua vista alcançava prestavam lealdade ao homem que estava a seu lado.

— Obrigada — ela disse por fim. — Por Lívia. Foi sua ideia convidá-la para ir com Isabella, não foi?

— Espero que você não se importe.

Rosalina sacudiu a cabeça.

— Vou morrer de saudade, mas não sabia mais o que fazer por ela aqui. Acho que, se ela ficasse, ia se consumir de tristeza até a morte.

— Isso tudo não acontecerá mais — o príncipe garantiu, com fervor.

— Amém.

— Naquela noite em que você fugiu — disse ele —, não deixou nenhuma indicação de seu destino. Não me deixou nenhum aviso.

A voz dele era calma e educada como sempre, mas era evidente que ele vinha pensando sobre isso.

— Peço desculpas pela dor que lhe causei — ela respondeu. — Sinto mais do que posso expressar. Eu devia ter acordado Lívia, ou deixado um bilhete, mas tive que partir com toda a pressa. Benvólio estava sendo perseguido e não sabíamos quanto tempo ele tinha antes de ser descoberto.

Ele sorriu para si mesmo.

— Benvólio.

— Alteza...

Ele a interrompeu e pousou um dedo em seus lábios, como havia feito no dia da batalha.

— Minha querida, eu não lhe perguntei sobre o que aconteceu entre você e o *signor* Benvólio e nunca perguntarei. Mas confesso que pensei muito naquela noite nessas semanas desde então. Por que você teve que ir com ele? Por que não falou comigo?

— Com você?

— Naquela tarde mesmo eu lhe jurei o meu amor. Por que não pediu ajuda a mim quando Benvólio a procurou?

Era exatamente a pergunta que ela vinha se fazendo nos últimos tempos. Mas a verdade o magoaria, então achou melhor se manter em silêncio.

Mas Escalo já havia chegado à resposta.

— Você não confiava em mim.

— *Você* me obrigou a trocar a minha liberdade pela minha virtude — ela revidou, sem conseguir se controlar.

— Eu sei. E, se você puder me perdoar por essa transgressão, eu a perdoarei por sua fuga. — Ele parou, segurou as mãos dela nas suas e respirou fundo. — Verona precisa retornar à paz. Para isso, meu povo precisa saber que meu reinado é estável. Acho que é hora de eu ter uma esposa. Rosalina, você é uma das filhas mais qualificadas de Verona. Sua beleza, seu caráter e sua linhagem são irrepreensíveis. Além disso, eu a conheço bem e sei que você ocupará o trono de minha mãe com total sabedoria e delicadeza. Sua lealdade já foi provada um milhão de vezes. — Trêmulo, respirou fundo mais uma vez. — E sabe bem como eu amo você. Não acredito que outra mulher possa me fazer feliz. Minha querida, eu a amo. Espero que acredite em mim desta vez.

Ele sorriu para ela, nervoso, mas com sinceridade, e Rosalina se lembrou de como ele batera timidamente em suas costas para consolá-la enquanto ela chorava porque ele ia embora quando eram crianças. Conhecia o príncipe de Verona tão completamente quanto talvez nenhuma outra pessoa. Dessa vez, ele estava sendo honesto em cada palavra que dizia. Escalo segurou o rosto dela entre as mãos, inclinou-se e a beijou, lenta e delicadamente, como um raio de sol beijando a face de uma flor. Rosalina suspirou em seus lábios.

— E então, meu amor? — ele perguntou, pressionando as mãos dela contra o peito. — Aceita ser minha?

Rosalina olhou para o rosto em expectativa de seu soberano. O homem com quem ela desejara se casar durante a maior parte de sua vida. Finalmente, o turbilhão que sentia havia tanto tempo sempre que pensava nele se acalmou. Ela já sabia a resposta.

☩

— Sobrinho, você tem mesmo que ir?

Benvólio se contorceu por dentro ao ver o rosto suplicante do tio. O velho senhor estava de pé ao lado dele no portão da cidade, com a mão em seu cotovelo, como se quisesse segurá-lo. Ele sabia que estava sendo terrivelmente irresponsável como herdeiro da Casa Montecchio. Devia ficar na cidade e deixar que um de seus primos fizesse aquela longa viagem de negócios.

Mas, com toda a cidade lhe dizendo que o príncipe estava prestes a anunciar seu noivado com Rosalina, ele sabia que não poderia permanecer em casa sem ter vontade de enfiar uma faca no coração.

— O senhor bem sabe que a Casa Montecchio precisa de um representante no exterior, tio. Nossas fortunas em Verona sofreram um sério golpe. Precisamos fazer o possível para aumentar nossas propriedades em outros lugares.

Ele temia que o tio o mandasse ficar, mas o velho Montecchio só suspirou e sacudiu a cabeça.

— Muito bem. Escreva quando puder. Espero vê-lo de volta em menos de um ano. — Ele fez um sinal com a cabeça, para trás de Benvólio. — Veja, mais alguém veio se despedir.

Benvólio se virou e encontrou ninguém menos do que Rosalina, montada em uma bela égua branca e com uma expressão zangada. Benvólio virou de volta para seu tio, tentando evitar o olhar dela, mas este apenas o olhou secamente, fez um cumprimento com a cabeça e se retirou de volta para a cidade.

— Bom dia, Montecchio. — Ela desmontou do animal. — Então é verdade. Você pretende ir embora de Verona.

Ele indicou a égua com a cabeça.

— Bonita. Um presente de seu príncipe?

— Ele é seu príncipe também, a menos que tenha se tornado o traidor que acreditaram que você fosse.

Ele não estivera tão perto dela desde o dia da batalha. Fazia mais tempo ainda do que isso desde que conversaram sozinhos. As semanas de recuperação haviam feito maravilhas por ela. Estava com um bonito vestido verde-claro — outro presente do príncipe, claro — e fitas combinando nos cabelos, como no dia em que ficaram noivos. Ele vira muitas mulheres com tons de roupas similares nos últimos dias. Rosalina, ao que parecia, estava ditando moda em Verona. O que não era de surpreender em uma futura princesa. Mas não eram apenas as roupas finas que a faziam parecer tão bonita. A tensão que havia marcado seu rosto durante os momentos difíceis tinha desaparecido; o peso que ela perdera tinha voltado. Ela estava tão linda quanto a brisa beijando a água em um dia de verão. Ele desviou os olhos, ocupando-se com as rédeas de Silvius.

— Por que veio aqui, senhorita?

— Só para me despedir. Você salvou a minha vida. Não tive oportunidade de lhe agradecer.

— Foi agradecimento suficiente você ter salvado a minha em troca.

— Ainda assim, você merecia ouvir isso de mim.

— Muito bem. Agradecimento aceito. — Benvólio fechou a boca secamente. Eles se olharam em um silêncio mal-humorado, mas ela não se moveu para ir embora.

Rosalina mordeu o lábio.

— Por que não foi me ver?

Ele riu.

— Por que eu deveria ter ido?

— Mera cortesia, talvez? — ela murmurou, depois procurou algo dentro de sua manga. — Tome. Eu fiz isso para você. Está pronto há semanas. Eu deveria ter imaginado que não receberia mais suas atenções depois que não precisasse mais de mim. — Ela empurrou um pedaço de tecido para ele. — Pegue.

Ele o pegou. Era um lenço, bordado com o brasão dos Montecchio.

— Obrigado.

— De nada. Enforque-se com ele.

O que ela esperava dele, afinal? Seria tão vaidosa a ponto de exigir que ele ficasse ali, chorando, enquanto ela se preparava para se casar com seu soberano? Benvólio se afastou para enfiar o maldito presente no fundo da sacola, mas ela estendeu o braço e segurou seu pulso.

— É costumeiro, quando uma dama lhe faz um presente, usá-lo em sua pessoa — disse ela com frieza.

Deus do céu, como ela sabia ser irritante. Ele lhe fez uma reverência irônica e começou a enfiar o lenço na manga. Em seguida, ele se virou ligeiramente de costas, mas, quando puxou a manga, ela soltou uma exclamação. Benvólio fechou os olhos. Tinha sido pego.

Os dedos dela eram gentis agora ao virar o pulso de Benvólio e puxar mais a manga para revelar que ele já trazia um lenço — outro lenço bordado pela mesma mão. E ela ficou ali, parada, com os cabelos escuros e cacheados sobre a mão dele, os dedos traçando os pontos de bordado que ela mesma havia feito. Benvólio apertou os dentes para conter um estremecimento.

— Eu sabia que tinha sido você quem o tinha pegado. — Ela levantou o rosto, seus grandes olhos verdes enevoados de mágoa e confusão. — Por que ficou com ele?

— Você sabe muito bem por quê. — Ele se afastou, ocupando-se novamente das fivelas de Silvius até que o cavalo relinchou em protesto.

— Então por que agiu de um jeito que parecia me odiar? — ela gritou. — Por que eu perdi tanto o seu afeto?

Ele se virou para ela, incrédulo.

— Que direito você tem ao meu afeto quando vai se casar com o príncipe?

Ela franziu a testa.

— Me casar com o príncipe? Quem lhe disse isso?

— Em Verona só se fala disso.

— Como de costume, os boatos de Verona estão errados.

Ele sacudiu a cabeça, cético.

— Rosalina, ele está em sua companhia praticamente o tempo todo há duas semanas.

Ela baixou a cabeça, com as faces coradas.

— Ele... ele me pediu em casamento — ela admitiu. — Mas tive que recusar.

O peito de Benvólio começou a se encher de uma esperança trêmula que ele mal ousava sentir. A mão incrédula moveu-se em direção ao ombro dela, depois hesitou e ficou pairando, sem tocá-la.

— Recusar?

— Sim.

— Por quê?

Um leve sorriso enfeitou os lábios dela. Seus olhos subiram para encontrar os dele.

— Você sabe muito bem por quê.

Ele engoliu em seco e a segurou pelos dois ombros.

— Rosalina. *Por favor.*

— Eu não poderia me casar com ele porque amo outro homem — disse ela. Seus olhos eram ternos agora, mais doces do que ele jamais os vira, enquanto ela pronunciava: — Benvólio.

— Ah, obrigado, meu *Deus* — ele murmurou, puxando-a para si.

Se alguém antes tivesse lhe perguntado sobre aquele momento, ele teria dito que nada neste mundo ou no próximo poderia ser melhor que os beijos que ele já havia roubado dela. Mas, agora, precisava admitir que excluir a chuva, a lama e o perigo mortal da equação dava um resultado ainda melhor. Ela era ardente, macia e aquecida pelo sol em seus braços, e ele sentia que poderia alegremente passar o resto da vida exatamente ali, descendo os dedos pelas costas de Rosalina e sentindo-a suspirar e sorrir contra os seus lábios, sem mais nada além dos assobios de vendedores ambulantes de passagem para distraí-los.

Eles continuaram assim por um bom tempo, até que Benvólio a pressionou com um entusiasmo um pouco excessivo contra Silvius, que se afastou em protesto e fez os dois caírem no chão. Rindo, ele a segurou pela cintura para ajudá-la a levantar, e ela encostou sua testa na dele.

— Se eu tocar de novo no assunto de casamento — ele murmurou —, você vai gritar para os céus e fugir para um convento?

Rosalina riu.

— Depois de ter me esgueirado por Montenova usando as suas roupas, tenho certeza de que nenhum convento decente me aceitaria.

— Ótimo — disse ele e a beijou de novo. — Então frei Lourenço terá mais um casal Montecchio e Capuleto para casar.

— Montecchio e Tirimo.

— Claro. — Ele se inclinou para beijá-la uma vez mais, mas ela recuou.

— E seu exílio de um ano longe de Verona?

— Vou mandar Mário em meu lugar. — Os lábios dele encontraram os dela outra vez, abafando seus protestos risonhos.

— É melhor irmos logo contar a nossas famílias. Se continuarmos desse jeito em público, a Casa Montecchio não permitirá esse casamento, alegando que sou uma vadia escandalosa.

Ele levantou uma sobrancelha.

— Não foi você mesma que acabou de dizer que é uma devassa indecente? Qual é o problema, então?

— Benvólio! — Rindo, ela pôs a mão no peito dele para mantê-lo a distância.

Ele deu um grande suspiro.

— Como quiser. — Ele lhe deu mais um beijo antes de montarem em seus cavalos e se afastarem dos portões, rumo à cidade. Benvólio sorria enquanto cavalgavam pela rua. Havia meses sua cidade não lhe parecia tão bonita. Era como se o peso que fora levantado de seus ombros tivesse aliviado toda a Verona também. As ruas estavam apinhadas de mercadores, nobres e servos, a cor e os ruídos da cidade enchendo a paisagem que voltava, finalmente, à vida. O dia era tão lindo que parecia impossível imaginar que mesmo os mortos pudessem continuar dormindo. Um grupo de rapazes inclinava-se sobre um jogo de dados, e ele imaginou ver os jovens e esguios Gramio e Truchio entre eles — e que, pelo canto do olho, o alto e desengonçado Mercúcio lhe lançava um daqueles sorrisos de orelha a orelha.

E, no cume de uma colina distante, achou que viu outro jovem Montecchio, de mãos dadas com uma jovem esbelta de cabelos escuros, ambos sorrindo para o novo casal. A seu lado, Rosalina estendeu a mão e entrelaçou seus dedos aos dele. E eles sorriram também.

Nota da autora

†

O maravilhoso em Shakespeare é que todos nos sentimos como se ele nos pertencesse. Ouvimos suas palavras nossa vida inteira, mas suas histórias ainda parecem atuais e emocionantes, como devem ter sido na primeira vez em que foram encenadas. Em algumas peças, os cenários que ele cria são muito entrelaçados ao enredo — é difícil imaginar Elsinore depois de Hamlet, por exemplo — mas, em *Romeu e Julieta*, Shakespeare criou um mundo tão pulsante de vida que é impossível não imaginar o que aconteceu depois.

Foi isso que me inspirou a escrever *À sombra de Romeu e Julieta*. Como o próprio Shakespeare fez livre uso de outras histórias, confio que seu espírito me perdoará por tomar emprestados os personagens e cenários que tanto amo. Mas, para aumentar minha esperança de que um dia ele e eu venhamos a ter uma reunião menos tensa no céu dos escritores (muito café, menos bloqueio de escritor, cadeiras com apoio lombar), vou especificar quais partes de *À sombra de Romeu e Julieta* são tiradas das obras de Shakespeare e quais são minha própria criação.

Em primeiro lugar, uma nota sobre o cenário. Este livro não se passa na Itália — ele se passa na Itália de Shakespeare, um país imaginário em que a geografia é ligeiramente diferente e todos falam inglês. Assim sendo, esta obra não tem nenhuma pretensão à precisão histórica sobre qualquer período da história italiana. Na medida do possível, tentei manter a fala dos personagens fiel ao registro e vocabulário shakespearianos, mas senti que era mais importante captar o amor de Shakespeare pela linguagem do que tentar a duras penas replicar seu estilo. Seu vocabulário é reconhecidamente vasto; não quis que o meu fosse menor que o habitual, então há, sem dúvida, muitos anacronismos. Você também deve ter notado que cada seção começa com uma ou duas linhas isoladas; estas estão em pentâmetros jâmbicos, que é o metro usual dos versos de Shakespeare.* *Romeu e Julieta* contém alguns de seus mais belos exemplos.

A maioria dos personagens principais de *À sombra de Romeu e Julieta* aparece em *Romeu e Julieta* ou é mencionada na obra. Benvólio aparece em toda a primeira metade da peça, geralmente provocando Romeu por sua paixão por Rosalina. Sua primeira fala é "Loucos, parai com isso! Guardai vossas espadas. Não sabeis o que fazeis", mas, sete linhas depois, ele mesmo está duelando com Tebaldo, o que é uma mistura de maturidade e impulsividade obcecada pela espada que realmente me inspirou enquanto eu escrevia minha versão do personagem. Ele desaparece da peça depois da morte de Mercúcio, mas, até onde o público sabe, ele sobrevive.

O príncipe Escalo aparece ao longo de todo o texto de *Romeu e Julieta*, mas, exceto por sua crescente impaciência com os briguentos Montecchio e Capuleto, não sabemos muito sobre sua vida emocional. Sua relação com Rosalina é inteiramente inventada.

Frei Lourenço, a ama, o sr. Montecchio e o sr. e sra. Capuleto aparecem na peça. A caracterização da sra. Capuleto é provavelmente a que mais difere aqui — na peça, ela é uma pessoa um tanto desagradável, mas não má, até onde sabemos.

Provavelmente a maior liberdade que tomei foi com o personagem de Páris. Em *Romeu e Julieta*, Romeu o mata do lado de fora do túmulo de Julieta e ele não sobrevive para se tornar um vilão secreto.

Rosalina nunca aparece no palco em *Romeu e Julieta*, mas é frequentemente mencionada nos dois primeiros atos, na maioria das vezes por Benvólio, que está cansado de ouvir o apaixonado Romeu gemer por ela.

---

* Pentâmetros jâmbicos são versos de dez sílabas poéticas, alternando uma átona e uma tônica. Esse metro é difícil de ser reproduzido em português, porque nossa língua não é tão rica em monossílabos e dissílabos quanto o inglês. O metro normalmente usado para traduzir os pentâmetros jâmbicos para o português é o decassílabo heroico, que mantém as dez sílabas poéticas, mas com tônicas obrigatórias na sexta e décima sílabas e mais uma ou duas tônicas complementares. Foi esse o metro usado, na medida do possível, nesta tradução. (N. da T.)

Sabemos muito pouco sobre ela, exceto que é sobrinha de Capuleto, que é bela e que recusa firmemente as propostas ardentes de Romeu, preferindo "viver casta". Essas três informações foram bastante estendidas na criação de minha heroína irritadiça e independente.

Esta é uma lista de convidados da festa que aparece no ato I e que achei útil, por dar nome a vários integrantes do clã Capuleto.

- *Signior* Martino, sua esposa e filhas
- Conde Anselmo e suas encantadoras irmãs
- A senhora viúva de Vitrúvio
- *Signior* Placêncio e suas amáveis sobrinhas
- Mercúcio e seu irmão Valentino
- O tio Capuleto, sua esposa e filhas
- A linda sobrinha Rosalina e sua irmã, Lívia
- *Signior* Valêncio e seu primo Tebaldo
- Lúcio e a encantadora Helena

Como se pode ver, tanto Lívia como a duquesa de Vitrúvio aparecem nessa lista. Decidi que o sr. Capuleto era o tipo de homem que se referiria à sua nobre sogra não por seu título inteiro, mas como "a viúva", provavelmente para irritá-la.

Penlet, Tuft, Lúculo, o coveiro e todos os outros Montecchio e Capuleto são minhas criações. Seus nomes derivam em sua maior parte de outras peças ou são inventados, embora o livro *O homem que matou Sherlock Holmes*, de meu amigo Graham Moore, tenha uma personagem chamada Melinda que (alerta de spoiler) também sofre uma morte violenta, por isso nomeei Gramio em homenagem a ele como vingança.

Os superfãs de Shakespeare devem ter notado que introduzi algumas referências. O coveiro faz alusão a um primo na Dinamarca que tem a mesma profissão: essa é uma referência a *Hamlet* (a passagem "Pobre Yorick"). A princesa Isabella é minha criação, mas ela é casada com dom Pedro de Aragão, que é um personagem de *Muito barulho por nada*. Ela ia ser Hermione de *Conto de inverno*, mas acordei um dia e lembrei que o pai de Hermione era o imperador da Rússia. Ainda estou incomodada com isso.

Agradecimentos

†

Este livro nunca teria sido escrito sem a ajuda e o apoio de muitas pessoas maravilhosas. Minha agente, Jennifer Joel, da ICM, esteve com o texto desde o começo e jamais poderei lhe agradecer o suficiente por sua percepção, fé e paciência. Minha editora, Michelle Poploff, da Delacorte Press, também tornou este livro cem vezes melhor.

Todos os dias em que trabalhei nesta obra, consultei uma versão eletrônica das obras completas de Shakespeare compiladas pelo Projeto Gutenberg, que foi uma ferramenta imensamente útil.

Gostaria de agradecer a todos os outros amigos que me ajudaram neste processo. A Upright Citizens Brigade me ensinou a escrever e me ajudou a ser paga para isso. A UCB e todos os meus amigos de lá significam o mundo para mim. Por três meses, Avi Karnani, Matt Wallaert e sua empresa Churnless me concederam uma mesa em seu escritório para escrever. Foi uma das maiores bênçãos criativas que já tive. Também serei sempre grata a Graham Moore, Will Hines, Charlie Baily, Ayesha Choudhury, Nick Sansone, Terry Figel, Marysue Foster, Patty Riley, meus pais, Bart e Barbara Taub, minha irmã, Hannah Taub, meu irmão, Nathan Taub, todos os outros amigos que me aturaram murmurando em pentâmetros jâmbicos — e mais especialmente a minha irmã, Amanda Taub, sem a qual este livro não existiria.

Por fim, gostaria de agradecer a William Shakespeare, por Cordélia, pela floresta de Arden, por "Sai, perseguido por um urso" e, acima de tudo, pela beleza insuperável de *Romeu e Julieta*.

Impresso no Brasil pelo Sistema Cameron da Divisão Gráfica da
DISTRIBUIDORA RECORD DE SERVIÇOS DE IMPRENSA S.A.